dao

liang shangqu

到月亮上去

倪江 著

敦煌文艺出版社

图书在版编目（ＣＩＰ）数据

搬到月亮上去 / 倪江著 . -- 兰州 : 敦煌文艺出版社 , 2023.5
ISBN 978-7-5468-2360-7

Ⅰ . ①搬… Ⅱ . ①倪… Ⅲ . ①长篇小说－中国－当代 Ⅳ . ① I247.5

中国国家版本馆 CIP 数据核字 (2023) 第 088325 号

搬到月亮上去

倪江　著

责任编辑 : 张家骊
封面设计 : 孟孜铭
封面绘图 : 阿　园

敦煌文艺出版社出版、发行
地址 :（730030）兰州市城关区曹家巷 1 号新闻出版大厦
邮箱 : dunhuangwenyi1958@163.com
0931-2131579（编辑部）
0931-2131387（发行部）

武汉鑫嬈诚印刷有限公司印刷
开本 880 毫米 ×1230 毫米　1/32　印张 9　插页 1　字数 200 千
2023 年 7 月第 1 版　2023 年 7 月第 1 次印刷
印数 : 1 ～ 2600

ISBN 978-7-5468-2360-7
定价：60.00 元

第一章

那个夏天，村里人人都在说我的父母发财了，他们要把我带到江城去。

这条把村子从中间劈开的柏油马路在阳光的照射下变得软绵绵的，上面有一层薄薄的灰尘，光着脚踩在上面很舒服。马路是油田出资修的，将远处的国道和后面的油田连接起来。天气特别热的时候，融化的柏油会沾在鞋子上，冒起一颗颗黑色的鼓包。鼓包成熟之后继续膨胀成透明的泡泡，仿佛脸上长出的痘痘，戳破的时候发出轻轻的一声，啪。

我像只猴子似的蹲在路旁那堆大石头上，眺望从国道上下来的人。每逢村里停水或者停电，大家就纷纷聚集路边，把这些石头推到路中间去。去往油田或者从油田开来的小轿车就被石头拦下了。如果水质出了问题，大家便纷纷猜测是油田采油的时候污染了水源。大多数时候，拦路的石头都起不了什么作用。可大家就喜欢这样，每隔一段时间就将石头推到路中间去，看那些举止文雅的油田人一脸困惑和惊讶，还有他们的女人羞答答的模样。

哪怕我正和别人打架，有人远远地喊，你爸妈回来啦。我立刻松开对方的衣服领子，任拳头砸在我的脸上。我毫不在乎，拔腿就往家里跑。有时候，他们真的回来了；但大多数时候，都是那些人在开玩笑。我心里想着，他们大概是要晚一点回来。为了看得更清楚，我跳到一块更高更大的石头上。一直到暮色降临，空气中飘荡着烧柴火和牛粪的气味，远远地听见姥姥喊我回家吃饭，我摸摸脸上的淤青，就回家去。

一天傍晚，父亲的货车终于从远处驶来了。我一眼就看到了车牌：7781。父亲没有看到我，拐了弯，驶过各家门前的禾场。我从石头上跳下来，拔腿就追。我发现许多人和我一样，也跟在父亲的货车后面跑。等7781停下的时候，旁边已经围满了人。父亲不停地给周围的人派烟。他自己的脑袋很快被别人递来的香烟给插满啦。

父亲坐在门口，许多把椅子很自然地围成了一个半圆，仿佛在围观斗兽场里的猛兽。他们都很关心父亲的身体状况，那次车祸真是太吓人了。之后他们开始询问父亲现在的生意，以及江城的情况，江城的天气想必很热吧，那可是个火炉城市；江城人这个季节都吃些什么；父亲在马桶上拉屎的话，真的拉得出来吗？

我父亲不是个知识丰富的人。有时候，一个简单的小问题也会让他陷入思索，随后露出有些尴尬的憨笑。但这一点也不影响大家的热情，因为他现在混得很不错。一个混得不错的人，即便只会憨笑，也是可爱的笨拙。这种笨拙让大家觉得亲切，这说明我父亲没有变成一个忘本的人。

当父亲宣布要带我去江城念书时，在场的人都发出了惊呼。大家都为我高兴。

"马吉，去江城好好见世面，好好读书，以后书读好了，可不要忘记我们啊!"家里的长辈这样说。

伙伴们围着我问:"吉吉哥,还回来吗?"

我说:"当然啦,放寒假暑假我肯定回来。"

月亮升起来的时候,7781 上挤满了人。很多人要搭父亲的车去江城。年长的人坐在副驾驶上,我和妈还有其他的亲戚都挤在后面的货厢里。货厢里铺上了一层稻草,这样大家坐在上面不会太硌屁股。

准备出发的时候,货厢的门被打开了,是奶奶扛着一袋刚从地里摘的蔬菜;过了一会儿,门又被打开了,姥姥担心我晕车,让我带上一瓶人丹;门又开时,爷爷那张消瘦的脸在月光下笑得很灿烂,他说:"去了要听话,要搞好学习。"说实话,爷爷一直对我很严格,我很少见到他这样笑。看到我的奶奶和姥姥互相搀扶着抹眼泪,车上的人发出一阵快乐的嫌弃声。

门终于关上了,车厢里一片漆黑。当车开动的时候,我听到姥姥在拍打车门:"吉啊,放假了就回来看我们啊。"

干枯的稻草散发熟悉的味道,我的眼泪止不住地往下掉。

我就这样坐着父亲的 7781 来到了江城。

妈带我去超市买衣服时,我穿着乡下买的用打火机焊接过的塑料凉鞋在琳琅满目的超市里穿行时,妈说:"想要什么,随便拿。"

妈当时的语气让我特别激动,以至于产生了幻想,我们家确实发财啦,整个超市都属于我们呀。当我把这个想法告诉妈时,她笑得腰都快直不起来了。后来,在我们家吃饭的司机和搬运工们也笑得喘不上气。

和乡下相比，城市确实很大，但我的父母不许我到处乱跑。

我们的邻居家里有个十二三岁的男孩，大家都喊他亮子。他戴着一副很厚的眼镜，左边镜片用一块黑布包着。街上偶尔路过的小孩子看到他都要嘲弄地喊他，独眼龙，瞎子。

刚开始，我并不想认识他，感觉他的那只眼睛很可怕。不过，我实在很无聊，因为父母不让我到处乱跑。街上没什么可玩的，我只能在门口跟自己玩打弹珠、撇撇之类的。

我发现亮子总是站在门口看我，于是我鼓起勇气向他示好，他居然一副爱搭不理的样子。他妈妈倒挺希望我们成为朋友，我听见他在屋里大声吼叫："他是个乡里伢，我怎么可能和他成为朋友，别个会看不起我的。"

他还跩上了，这个小瞎子。

每次我在门口玩，注意到他在偷偷地看我时，我就故意搞出很大的动静，又蹦又跳的，发出一阵夸张的欢呼声，好像我在玩什么特别有意思的游戏似的。这时，我看到他的脖子在往前伸，仿佛一只小乌龟。

一天下午，亮子来到我家。他走到我的面前时，我才看到他被黑布包裹的镜片下面是一只玻璃眼珠。我吓了一跳。

他也有点紧张："去不去我家看动画片？"

我既感到怪异又有点惊喜："好啊。"

"对了，你叫什么名字？大家都叫我亮子。"

我说："我叫马吉。"

我们就这样成了朋友。

亮子对于这一带非常熟悉，整天带着我四处游荡。他知道很多不花钱的娱乐，比如逛阳湖公园根本不需要买门票。我们走进公园旁边的一条巷子里，那一片的房子都很低矮，拐上一条小路，就来到了几栋矮房子的后门。眼前是一堵矮墙，墙里面就是公园。但墙里的公园地面比外面要矮上两米多，如果跳下去的话，还是很高的。

"马吉，你敢不敢跳？"亮子问我。

"这有什么不敢的。"我说。

我毫不犹豫地从墙上跳了下去。下面一层厚厚的落叶，不仅松软还有弹性。亮子坐在墙头，显得很犹豫。我想，他可能只是知道这个地方，恐怕从来没有跳下来过吧。

我冲他喊："没事的，下面很软。"

可是，我刚喊完就有点后悔了。我想起他的那只眼睛。

我看见他正在做起跳动作，双臂在空中挥了好一会儿。跳下来的时候，他没有站稳，摔在了地上。我赶紧伸手去扶他，主要是想看看他的那只眼睛掉出来了没有。还好没有。

亮子兴奋地爬起来拍打身上的枯叶碎渣："果然很软啊，像蹦床一样。"

我们绕着波光粼粼的阳湖打闹起来，玩累了，就跑到公园大门口的那座假山上找个山洞睡起了觉。

父亲原来一直在外面开大货车，他是因为出了车祸，才在舅伯的提议下接手这家超市的配送。不过我父亲命很大，虽然车开翻了，但他只受了一点皮外伤。配送起码得凑一个小车队，还得雇司机和搬运工。我们借了亲戚的钱，主要是借舅伯、小姨、舅舅的。

晚上，妈按着计算器算账的时候会提到要还多少钱，大概要多久之类的。"归零、归零、归归归归归零……"的按键声让父亲很恼火："能不能不要每天都提这个，我们又不是不还。再说了，这些钱又不是我自己想借的，是他们硬要塞给我的嘛。"

妈嗔笑着说："真是得了便宜还卖乖。"

但我看父亲的表情，他好像并不像在说笑。

我们家有三辆货车，两辆大的和一辆很小的。7781就是最小的那辆，一直是我父亲在开。父亲自己既当司机又当搬运工，这样可以省下一个搬运工的工资。7781的驾驶室紧凑逼仄，后面用暗绿色的篷子搭起来当作货厢，里面绞尽脑汁地塞满了从超市里拉出来的冰箱、彩电、洗衣机、空调一类的家电。我父亲开着小货车把家电送到地方之后，碰上没有电梯的，就得呼哧呼哧地把比他还高还重的冰箱背上楼去。搬完一趟，他大汗淋漓地接过别人递来的单据和一两瓶表示感谢的矿泉水就下了楼。他在货车旁边把矿泉水浇在头上，接着把衣服往上撩到胸口，一连抽上两根烟。烟抽完没多久头发上的水就干了，父亲赶着去下一家送空调或者洗衣机。

白色的铃木货车是新的，小吕叔叔在开。他原本和我父亲是同事，后来我父亲接下超市配送的业务之后，他马上就决定跟着我父亲干。父亲原来的老板叫老黑，因为皮肤黑而且瘦，因为没有竞争过我父亲，老黑对我父亲怀恨在心，对小吕叔叔更是恨得咬牙切齿。不仅因为是背叛了他，而是因为小吕叔叔确实是个很得力，也很负责的司机。

另外一辆是旧一点的蓝色货车，开它的司机不太固定，有的干几个月就走了。每辆货车上配一个搬运工，有时候忙碌起来，还会另外再招临时工。搬运工也不太固定，但蚂蚁叔叔一直跟着父亲干到现在。蚂蚁叔叔个头矮小，是个老实本分、话不多的人，力气比我父亲还大。

我来江城没多久，父亲和店长的关系开始变得很紧张。店长四十来岁，头有点秃顶，常年便秘，整个人脸色蜡黄，口气十分浑浊，犹如一座行走的茅坑，喜欢对人指手画脚。父亲寡言少语，更不会拍他的马屁，有时候会当面和他争执起来。因为店长脑筋不好用，又对我父亲很不放心，不顾我父亲安排好的送货路线，随意插进来几个路途遥远的送货单。父亲总是忙到很晚。他不好意思让司机忙到那么晚，就得自己去送。往往他送货回来，已经深更半夜了。我们只好给父亲留饭菜。

妈提议说："要不，我们去给店长送礼。"

我父亲气得要命："哼，让我给那个婊子养的送礼？他算个什么东西。"

父亲看不起那位店长，他和店长杠上了。

有时候吃晚饭时父亲和小吕叔叔、蚂蚁叔叔他们说起白天的事，感到十分得意："我今天把他骂了一顿，当着他的面骂的，当时柜台的人都听见了，他声都不敢作。"

有人觉得父亲干得漂亮。但小吕叔叔说："没有必要这样，应该去送个礼。原来老黑也是逢年过节就送烟啊酒啊的。店长好像从来不为难老黑。"

父亲不以为然："给那种人送礼？没请他吃钉拐就不错了。"

有人问："钉拐是什么？"

我父亲把手握成一个拳头，露出中指对折后的指节。

中秋节的时候，超市有促销活动，所以家电都卖得很好。店长开始使坏，他把那些距离近的、单据值钱的自己找三轮车或者出租车送走，把那些路程远的，来回差不多一个多小时的让我父亲加急送去。

父亲越来越累，也越来越挣不到什么钱。

小吕叔叔替我父亲着急："快去送礼去啊，你犟什么呢？"

随后，饭桌上的司机和搬运工都开始七嘴八舌地劝他："快去吧。"

父亲抽了好多烟，很勉强地说："看在你们的面子上，我去。"

小吕叔叔和店长混得比较熟，由他牵头张罗，我父亲请客，摆下一桌酒席宴请店长。据小吕叔叔说一席酒菜吃得店长十分高兴。让他们说中了，店长正是因为父亲没有送礼而为难我们。但那位店长把话说得非常漂亮："送不送礼的其实不重要，重要的是那份尊重。你说你尊重我，但我怎么知道你尊重我呢？你要给我送礼，说实话，我不会要的。我不缺那点烟和酒，但我看得出来你有这份心，这就够了。"

他煞费苦心，要的就是让我父亲向他低个头。

我父亲说："既然他不要，那就别送了。"

妈只好自己把几袋烟酒礼品送去给店长。但店长真的没有收，这反而叫我父亲有些疑惑。

不过，往后的日子店长确实没有再为难父亲。和店长关系缓和之后，我们才知道店长是因为和我父亲的前任老板老黑关系不错，而我父亲是舅伯利用总店的关系派来的。他觉得父亲挤走老黑是在欺负人，而且他的朋友老黑现在混得越来越不好了。

我父亲的前任老板，那个名叫老黑的人来看望过我们一次。

父亲对老黑有些愧疚。所以当他对父亲冷嘲热讽的时候，父亲仍然像当初他手下的司机那样，只是憨笑着。

　　超市仓库后面的那片空地有几棵高大的杨树，那里是我们的小车队的常驻地，正对着仓库的后门，便于去接从仓库里运出来的电器。中午吃饭的时候，妈把饭菜带来，大家就在树荫下吃饭。

　　老黑一副找麻烦的架势。他先是对小吕叔叔一顿嘲讽："知道吕布吧？那可是个忠肝义胆的人啊，搞不好就是你的先人。"

　　小吕叔叔气得连饭都没吃就开车送货去了。

　　老黑又对我父亲说："伙食很不错嘛，看来生意是越来越好了。"

　　当我父亲问他现在怎么样时，他气呼呼地说："好得不得了，吃了上顿没下顿。"

　　自从我父亲竞标成功，挤走他之后，他换了个超市，但生意不太好，小车队差不多就散了，他只好四处拉点零散的货物。这些天，他的车出了点问题，有趟货又很急，想让父亲帮忙去拉。

　　父亲当即就答应了。他放下自己的电器，专门跑到草甸去拖货。

　　没过几天，家里来了几个警察，说我父亲运了一些违法的东西，把我父亲塞进警车带走了。妈急得简直要晕过去。

　　没两天父亲就回来了。他看上去瘦了很多，整个人一副惊魂不定，神情恍惚的样子。

　　晚上在饭桌上，我父亲在司机和搬运工们的包围之中一口气喝了半瓶啤酒，脸上才逐渐恢复血色。警察搞清楚了，我父亲是无辜的。

大家都替父亲抱不平："老黑真不是个东西。"

喝了两瓶啤酒后，我父亲满脸通红，像猴子的屁股。他激动地拍着桌子："婊子养的老黑，老子不欠他的，老子不欠他的了。"

慢慢地，我们的生意没有那么好了。我父亲无法接受生意变差这样的事，他紧张兮兮的，认为一定是哪里出了问题。

妈安抚他说："哪里都没有问题，就是来买电器的人少了呗。生意就是这样，有好有坏，会好起来的。"

父亲暴躁地吼道："什么时候能好？他妈的，已经好几个月一天不如一天了。工资都快发不出来了。"

生意差的日子里，稍微有一点不顺心的事都会让父亲焦躁不安，大发脾气。妈讨厌他大吼大叫的样子，一旦争吵起来妈也绝不退让，针锋相对。在吵架这件事情上，女人显然更有优势，她们天生就有让男人浑身难受的本事，只要她愿意，一两句话就能像尖刀一样直戳男人的软肋。接着我父亲就开始暴跳如雷，乱摔东西。墙上的挂钟就是叫父亲给摔坏的，时间永远停在四点二十一分。

每次看到这个破烂的挂钟，我就感到很沮丧。它像是在提醒我，我们的生活是从什么时候开始发生变化的，甚至精确到了哪一分钟。

看到他俩吵架，我感到很伤心。他们吵架的嘴脸真是太难看了，脏话连篇，颠三倒四，和乡下那些扯皮打架的夫妻没什么两样。以前我在乡下的时候，他们一年才回来一两次，每次回来也待不了几天。在那珍贵的几天里，我们一家人多幸福呀，我父亲风度翩翩，妈也是那么通情达理。

可是现在，我感觉心目中的父母消失不见了，眼前这两个笨嘴拙舌、互相辱骂、撒泼打滚的人让我感到既陌生又慌张。这个家我一秒钟都不想待。我出了门，在迷宫一样的巷子里奔跑起来。

我听到父亲在后面喊："马吉，你给我站住，再跑老子打死你！"

父亲追出来了，我慌忙拐到另一条巷子里。我迈步狂奔，想把父亲甩开，但父亲很快就赶了上来。我发现妈也追出来了。他俩在巷子里一前一后将我堵住。父亲一只手拧着我的耳朵，生怕我一个不留神又跑掉了。妈的一只拖鞋都跑断了，她一瘸一拐地走着，拿那只断了的拖鞋抽我的屁股，一边抽一边说："我让你跑，我让你跑！这里可不是乡下啊，路上车子那么多，不小心就撞上去了。到处都有人贩子，你跑到那么黑的地方，人贩子把你的嘴巴一捂，关到黑屋子里，我们上哪找你去？再把你卖到山里去挖煤，饭都不给你吃，没日没夜地让你干活，你稍微打个瞌睡就要把你吊起来打一顿。你说，你还跑不跑了？"

回家之后，一切都风平浪静。他们由于追我累得气喘吁吁，也许是把气都撒在我身上了，这会儿没有心思再吵架。我觉得自己还挺有用的，能够充当一个出气筒，迅速地化解一番争吵。

放暑假的时候，我决定给妈帮忙，每天中午替她把饭菜送去超市。正好舅伯送给了我一辆很小的自行车。我就骑着车，一只手提着一大篮子饭菜，一只手抓住车把手，往超市蹬去。

因为路途很近，通常也就几分钟，妈很放心。除此之外，我还给他们送过冰水，以及一些七七八八的东西。我很为自己能够替家里分担感到自豪。我觉得自己是一个挺有责任心的人。

有一天，一个个子比我高很多的男孩把我拦了下来，让我把自行车借给他弟弟骑一会儿。他旁边站着一个比我小几岁的孩子，鼻子下挂着一条茵绿的鼻涕。

我拒绝了他："我赶时间。"

高个子男孩有点窘迫，他用手比画了一下："就骑几个来回，从那头到这头，一会儿的工夫。"

我说："我要上班。"

高个子男孩说："你这么小，上的什么班？"

我说："送饭。"

他若有所思："给谁送？"

我说："给我爸送。"

他笑了起来，蛮有把握地说："这不是上班，放心吧，晚一点也没事。"

我看着那个小男孩的鼻涕都已经流进了嘴巴里，真是恶心。

我说："时间来不及了。"

我把脚踩在车镫子上，准备飞驰而去。

高个男孩说："别这么不近人情，都是一条街上的。借给我弟弟骑一会儿嘛。"

没等他说完，我就像一支离弦之箭射了出去。

我听到那个高个的男孩在我骑出去之后，喊了一声："个婊子养的，外码。"

自从那天中午我不愿意把车借给他们骑，有很多小孩会在我经过的地方死死地盯着我看，并且在我飞驰而过的时候，大喊一声："外码，个斑马。"

这个短句节奏感很强，如果用江城话吼出来的话则效果更佳，其声调类似于：中国队，加油。起初只有那个高个的小孩喊，后来喊的小孩越来越多。差不多每天都有三四个小孩在我的必经之路上，待我一出现，就高声呼喊。声音颇有些气势，在我听来好像是在给我加油。放暑假就是这样，这些小孩没事可干，三五成群，但无聊透顶。我听着这些小孩的呼喊，愈发有干劲，骑得飞快。直到后来，有人朝我身上扔东西。

就是那个吃自己鼻涕的小孩，他捡起一颗梧桐树上掉下来的果子，朝我砸过来。但没有砸中，我很得意地骑走了。后来，越来越多的果子朝我飞来，那些小孩分别站在马路的两边，生怕砸不到我。他们乐此不疲，而且参与的人也越来越多。我引起了整条街的注意。

有一天晚上，亮子特意跑来对我说："你以后不能再来我家看动画片了。"

我很惊讶："为什么？"

"因为你是我们这条街上的头号敌人。别人说你做了很多坏事，还抢小朋友的玩具。"

我很生气："这明明是造谣。"

亮子一副大义凛然样子，轻蔑地哼了一声："你别想抵赖了，有人亲眼看见的。虽然我不是完全相信，但是在这种大是大非面前，我不能和别个唱反调。何况你是个外码，我们本来就不是一类人。"

他出于对我这个曾经的朋友最后的一点情谊，主动告诉我一个秘密："以后你还是小心一点，他们可能要对你下手。"

"他们是谁？"

亮子有些为难："这个我不能说。"

我问："怎么下手？"

亮子茫然地说："我也不知道。"

我不明白事情为什么会变成这个样子。亮子的话，还是让我感到紧张。

我送饭的时候，小心翼翼地观察着道路两边。那些小孩又出现了，又一次朝我扔果子。可是突然之间，一块砖头飞了过来，砸在我的车把手上，差点让我人仰马翻。我扭头看见亮子就在人堆里，他和那些小崽子们站在一起，哈哈大笑，十分快乐，很难说那块砖头是不是他扔的。我停下车检查了一下车把手，上面还有砖头留下的凹痕以及砖头的深红色碎屑。这个玩笑可开大了，倘若砸到我的脑袋，我想我可能已经头破血流了。

我头一次感觉到了平平常常的街道上竟然会这样危险。我有点想告诉我父亲和司机搬运工们，但又觉得这样会招来嘲笑。我想象着我躲在父亲身后，而那帮人在远远地笑话我胆小如鼠。我得给他们一点颜色看看。

整整一个下午，我都在一条偏僻的巷子里练习扔砖头，风驰电掣之际从怀里掏出砖头掷出去，砖头必须要很准地命中目标。我反复练习，想象自己是动画片《赏金猎人》里的西部牛仔，一个孤胆英雄，总是能够化险为夷，在最后时刻命中目标。这部动画片还是在亮子家看的呢。我非常喜欢这个角色，虽然他骑的是马，而我骑的是自行车，有什么关系呢。

第二天，我去送饭的时候，那些小孩们早早地就守在路边了。他们每天的乐趣，就是为了等我出现。如果看不见我，他们该有多么失望啊。不出所料，这帮小混账又朝我扔东西，我像昨天练习的那样，飞快地从怀里掏出砖头，使劲丢出去。我听到人群里有人号叫了一声。

我来不及看被我砸中的是哪个幸运儿，就飞快地骑走了。

当亮子一家人聚集在我们家门口声讨我的恶行时，我才知道被我砸中的人是他。我的心一下子就揪起来了："砸到哪里了？"

亮子的妈自顾自地说："亮子对你那么好，天天邀请你看动画片，你竟然把他打得头破血流的，怎么还有你这样坏的孩子？"

原来打破的是头啊。还好不是眼睛，我松了一大口气。

父亲暴躁地操起家里的拖把杆子朝我的屁股上使劲抽。怎么说呢，虽然疼，但也不是那么疼。我知道自己此时应该表演一番，我发出了一阵惨烈的哭号声，还顺势躺倒在地。随着那根充满霉味几近腐烂的拖把棍子打断之后，亮子一家人满意地上前阻拦父亲。我们赔了一笔钱，那是我父亲辛辛苦苦背着那些冰箱、空调挣来的。

回到家里关上了门，父亲发疯了。他骂个不停："他妈的，这是什么狗屁生意，什么狗屁日子啊。"

他陷入了一种癫狂的情绪之中，胡乱砸东西。妈在旁边根本劝不住。她还拉上了我。我们母子俩都扑到父亲身上去拉他。

妈哭了起来："你怎么了呀？别吓我，有话好好说，你坐下来我们好好说啊，我求你了。"我听见妈哭了，我也哭了起来：

"爸爸，别生气了，我知道错了，我以后再也不闯祸了……"

我父亲心灰意冷，根本不理会我和妈苦苦哀求，随手又砸了一个烟灰缸。

那几天里，父亲充满怨愤："我上当了，他妈的，这是个陷阱啊。"

妈很生气："你怎么能这样说话？哥哥费了多大的劲才给你争取来的机会，好心当成驴肝肺。"

父亲不以为然："机会？狗屁机会。我在外面开大货车开得好好的，你们把我拉回来干什么？"

妈声嘶力竭地吼叫起来，眼泪鼻涕混杂在一起："天哪，你说的是人话吗？那是因为你出了车祸啊。你还记得你当时那个鬼样子吗？光是在医院里就躺了两个多月。是你自己不敢再去开大货车了，我们拦着你了吗？现在倒好，居然说出这种话来，你的良心喂狗了吗？"

父亲说："那就别拦着我，我们把这些货车卖了，把钱都还了，我自己去外面开大货车。"

妈简直要被他气死："好了伤疤就忘了疼了？出去开大货车哪里比得上自己有个小车队？当个小老板，一样也可以开车。"

我父亲摆摆手："那怎么能一样，开小货车只能在市区里转。"

妈气愤地说："你是个什么人哪，这么大的江城都容不下你了？还是说你自己想去过那种一人吃饱全家不饿的轻松日子，一年到头见不了几面，全国各地到处跑，到处潇洒？"

父亲满脸通红："他妈的，我想过那种生活？是我们的生意太差了呀。"

连我也听出来了,父亲说出这句话的声音是那么的小,那么的没有底气。

"随你的便吧,你以后爱干什么就干什么去吧。"

天都黑了,妈撂下这句话就做饭去了。她把锅铲捣得震天响,连抽油烟机也忘了开,满屋都是辣椒的气味,搞得我和父亲狂打喷嚏。

等到吃晚饭的时候,父亲自顾自地喝酒,显得有点轻松愉快。他把所有的烦恼都抛在脑后,开始怀念起他当初开货车的日子。

父亲说起贵州和云南,那里崇山峻岭,道路都紧挨着万丈悬崖。开着大货车在悬崖边上驰骋,稍不注意就会掉下去。如果是在漆黑的夜晚开车,就更危险了。他就亲眼看见有辆车在他前面和对面的车相撞,差一点掉下悬崖。父亲还讲在瓢泼大雨中开车的经历,根本看不见前面的路,眼前一抹黑,只能稀里糊涂地慢慢开,因为要赶时间,来不及等雨停。更不要说平原上起雾的时候,还有下大雪的时候,一片白茫茫,路多滑啊,方向盘都失灵了。比如车出了故障,自己被爆炸的轮胎炸飞,父亲飞在空中,完全不知道疼,身上的衣服炸成了稀巴烂。他躺在雪地里,最后是被冻醒的。

他说起这些的时候,整个人都焕发着光彩。

妈听得心惊胆战,我却觉得很有意思,想让他多说一点。

父亲说起在山道上看到日出的景象,让我很好奇。连绵不绝的群山之上,一轮红日正缓缓升起。四周寂静无声,车窗里灌进清晨沁凉的空气。我请父亲仔细说一说看到日出的景象,但他已经喝醉了："反正又大又圆，又红。"

他醉醺醺地倒在床上，发出地动山摇的呼噜声。

妈坐在桌子旁默默地流泪。

我对妈说："你就让他走吧。"

妈一边擤鼻涕一边说："说得简单，让他走了，你怎么办哪？我们才把你接到江城来。"

我说："我可以回去上学。"

说这话的时候，我觉得自己有点伟大。

"他还不如一个孩子醒事。"妈哭出了声，"我不会让他得逞的，婊子养的，一点责任心都没有。他想干什么就干什么？不可能的事。"

之后她痛哭流涕地给她的哥哥，也就是我的舅伯打了电话，告诉他我们的日子快过不下去了。她在电话里哭得那么伤心，简直肝肠寸断，把我们的生活形容得相当悲惨，差不多全家人都要上街捡垃圾吃了。舅伯是当初那个帮父亲争取到这份工作的人，他应该，也许，大概，搞不好，说不准，差不多是有责任替我们想想办法的。妈为了我们这个家，真是什么话都说得出口。

父亲知道舅伯要来了，充满警惕："这是什么意思？不是已经答应我出去开货车了吗，为什么偷偷给你的哥打电话？想阻拦我？"

妈说："没有人想阻拦你。是哥给你介绍的工作，不管怎么样，你也得告诉他一声吧。"

父亲坐立不安，在家里团团转。他知道舅伯必定是来说服他的，于是他高声宣布："谁来都没用，我是坚决要去开大货车的。"

　　下午，舅伯携新任舅妈来了。他把那辆崭新的黑色日产车停在门口，二人下了车。我的舅伯戴着一副墨镜，穿着休闲条纹衬衫，手臂上夹着一只黑色皮包，完全是大老板的派头。新任舅妈年轻漂亮，皮肤白净，光彩照人，说一口地道的江城话。我们都只听说过她，这还是头一次见到。她从我舅伯还只是一个装空调的包工头的时候就爱上了他，决心非他不嫁，如今也算是称心如意了。我的舅伯瞅准了机会，靠着把手上人数众多的装修队交给了超市，自己摇身一变成了集团的管理人员。有人说他是把自己的装修队给卖了，才换来的职位。那时候人们的情感还很朴素，单纯地认为人是不能作为筹码去买卖的。彼时，黄光裕的名声在家电行业如日中天，据说我的舅伯和黄光裕同桌吃过饭。

　　舅伯焕然一新，简直叫我们认不出来。他不仅换了新车，就连老婆也换了新的。我的父母一时之间看傻了眼，连打招呼都结结巴巴的，仿佛在迎接外宾。

　　舅伯语气轻快地对妈说："不是说快活不下去了吗？桌上这么多菜，还有骨头汤，哪里活不下去了？你们这不是还有说有笑的吗？"

　　妈冲她的哥哥撒娇："脸上笑了，心里是苦的。"

　　我父亲压根没有想到妈把我们说得这样不堪，他的自尊心膨胀起来："谁说我们要活不下去？屁话！胡说八道，只是生意差而已，不至于要上街讨饭。"

　　舅伯笑了起来，此刻的他春风得意，就连笑容都极富感染力。所以，他说出来的话也让人觉得可以信赖："不就是江南区的生意不好吗？小问题嘛。"

他掏出了手机，拨通号码后把手机放在脸上，另一只手则要插在腰上，仿佛一只手臂不能独自承受手机的重量。我们住的地方信号很差，他对着手机"喂"了好一阵之后，去外面打电话去了。

父亲的好奇心被吊了起来，他时不时地要往门外看一眼。

过了一会儿，舅伯进来对父亲说："汉西那边的超市新店要开业了，你想不想换去那边？"

我以为父亲会一口回绝，他非去外面开大货车不可，就昨晚他对开大货车的痴迷程度来说，这差不多是板上钉钉的事。可是，这会儿父亲的嘴角不自觉地露出了微笑。妈在旁边兴奋地拍他的胳膊："这还有什么说的，去试试嘛。要是汉西不行，再出去开货车也不迟嘛。"

我父亲晕晕乎乎地问："什么时候去呢？"

某种程度上来说，这正是我父亲的悲剧所在，一点点的变化，就足以使他感到满意。

舅伯说："如果决定去的话，就要快。先去占地方，晚了就是别人的了。"

第二章

　　我们慌慌张张地把行李装上货车，一夜之间就搬到了汉西。我们住在一处挨着火车轨道的房子，那是我们在最短的时间里能找到的最不错的房子了，打开窗户就能看到火车缓慢地驶过。轨道两边的人家种了花花草草，随处可见散养的鸡在陈旧得发黑的枕木旁悠闲地啄食。

　　由于走得匆忙，我们得重新招司机和搬运工，因为小吕叔叔和蚂蚁叔叔不和我们一起去汉西。小吕叔叔的女朋友是江南人，她长得白白胖胖，脾气骄横、任性，可是她有一套房子。如果以后结了婚，小吕叔叔可以少奋斗许多年，他们孩子的户口也可以落在江城，小吕叔叔从此也是半个江城人了。他很珍惜自己的女朋友，当然他的女朋友也非常爱他，毕竟他长相俊朗，脑袋灵光，两个人简直分分秒秒都不愿意分开。去了汉西，我们送货辐射的区域将会是草甸和沌口，那里离江南十万八千里，他没法及时回应女朋友的种种合理的和无理的要求，事情可能就会有变化。

　　蚂蚁叔叔也不能来汉西。我父亲很喜欢蚂蚁叔叔，因为他人很踏实，而且重情重义，他敢于为我父亲打架。但他有家庭要顾，还有孩子要养，他不能随便搬家，而且不能离家太远。

我们匆匆忙忙招的司机和搬运工远不如他们，不说业务能力，有的就连人品都很堪忧。我父亲要应对许多投诉，因为新来的司机很不上心，对待顾客态度恶劣，有的搬运工还私下里向顾客索要额外的费用。

父亲不愿意他们来家里吃晚饭，因为来家里吃晚饭意味着亲密和信任，是小吕叔叔和蚂蚁叔叔那样的"好人"才有的待遇。父亲有小吕叔叔和蚂蚁叔叔的时候，自己不需要多说什么，大家气息相通，做事也变得很简单。但现在不一样。父亲真心真意，好话说尽地去劝谕手下的人，指望别人能够被他的真情打动，然后去改掉一些工作上毛病的想法，实在过于天真。对方非但无动于衷，以至于他说多了，别人还会嫌他烦："哎呀，这有什么关系呢，都是小问题啦。"

父亲每天晚上回来，两只手在桌子上乱拍："他妈的，这些人根本说不通。"

妈告诉他："你得去管理他们，光说是没用的。你是在做生意，不是交朋友。"

可是我父亲对管理一窍不通："什么管理，我这不是在管理吗？"

妈懒得接他的话茬。

最后父亲自言自语，大吼大叫："他妈的，我把他们通通开除算了。"

通常父亲是在用这句话来终结话题，这个时候他的啤酒也喝完了，正准备去盛饭吃。这句话中小小的权力快感有了和酒精一样短暂的麻醉效果。但这句话把妈惹恼了："你就只会这句了是吗？解决不了问题，在家里要什么威风。"

接着，他俩的争吵就开始了。父亲手上盛饭的空碗有时候会砸在地上，有时候不会，这都是不一定的。

不过，父亲还是听从了妈的意见，开始学习管理。比如上班迟到太久的，不打招呼就消失不见的，对待顾客粗暴被投诉的，都要扣工资。

这就让父亲和他的司机、搬运工们相处得越来越别扭，甚至开始彼此怄气。其中最主要的原因，还是因为我父亲这个人缺乏威严，送货是件辛苦的事，他并不忍心真的去罚谁的款。可这样就让司机和搬运工们觉得莫名其妙，对父亲很不满意。一个小小的送货车队居然还讲什么扣工资，很快就有人说不想干了。甚至还有人在背后说："要是他敢扣我的工资，老子肯定不放过他。"

晚上回到家里，父亲大发脾气："什么东西，就他那个小个头，老子一只手都能对付他。也不想想，是谁在给他发工资，他干的那点活都不配拿那份钱。"

不管怎么说，这给父亲带来了困扰。夜深人静之际，火车从我们的窗外驶过，震得桌上的盘子和碗叮叮当当地抖动。父亲从梦中惊醒，惊魂不定，荒唐地觉得火车会脱轨，会朝我们住的房子冲过来，把我们碾成稀巴烂。

可是过了一段时间，父亲心情大好。他是怎么忽然变得心情这么好的呢？

他在吃晚饭的时候宣布他的发现，"江南的生意不行，汉西的也不行，说明什么？说明做这个就是不行。我们还是趁早不干了，损失能少一点。"

妈快被他气死了："怎么，你又要出去开大货车了？我们才刚刚搬到汉西啊。"

"刚搬来就已经亏成这样，难道要亏到裤子都没得穿吗？趁现在，我们把货车卖了还能回点本。"

妈气愤地问他："天哪！你到底是个什么样的人？"

接下来，就是无休止的争吵。

我通过他们争吵的频率大致可以判断出，我们在汉西的生意要完蛋了。哪怕是在深夜的时候，他们也会争吵。有时候会把我吵醒。我在黑暗中躺着，听到父亲在隔壁房间说他想把我送回乡下去读书。

妈坚决不同意："你别以为我不知道你在想什么！你是想先把他送回去，然后好撂挑子不干！"

父亲在暴躁地吼叫，我听不清他在说些什么。但通常来说，这只能说明妈说得很准。不过，我想不明白为什么父亲要先把我送走，然后再撂挑子。

这会儿，火车从窗外驶过，震得房子都要塌了。火车过后，一切都回归安静，什么声音都听不见了。我的心里有点难过，恨不得马上就回乡下去，那里有我的爷爷奶奶姥姥，还有一群整天跟在我屁股后面到处乱窜的伙伴。没什么了不起的。

第二天一早，妈给小姨打了电话。小姨就住在汉西，离我们不太远。她原本在舞厅里跳舞，是头牌。后来，她交了一个男朋友，从此开始醉心股市。她的男朋友年纪不小了，身材矮小，一条腿也不太灵便。他是个做烤鸡的，但很有本事，做烤鸡发了财，用烤鸡烤出来了一座不大不小的酒店，就叫宫廷烤鸡大酒店，在何家村铁桥附近。

我在江南的学校就是小姨帮忙搞定的。我还记得当时入学得考试，不是随随便便就能上的。妈对考试一窍不通，小姨可是家里唯一的大学生。一大早，妈和小姨陪我去了学校。试卷上的很多题目看得我头晕目眩，而且在乡下根本没有英语这门课。几份试卷做下来，我感觉脑子里一片空白，冷汗直流。等下午成绩公布的时候，我的成绩是丁，甲乙丙丁里最差的那一级。教导主任当即就否决了我进学校的资格。妈焦急得不得了，但她有点认命，因为我考得实在是太差了，她没有底气去求人。

我的小姨追着那个胖胖圆圆的教导主任屁股后头，给我一次机会。小姨说："他年纪还小，脑瓜子也很聪明，只是乡下没有英语这门课，他肯定会好好努力学习的，这是个非常懂事的孩子。"

可是教导主任说，哪怕他考的是丙都还可以商量，丁肯定是不行的。

整整一下午，我和妈都在焦急地在学校外面等小姨出来。学校的孩子们都在打扫卫生准备开学，他们互相追逐打闹着。差不多快放学了，小姨终于从学校出来了，告诉我们，主任同意了。

妈问小姨用的什么办法。小姨作出一个捻钞票的手势。她始终没有告诉妈她花了多少钱，只是用手摸了摸我的头，让我好好读书。

我的小姨当天下午就风风火火地赶来了。当得知小姨要来，父亲怒气冲天："他妈的，我烦透了你这种到处搬救兵的行为，难道我们家的什么事情都得让别人来决定？"

"不是让别人决定，让她帮忙参谋一下。"

"这是需要参谋的事？这是我们的家事啊，他妈的。"

妈说："怎么说她都是大学毕业的。"

父亲无法辩驳，因为他自己只是初中学历。

小姨来了，她穿着一身长裙，拎着华贵的包，脚踩高跟鞋，美得让人惊艳。她并没有使得父亲感到蓬荜生辉，反而映衬得我们住的地方乱七八糟，不堪入目，甚至我们的板凳都显得过于破烂，不配小姨落座其上。

她很疑惑："为什么要把他送回去？"

我父亲在面对小姨的时候很想表现得彬彬有礼，他对学历和知识有一种莫名其妙的敬畏之心。起初他们还只是互相说服，接着就开始有了火药味。小姨说了许多在江城上学的好处，我父亲表示现在生意极差，搞不好我们就干不下去了。可他哪里辩论得过小姨，他表示归根到底这是他的家事。小姨呢，她不依不饶，说到家事她还是个小姨呢，"难道还不能插话了？"

我父亲激动起来，难道他还不能决定自己儿子的去留吗？

他们频繁地使用设问句、反问句、疑问句。父亲这种斤斤计较式的争论方式，让我的小姨十分恼火。

她突然发疯似的尖叫起来，把大家都吓了一跳："都别说了！让他自己说。"

小姨走到我面前，蹲下来："吉吉，你是想留在这里，还是想回乡下去？"

我有点犹豫，毕竟他们现在的生意不好，我在这里要花不少钱。

小姨目光热切地盯着我："你不要想别的，说你的心里话。"

我说："我想留在这里。"

小姨把我推到门外，看她的架势似乎是要和我父亲干一架。

妈挡在他们中间，很怕她和父亲打起来。我站在门外，隐约听到小姨在喊叫："他在你们身边都学不会，回乡下只会成为一个小混混。乡下是个什么地方，难道我们不清楚，我们为什么要从乡下出来？""什么困难都是借口，大家都应该拼命想办法留在这里，不拼命才真的没有机会""学费要是问题的话，我来出"之类的。

我父亲的嗓门越来越小，很快就小到听不见了。

等小姨走了以后，父亲有火发不出："这难道是学费的事吗？我怎么可能要她来出学费。她到底有没有搞清楚，这究竟是谁的儿子？"

有好几天，父亲一天到晚都在打电话，他在电话里的声音热情洋溢，不停地在房子里兜兜转转，有时候转够了，就踱步到火车轨道上，再沿着轨道一直往前走。碰到火车汽笛响起，他吓了一大跳，又赶紧从轨道上跳下来。

很快，我们乡下的远房亲戚和熟人，以及熟人的熟人，纷纷来到了我们家。他们就是我父亲喊来顶替那些司机和搬运工的。

"他明明可以解决问题，首先想到的却是撂挑子，"妈和小姨在电话里得出一致的结论："男人都是贱骨头。"

这些叔叔们都很年轻，二十出头，看什么都觉得新鲜，对我们住的地方赞不绝口，"这里还有火车啊，真不错。"

他们没事就爱拿个小板凳坐在轨道旁边抽烟聊天。我父亲原本对这里充满厌恶，动不动就抱怨："这什么鬼地方，连个觉都睡不安生。"

但因为我这些叔叔们的热情，使得父亲也开始重新打量这个地方。他有点得意地说："还行吧。"

我的这些叔叔们对江城的道路很不熟悉，至于走错路，送货送错地方，或者晚了半天才送到的情况比比皆是。小白叔叔就是那样一个司机，他是妈的远房表弟，几乎把能犯的错误全都犯了个遍，最爱谈论的就是如何躲开交警。他是个极其乐天的人，每天都乐呵呵的。虽然他们很鲁莽，父亲每个月得多缴罚单，还得处理车辆剐蹭的问题，依然还是有服务不周到的投诉。

但是，我们的饭桌上有了欢笑。

不过，我的日子就很不好过了。我在江南的学校因为"淳朴"而受欢迎，同样我在汉西却因为"淳朴"而受人欺负。你大概知道每个班上都有那种遭人戏弄的傻瓜同学吧，但我万万没有想到，有一天我会成为这样一个角色。一切都很莫名其妙。我也总是在想为什么，是因为我不会说江城话，连普通话也讲不好？还是因为他们看过的动画片我通通没看过，因为我们家里没有电视机，所以和他们不是一伙的？还是因为那个班主任？她真够坏的，总是冤枉我，上课上到一半，会忽然冲我大喊大叫："马吉，把数学课本合上，现在是语文课。"可是我根本没有翻数学书。我向她申辩，她根本不听，站在讲台上远远地大叫："快给我合上。"我只好合上语文课本，才称了她的心。如果教室里丢了什么东西，她就径直过来问我，好像我长得像个小偷似的。

我讨厌上学。有一天，我发现还有游戏厅这样的地方，那里才是世界上最好的地方。我打游戏很勤奋，每天早上天没亮我就起床了，悄悄收集父母散乱地扔得到处都是的零钱，跑步赶去游戏厅。有时候，去得太早游戏厅还没开门，我就使劲敲游戏厅的卷闸门。游戏厅的老板头发乱糟糟地披着衣服，骂骂咧咧地开了门，里面一股浓烈的烟臭味。我坐在游戏厅一直玩到上课铃快要响起，才急匆匆地跑去学校。

我的游戏打得很好，每当我坐在游戏机跟前，身边总是围着大群人。在那个乌烟瘴气的游戏厅里，他们脏话连篇，而且烟熏得我眼睛疼。可是当我操作飞机准备艰险通关的时候，这些人全都替我捏把汗。然后，我顺利通关。身后一群人发出一阵"嗵"，那种成就感无可比拟。

我在游戏厅里明白了，一个人是可以从糟糕的处境中跳脱出来的，虽然是通过打游戏机这种不正当的方式，虽然是在那样一个乌烟瘴气的地方。

后来，家里随手可寻的零用钱就不够了。我悄悄地从床上爬起来，蹑手蹑脚地走到客厅，鼓足勇气倾听父母的鼾声。伴随着火车轰隆的声响，我小心翼翼地拉开钱包的拉链，往外掏零钱。那真的是很罪恶的事，我的心脏在狂跳。突然之间，火车的声音消失了，而我拉上拉链的声音又太大了。然后，我就看到父母房间的灯亮了。

看着他们头发蓬乱，衣衫不整，满脸的惊愕和失望，我觉得自己根本就不该被生出来。父亲恼怒的脸上还夹杂着一丝发现的兴奋："好啊，终于抓到你了。"

他一把揪住我的领子，把我一把甩开，四下寻觅一件称手的家伙，眼见他要往厨房去，妈慌忙地拦住他。

父亲推开妈："给我滚开，都是你惯的。在江南他把别人打得头破血流，来了汉西他居然偷我们的钱，再大一点他他妈的敢杀人放火。"

父亲抄起门边的扫帚棍朝我抽打起来，妈这才开始帮起腔来："打，狠狠地打，真是个不成器的东西。"

父亲打得挺狠，但我一声也没吭。挨了一顿打，我反而觉得心里好受多了。

妈一边替我抹药，一边哭："你爸说都是我惯的你，他说得对。我就是太纵容你了。你的秉性不坏啊，怎么变成这个样子？你要给妈争口气啊。"

在这个世界上，只有妈会觉得我不是个坏孩子。

妈觉得我们和汉西这个地方犯冲，他们的生意那么差，他们的儿子也像中了邪，总之一切都很不顺利。

那天下午，我们母子俩坐上公交车，打算去罗汉寺拜一拜。天气真是好极了，尽管还是很冷，梧桐树叶落了一地，风一吹就翻滚起来。阳光照在我们身上，暖烘烘的，让人昏昏欲睡。

罗汉寺里很安静，妈带着我走到那口大钟跟前。撞一次十块钱，能驱邪避祸。妈说："我们一家三口，那就撞三下吧。"

妈给了旁边站着的和尚三十块钱。我脱口而出："这是骗人的。"

妈在我头上敲了一下："闭嘴，别胡说八道。心要诚，一会儿使点劲撞。"

我站在那口钟跟前，紧紧抱紧木头，朝大钟撞过去。那口大钟发出的声音，让我头一次感到声音是有形状的，像水的波浪一样荡漾开去。

撞完钟,妈拉着我去拜菩萨。妈很虔诚,她虔诚的方式就是见到菩萨就磕头,见到功德箱就往里面扔钱。我只好不停地磕头,妈拿出零钱不停地往每个大殿的功德箱里扔钱。磕完了所有的菩萨,我已经头晕眼花了。

妈很满意,因为那些菩萨我们一个不落地都拜到了。这么多的菩萨,随便有那么一两个被我们的虔诚所打动,愿意来保佑我们,就足以改变我们的境况。

她长舒一口气,忽然用很神秘很激动的口气说:"我们去数罗汉好不好?"

我们来到了罗汉堂,里面摆满了姿态各异的罗汉塑像,有好几百尊。

妈说:"按你的年龄数,今年9岁,祝10岁。唉,才这么小就跟着我们吃苦。"

妈忽然感伤起来,她就是那样一个人。我不觉得有什么可苦的,毕竟我们一家人在一起,这可比在乡下每天盼着他们回来要好得多。我按照妈说的,从任意一个罗汉开始数,数到第10个。眼前这个罗汉通体金黄,神情中有一丝不易觉察的嘲讽,右腿夹在底座上,一只手托着许多小球,另一只手作出一个佛门常见的手势。这个罗汉名叫金刚破魔尊者。

妈来找我的时候,站在金刚破魔尊者面前,她觉得很不自在:"什么金刚啊魔的,怪吓人的。"

她也数了一个罗汉,叫月夜行难尊者,是站着的,身上飘带飞扬,目视前方,仿佛步履不歇,一往无前的样子。

门口有解读偈语的地方,但收费很贵,一个人得五十。妈拉着我扭头就走:"时间不早了,要赶快回去做饭。"

我们出寺院还没几步路，一个看相算命的老头走过来问："你们数了罗汉吗？"

妈不搭理他，让我也不要搭理，我们头也不回地往前走。

老头追上来："是什么罗汉啊？我来给你们解一解，很便宜，一个人五块钱。"

妈有点犹豫，步子慢了下来。

老头在后面喊："两个人五块钱也可以。"

妈停住了脚步。

老头就站在路边侃侃而谈："你儿子数的是'金刚破魔尊者'？这个有一点说法的。"

妈急切地问："是不是说我儿子是个魔？"

老头有些诧异："当然不是，你儿子是那个金刚啊。说的是他能够挫败魔，这个魔，也不是怪物，就是他的心魔。只是他必须要经受许多磨炼，最后才有可能破掉那个魔。一旦破了魔，就能取得很大的成功。"

妈又问："金刚到底是什么呢？"

老头说："金刚啊，可以说是一把利器，掉在水里不生锈，掉到火里烧不化，任你千锤百炼都不会有变化，所谓金刚不坏嘛。"

我喜欢老头这个说法，听起来非常威风，说明我是个很厉害的人。

妈越听越觉得沮丧，叹了一口气："这是在说他本性难改，油盐不进？"

老头愣了一下，随后笑了起来："你儿子很调皮捣蛋吧。你可以这么理解，不管怎么说他身体健康，没病没灾嘛。"

我突然意识到，我并不像妈说的那样本性不坏。在她心里，估计早就认定我就是个小魔头，一个麻烦，而且已经坏透了。

这个发现让我整个人都呆住了，泪水在眼眶里打转。我已经没有心思去听那个老头对"夜月行难尊者"的解读。只能看到老头的嘴巴在动，但是听不到他在说什么。

妈把五块钱塞给老头，匆匆忙忙地拉着我去赶公交车，她没有发现我有什么不对劲的地方。我们的生活总是很匆忙。

自从在罗汉寺拜了满天神佛之后，我们的生意竟然奇迹般的有了好转。差不多快期末考试的时候，父亲又志得意满地嚼起了口香糖："我算是摸准了，汉西就是这样，这个地方每天都差不多，生意好起来也好得不多嘛。发不了什么大财。"

父亲跷着二郎腿，面露喜色，对着小白叔叔他们总结他的发现。

妈调侃他："你总想一锹挖个井。"

父亲觉得生意之所以好转，这一切都归功于他英明的决策。把小白叔叔他们从乡下招来，实在是太及时了，现在他们已经成长为父亲的得力干将了。

妈却觉得，这里面肯定有罗汉寺的菩萨们的功劳，虽然我们说不出来是哪一尊菩萨在庇佑我们。但我和妈还是去还了愿，又一次给每个菩萨磕头。

也许是受惠于菩萨的庇佑，我在这个学期的表现还不错，基本上没有打架，也没有惹是生非，学习成绩也有很大进步。

妈向父亲炫耀："我说什么来着，他这不是学好了吗？他的期末考试考得很好，语文成绩名列前茅，应该奖励他。"

父亲很高兴："肯定要奖。"

"那么，奖什么好呢？"妈问我，"马吉，你想要什么？"

我说："我想要我们一家人不分开。"

我的叔叔们停下了吃喝，一起望着我。父亲沉默地喝干了杯子里的啤酒。妈眼眶红红的，把我揽在怀里。

小白叔叔起哄说："吉啊，我奖一个实在点的，奖个自行车给你，好不好？"

有时候事情就是这样，我的语文成绩越来越好时，那位曾经不断找我麻烦的班主任，一下子就变了个人似的。她当众宣布让我当语文课代表："马吉同学从语文成绩不及格，到作文可以打满分，可见是下了极大的功夫。只要努力学习，成绩是可以提高的。我认为他的变化，对全班同学也是一份激励，努力和上进一直以来都是我们班的班风。以后大家也要配合支持他的工作，让我们用热烈的掌声向他表示祝贺。"

说实话，我并没有努力学习，也没有把心思用在学习上。之所以作文能够写好，完全是因为我认识了郭一。我们住得不算远，他家也住在轨道边上，相距一站路。我们是同一个年级的，但不是同班。因为上学放学的路上总是能在轨道边碰到，就这样认识了。他特别会讲故事，能够把一件普普通通的事，讲得离奇怪诞。每次放学，我们俩都会坐在轨道边上互相讲故事。他讲一些城市里的奇闻逸事，我给他讲乡下的鬼怪故事。我们经常在轨道边上一直讲到天色发灰，这才挥手分别。每次分别，我们都有点依依不舍，本来是我送他回家，都已经走到了他家门口，但他不愿意进门，于是我们两个走着走着又走到我家门口，接着我们又往他家走去。

讲完故事，我踩着铁轨回家，已经分辨不清真实和虚构的界限。我感觉自己是一列火车：我缓缓地在轨道上行驶，经过两旁的房屋时，看到坐在门口的人正在端着碗往嘴里扒饭，丢一块骨头给摇着尾巴望着他的狗；有人在打扫卫生，朝门口泼水；还有的只是抽着烟，目送我远去。我继续前行，轨道上的小孩子们听到我发出的汽笛声纷纷尖叫着跑开，而轨道边的猫仍然慵懒地趴在椅子上；经过路口时两旁的栅栏已经放下，"小心火车"四个字分外醒目，栅栏两边挤满了推自行车的和跨坐在电动车上的人，他们都在安静地等我开过。有的路口还有剃头的摊子，一个年迈的剃头匠正在给另一个头发花白的顾客刮脸，在他的脸上均匀涂抹上白色的泡沫，而他们旁边的简易铁架上挂着几条毛巾，毛巾下面放着一只烤瓷面已经破破烂烂的红白相间的脸盆，在夕阳的照射下，盆里冒出的热气在蒸腾翻滚。

不出意外的话，我会一直在汉西念书，生活，然后长大。我喜欢汉西，这里的空气里有一种让人安宁的东西。

但是我和妈在罗汉寺拜了太多菩萨，以至于接二连三的好运气纷纷向我们砸过来，打破了我们宁静的生活。

新学期过半，我的舅伯带着好消息来了。他整个人又富态了一大圈，下巴上的肉多了起来，他一动，那坨肉就仿佛平静的湖水被风一吹，微微荡漾起来。

他告诉我们，他马上就要离开集团了，走之前要帮我们安排一个最好的超市。

妈问："你准备去干什么呢？"

舅伯轻描淡写："我啊，就是去搞搞投资，盖楼房，修公路什么的。我也没有什么大目标，就是把现在的车换成大奔就行了。"

我们都为舅伯高兴，也为舅伯带来的机会高兴。

"江北那边的超市要开业了，是所有超市里规模最大的一家店，而且还是在江北。你们应该都知道，在江北完全不愁生意。怎么样，想不想换过去？"

我的父母有些犹豫，毕竟我们刚刚才在汉西站稳脚跟。他们说到我："马吉的学习成绩刚刚有点起色，老师同学都很喜欢他，还当上了语文课代表呢。"

舅伯也很高兴："嗯，不过机会难得，你们考虑考虑吧。"

妈对汉西的生意很满意，她声调压得很低，神秘兮兮地告诉舅伯我们昨天送了多少台电器，挣了多少钱。

我的舅伯听了之后大笑起来，笑声极为爽朗："你们恐怕不了解情况，江北超市的生意未来抵得过十个汉西。"

妈很惊讶："十个汉西，那是什么概念？"

"什么概念？就是说，你们要发大财了。"

妈带我去学校和老师说明情况的时候，同学们都感到很可惜，把我们团团围住。好多女生往我的书包塞写了祝福语的卡片，小玩偶，文具盒一类的东西。我们的女班长像个大人一样对妈说："起码让他读完这学期再走吧，阿姨您说呢？"

我们匆匆忙忙地收拾好东西，就开始朝江北进发。我们的车队人员齐整，三台车硬是开出了浩浩荡荡的阵势。在深夜的马路上时，两个叔叔把车开得飞快，你追我赶地开上伯子桥，奔江北而去。

妈心里有点难过，她对父亲说："我们到江北一定要好好干，让他安安稳稳地念书。”

父亲爽快地答应了：“那是肯定的。”

那天晚上，江上挂着一轮月亮，又圆又亮，它斜在江北上方。当我问我们的新家在江北哪里的时候。父亲一只手从7781的车窗里伸了出去：“看到月亮没有？就在那边。”

他这话挺有气势，知道的人知道我们是要搬去江北，不知道的还以为我们要搬到月亮上去呢。

第三章

我们住在解放大道旁边的一条巷子里，学校离家很近，就在马路对面。我就像一颗萝卜一样，刚从汉西的地里刨出来，马上就被按进了江北的坑里。即便是一颗萝卜，可能都会觉得有点晕晕乎乎的。

我们刚搬到江北，父母就变得很忙碌，小白叔叔他们也很辛苦，都没时间跟我讲话。到了晚上，父母累得倒头就睡，发出那种踏实的，均匀的鼾声。看来，江北他们是来对了。

可我发现自己完全听不进老师在讲什么。我很努力甚至拼命地想要听懂，可我坐在教室里就像梦游，我的思绪飞到了别的地方。我在脑海中编了一个离奇的故事，还会把自己给逗笑，很突兀地在座位上发出笑声。

老师使劲拍了一下讲桌："那位新同学，我讲的课很好笑？"

"不是，我在想事情。"

"哦？那这节课你站着想吧。"

那天，我的脑海中浮现出一个极好的故事，但我灰心地发现可能没有人能够理解它的精彩之处，也许只有郭一能够听得懂。我觉得必须得跟他讲一讲，这样好的故事不讲出来实在太可惜了。我鼓起勇气，决定去汉西找郭一。

我先坐车到了宗关，然后在站牌前面研究了很久应该坐哪趟车过江。我从密密麻麻的人群中挤上了过江的公交。过江之后的第一站就得下车，然后再换乘一辆公交。

在公交车上，我想着和郭一碰面的情形，我们这么长时间没见，肯定很激动。我们会在轨道上游荡，我给他讲脑海中的故事。我敢肯定，这是我们俩讲的这么多次故事中，最好的一个。

我下了车，拼命往他家跑。

郭一家现在有两个我不认识的人。他们正在讨论动画片里的一个配角接下来的命运。这部动画片我没有看过。虽然并没有看过这部动画片，但对于那些配角的命运，我都能猜个七七八八。郭一和他的两位朋友争得面红耳赤，见我来了，他兴奋地喊道："马吉马吉，正好你来了，你觉得呢？"

"什么？"

"你觉得他接下来会怎么样？"

我蛮有把握地说："他死了。"

我看到郭一的脸色一下子就变了，他的新朋友们也很惊讶。看得出来他们都十分喜爱这个角色。

其中一个小胖子义正词严地质问我："他怎么可能死呢？你到底有没有看过这部动画片？"

我说："当然看过。"

"那你说说上一集讲的什么？"

我说不出来。

我的朋友有点难堪。我还是很想对他讲那个我脑海中的故事，我想着等我走的时候，他会出来送一送我，就像当初那样。这样我就可以见缝插针地给他讲那个故事。但是直到我从他家走出来，他一点送我的意思都没有，只是和我挥了挥手，继续和那个小胖子争论起来。

我走在那条熟悉的轨道上，心里很失落。我可是历尽艰辛大老远跑来的，却只换来这样一个结果。想起我的故事，如果不讲出来简直太可惜了。我踩在光滑的铁轨上，自顾自地讲起来：这个故事是这样，从前有一个萝卜人，他其实是一颗萝卜变的……

等我讲完，抬头发现天色微微发灰。我慌忙跑去公交站，这会儿的车站里挤满了人，路边的霓虹灯管交错闪耀，真是让人心慌。我好不容易挤上一趟车，夹在那些大人的腋下，感觉快要喘不上气了。

我回家的时候，天已经黑透了。我看见7781停在门口。按平时，小货车肯定得停在超市里面。我听到屋里很多人说话，大家全都在里面，一看到我，那些叔叔们都在喊："马吉，你去哪了？"

"去汉西了。"

他们又纷纷问我："你一个人去的？"

"是啊。"

我的叔叔们纷纷来摸的头，捏我的脸："不得了啊，一个人跑到汉西去了。他才小学四年级呀。"

父亲气得要命："你还有脸回来？我们找了你一天啊。婊子养的，我今天什么事都没干，光开着车把江北转遍了。老师说你不好好学习，逃课，逃学。你整天在搞些什么鬼名堂？"

他拎起拖把棍朝我冲过来。妈赶紧抓了一根扫把棍抢在他前面，使劲地抽我的屁股。妈打我的架势很凶狠，但她只是叫喊声挺大，一边打一边骂："你快把我们吓死了。小狗卵的，跑出去一天，招呼都不打一个。"

实际上打在我身上不疼不痒。我一整天坐了无数趟公交车，回来的路上，我又提心吊胆地担心遇到坏人。我全神贯注地听着公交车报站，生怕坐过站回不了家。这会儿我实在太困了，妈刚打完，我就趴在床上睡着了。

父亲冲妈吼："你下死手啊？"

妈说："我没有啊。"

他俩惊慌失措地使劲摇醒了我。

父亲转头对大家说："个板马，他睡着了。"

我听见大家都在笑，接着我又睡了过去。

我们搬到江北以后，舅舅经常来我们家串门，因为他住得离我们挺近。舅舅和另一个人合伙摆摊卖羊肉串，但他们卖的羊肉不是真的羊肉，是泡了羊肉精的鸭肉，比羊肉便宜许多，吃起来是羊肉味的。我们去看望舅舅时，他盛情邀请我们品尝："别客气，敞开了吃。"

通常我舅舅会戴着圆顶帽冒充新疆人。他皮肤很白，五官精致，在那顶帽子下面比新疆人还像新疆人，操着一口蹩脚的新疆弹舌音，表情夸张地扇着扇子："羊肉串，嫩嫩的，香香的，两块钱一串。"

我们一家人每次去看望舅舅回来都要拉肚子，争抢厕所，搞得精疲力尽。

父亲的反应是最大的，他焦急地捶厕所的门："马吉，好了没有啊？你搞快点啊。"

和舅舅合伙的那个人总是拿着一把扇子猛扇木炭，把一条街扇得烟尘漫天。他喝酒也很厉害，一天到晚都在喝，每次我们见到他的时候，他差不多都醉醺醺的。他也来我们家吃过饭，大家让他展示才艺，他能唱歌，经常唱着唱着就号啕大哭。可是突然之间，他和我舅舅开始互相骂了起来，接着他掀翻了我们家的桌子，盘子和碗摔了一地。但是很快，他和舅舅又开始互相搂抱起来，兄弟兄弟地叫个不停。

　　我舅舅这个人，有点天马行空。一天到晚电话不断，总是有人从各个地方来找他叙旧、喝酒。他非常讲江湖义气，朋友无数。听妈说，我舅舅的这些朋友，几乎没有一个没坑过他的。但舅舅活在一种极其自我的境界中，对许多事情都不以为意。舅舅对别人十分热心，对我们家也不例外，经常从不知道什么地方拖来一大袋米，有时候是好几条鲇鱼，是他从江里捞的。他开着一辆破烂的吉普车，把那些鱼分别送到舅伯、小姨，还有我们家，屁股都没坐热就走了。

　　舅舅还常常告诉我一些知识："以后不要文身，文身也不能文关公。"

　　我没有文身的兴趣，而且年龄还小，这不是我考虑的事情。

　　他自言自语："我认识一个朋友，因为身上文了关公，被人把皮给剥了。知道为什么吗？因为他遇到一个身上文了过江龙的人。关公降龙，犯了忌讳。"

　　舅舅一天到晚神出鬼没。我的父母对于舅舅的生活不敢想象，他们都认为舅舅这样下去是不行的。可舅舅注定不是一个循规蹈矩的人，他认识的朋友太多了，什么样的人都有。他不需要像我的父母那样小心谨慎，紧张地盘算，精打细算地过日子。

我父亲不喜欢舅舅身上的江湖气，尤其是舅舅带我到处玩这件事，让他相当恼火。父亲从不当面说什么，他旁敲侧击："别让他把心玩野了。"

舅舅行事很随心所欲，有时候晚上他突然跑来我们家，问我："你想不想逛早市啊？"

"什么是早市？"

舅舅说："要起得很早才有，天一亮就收摊了。"

第二天天还没亮，舅舅的车就停在门口了。妈喊醒了我，我迅速穿好衣服，钻进了舅舅的车里。舅舅的吉普车里混合着烟味和汽油味。一上车，我就差不多清醒了，因为车里实在太冷。

舅舅发动了车，拐上解放大道，接着又拐到了小路上。外面弥漫的大雾在车前翻滚着，从车窗缝飘进来的雾气里有一股硝烟味。即便雾很大，几乎看不清远处的路，舅舅依然把车开得飞快。我很担心突然有什么东西从大雾中冲出来。

没多久，我们就到了。那是一条很偏僻的马路，旁边有隐约可见的菜地，路的另一边完全是一片黑暗，感觉是个下坡，零星有几棵树的影子。黑暗中有手电筒的灯光在四处乱晃。我跟着舅舅下了车，往前走了没几步路，就看到路边站着很多拿手电筒的人，不时地照亮他们跟前的东西。我粗略地看了一眼，乱七八糟的什么都有。随意摆在路边的有电视机、DVD、台灯、电风扇、电脑显示屏，看这些东西堆在一起，让我感觉像是一个住在荒野中的家庭。还有一些小物件是放在床单上的，像数码相机，女人用的包，还有皮大衣，甚至还有烟和酒。简直是个琳琅满目的大集市。

"吉吉，有喜欢的没有？"

我看见一个摊位上还有一套书，是很老旧发黄的《辛巴达历险记》的漫画。我用舅舅的手电筒翻开看了一眼，然后就停不下来了。

舅舅把这套漫画买下送给了我。此时，我已经没有兴趣再关心别的。

我回到了车上，就着手电筒的光翻起书来，不知不觉就睡着了。等我睡醒的时候，天已经亮了，雾气散尽，那些摊位消失得无影无踪。我们所处的地方，其实是个河堤。整个河堤上只剩一台车停在不远处。我看见舅舅从那辆车上下来了。他刚下车，那辆车就开走了。这样，整个河堤上就什么都不剩了。河堤一边广袤的农田刚刚浸润上早晨的阳光，另一边坡下树木的掩映中，窄窄的河水在缓慢地流动。

我感觉像是做了一个梦，只有我怀里揣着的那套书，证明了那些摊位曾经确实存在过。

我看到舅舅手里提着豆浆、油条朝我走过来。我太喜欢跟着舅舅去冒险了。

我常常在迷宫一样的巷子里乱跑乱逛，但又不能跑太远，否则我父亲要"火山爆发"。离我们家不远的一条巷子里，有一户人家一天到晚放着武侠片，我常常透过窗户看电视。屋里的男人整天躺在沙发上看电视，看见我站在窗口也不介意。隔着窗户，我跟着电视里学上个一招半式的。我扎好马步蹲在窗前，有时候一拳打在窗户的窗框上，发出一阵响动。屋里的男人会抬头朝我这里看一眼，随后又躺回沙发里。这个男人作息十分规律，每天上午十点多才睡醒。我每天雷打不动地跑去那里看，每次都能从上次看完的地方接着往下看。

有一天，我隔着窗户学习"小擒拿手"。一个女孩的脸挡住了我的视线，冲我做了个鬼脸。她的脸很白，始终在冲我做鬼脸，一会儿五官挤在一处，一会儿伸舌头。女孩质问我："为什么老是来偷看我家的电视？"

我听见屋里的男人冲她喊了一声什么。

女孩问我："你要进来看吗？外面冷。"

我犹豫了一下，进到屋里。里面乱糟糟的，女孩正躺在床上打滚。那个男人始终躺在沙发上没有起身，也没有和我说话。房间里很阴冷，我站在窗户外面看电视的时候起码还能晒到太阳。

女孩叫小蛮，比我大一岁。她浅红色的羽绒服已经褪色了，红色的皮鞋鞋头上破了一个小洞。她和我一样，每天都只能待在家里。小蛮的爸爸每天都不用上班，不知道是做什么的，感觉是个不简单的人。我一直很好奇，但小蛮说他爸是个修理工。但哪有修理工一天到晚不工作的？

小蛮话很多，会问我是哪里人，家里是干什么的，住在哪里，上几年级，喜欢什么动画片。我们聊天的时候，她爸爸一直默不作声，他好像挺希望我和他的女儿一块玩。小蛮说起话来有一点儿大舌头，但她话很多也很密，让我有点应接不暇。小蛮的爸爸会变戏法，双手灵巧、迅捷，和他那种慵懒的模样反差很大。他们的桌上总是剩两块馍，小蛮把挺干的馍当零食吃，还问我吃不吃。馍干得不行，一捏就成了粉末。我学着她的样子，举起一小块馍馍捻成粉落到嘴里。她喜欢玩跳棋，六色的棋盘已经很老旧了，上面满是污迹。我挺愿意每天去他们家看电视下棋。

小蛮在这里住的时间不短，对这一带很熟悉。她经常带着我四处游逛，看巷子里的人家晒被子，金色的粉尘在阳光下飘飘洒洒。哪一家养了会说话的八哥，哪一家的猫咪品种奇特，她全都知道。我们逛得最远的时候，走到过江边。远处造船厂不时地闪烁着点焊的光亮，偶尔传来轰隆隆的巨响。

我们赤着脚走在白色的沙滩上，她有点犹豫，又有点支支吾吾的。她有话想说。可是，我下意识的反应是，她是不是要搬家了。在那短短的几年里，我最担忧的总是刚认识一个人，马上就要分别。

我问她："你们要搬家了吗？"

她笑了起来："不啊。我们为什么要搬家？"

"那是什么事？"

她做了个深呼吸："我是这么想的，如果一个人把对方当成好朋友，就应该什么都对他说。虽然，我说出来，你可能从此就不拿我当朋友了。但是，我觉得还是有必要说出来，哪怕你再也不跟我玩了。"

她顿了一会儿说："我爸爸，其实我感觉他做了一些不好的事。我妈妈抛下我们之后，一直是爸爸在抚养我，他很不容易。我知道你也有一点类似的感觉，我想说的是，不管发生什么，你都愿意信任我，拿我当朋友吗？"

"当然了，我还以为你要搬家呢。"

她很高兴，张开双臂抱住了我。那一瞬间，我感到自己在不由自主地发抖。她好像意识到了，就抱得更紧了。我从未体验过这种感觉，让我有一点想哭。

她在我的耳边大呼一口气："谢谢你马吉，我现在觉得松了好大一口气。"

如果不是我的舅舅看到我从小蛮他们家出来，可能我们还是朋友。舅舅对这一带很熟，他听说那家住的人是个小偷。

我父亲气得要命，很显然他把我和小偷厮混这种事怪罪到了舅舅身上："小小年纪，居然跑去跟小偷厮混，你的脑袋里究竟在想些什么？"

在父亲的想象中我恐怕已经成了一个小偷，听从别人的指使，四处偷东西。父亲非常了解我，稍不注意我就要学坏。

"我们本本分分做人，生的是个什么东西呀，竟然想去做贼？"

"我没想做贼。"

"你还敢顶嘴！"父亲吼道。

父亲拿拖把棍子结结实实地抽在我的屁股上，妈也一点没有阻拦的意思。她也气坏了，我一点也没给她长脸。他们夫妻两个心领神会，打得兴高采烈，我这才意识到他们是打给舅舅看的。

我的舅舅有点窘迫，他批评自己："这个事我也有责任，他毕竟还小，不该带他到处去野。他现在还分不清好坏。"

没过多久，我们家的门锁被撬了，妈的首饰盒不见了。全家人都陷入恐慌。父亲气得要命，他怀疑是我偷的，因为我曾经偷过家里的钱去游戏厅，如今和小偷来往，可能受了别人的指使。父亲又怀疑是住在附近的那个小偷，我经常去他家鬼混，想必他对我们家的情况很了解，说不定家里有首饰的事情是我泄露给别人的，更有甚者，我甚至还告诉了别人东西放在哪里。

舅舅决定带大家一起去找那个小偷算账。他揣着一种将功折罪的心态，奋勇当先。为防不测，每个人手上都拿着家伙。大家站在门口，一个个都很紧张，叫小蛮的爸爸出来。我舅舅经验丰富，让大家不要进去，免得吃亏，据说小偷身上都有刀。小蛮被我们吓坏了，躲在角落里哭了起来。她的爸爸看到这么多人，也吓得不轻，但他看到我了，就出来了："马吉，怎么回事？"

他坚决否认偷了我们家的首饰，根本不知道有这回事。他语气诚恳："马吉经常来我家看电视，他跟我的孩子是朋友，我怎么可能去偷你们家的东西呢？"

舅舅说："如果不交出来，别怪我不客气。"

小蛮的爸爸声音颤抖地说："别在这里冤枉好人，我不怕你。"

小蛮从屋里冲出来，哭着冲我喊："你们冤枉我爸爸。马吉，你怎么这样没有良心，我们对你这么好，让你天天来我们家看电视，为什么要冤枉我们？"

她的哭喊声让我父亲他们全都愣住了，他们这才意识到小蛮的存在。

父亲受到了很大的刺激，他搞不明白为什么我们会跟小偷扯上关系。他觉得搞不好我已经参加了小偷们的团伙，因为他说我整天都一副白痴相，像活在梦里。他越想越离谱，越想越气愤。他觉得我已经没救了。

父亲一天到晚都紧张兮兮的，即便换了门锁他依然担心门锁不够结实。睡觉之前，他要在门上抵一根很粗的棍子，像在乡下时那样。

有一天，我们吃晚饭的时候，小蛮的爸爸牵着小蛮来了。他们父女俩站在门口，小蛮的爸爸帮我们把首饰盒找回来了。妈打开看了，确定东西原封不动，没有少什么。妈激动得不得了。大家都感到有点不好意思，请他们进屋。但小蛮和她的爸爸没有进来，他们就在门口站着。小蛮望着我，脖子仰得很高，脸上充满了骄傲。大家都若有所思地看着我和她。然后，他们就走了。

家里人都觉得不可思议，丢掉的首饰居然还能够找得回来，这简直是奇迹。那是我最早对奇迹的理解。正如我所猜测的，小蛮的爸爸也不是个简单的人。有时候，我觉得这个世界上到处都卧虎藏龙。不过想到小蛮，我的心里还是很难过。

我们很快就搬走了，父亲觉得那里是个贼窝。虽然我们找回了首饰，但他心有余悸，觉得那个地方住不得，他不想和小偷小摸扯上什么关系。我们搬到了解放大道另一边的小区里，房租要高很多，但起码看起来非常安全，小区门口有保安，楼下有门禁。而且家里的门也符合父亲的要求，有两层，外面一层是厚厚的铁门，里面才是木头的，看上去相当结实。

我偷偷地去找过一次小蛮，发现他们家已经搬空了。她家门口站着几个中年妇女在聊天。其中一个说："哪个晓得那个男的是小偷，搞得别个都不敢租我的房子了。"

另一个接话说："就是说撒，搬走了好，不然附近的人哪个住得放心？"

我站在巷子里，感到很奇怪，为什么每次我刚认识一个朋友，马上就会分别？感觉就像大雾里的那些摊贩，等雾一散就什么都没有了。

我们在江北的生意应该还不赖。一个很显而易见的现象是，父亲的车队里又增添了两辆新成员，一辆是新买的，还有一辆是租祝叔叔的。祝叔叔是江城人，长得高高瘦瘦，为人很懒散，他喜欢这种模式，既给我们当司机，每个月还能额外拿一笔租用费。他觉得很满足，我父亲也觉得很划算。

这下，我们就有了五辆小货车了，队伍变得有点庞大。现在，吃饭的习惯发生了一些变化。我们的司机和搬运工不那么经常来家吃饭了，但是如果他们全都来的话，会把我们家塞得满满当当，到处都坐着人。我的床边总是铺着长条的毛巾，可以供人坐一坐。但父母房间的境况就不一样了，床上、床下坐满了人在看电视。

他们吃饭的时候在热烈地谈论我，因为我一言不发地扒饭。

"你什么时候变得这么老实了？闷闷不乐，像个蔫鸡子。"我们的搬运工说，"有心事？"

我说："没有。"

"吃完饭，带你出去玩玩？"小白叔叔说。

"没意思。"

他们哄笑起来："出去玩都没意思了？"

我们的司机说："是不是管得太严了？"

妈说："没人管他，他自己现在乖得很，每天放学就回来了，哪都不去。"

他们七嘴八舌地说："太乖了也不行啊。"

我父亲沉默了好一会儿，突然说："要不，我们改天去东湖玩玩？"

那是一个星期二，父亲摸索出一个规律，不管是干什么，星期二这天的生意都是最差的。因此，那天 7781 也得以喘一口气，只需要载着我们一家三口，不用拉上满满一车厢的电器，那些加起来比它自己还重的电器压得它经常在颠簸的路上发出咿咿呀呀的哀鸣。

在我的印象中，这还是我们一家人头一次一起出去玩。

那天正好是个阴天，不太热，很适合出游。不过，一开始就很不顺利，妈晕车。父亲慌忙让妈摇下车窗，可是已经来不及了，妈刚把头伸出车窗，就"哇"的一下吐了出来，呕吐物直接顺着车门往下流淌。父亲顿时火冒三丈："啊，怎么搞的？"

他心疼他的 7781，好像它从来没遭遇过这样的污辱似的。接着他的女人又"哇"的一下，吐在车门上。我坐在妈的旁边，感觉到她的呕吐物被风吹到了我的脸上，我说："我也想吐。"

父亲吼道："你给我忍一忍！这是在三环上，一会儿下去停车了让你吐。"

可是我已经忍不住了。

父亲喊道："到边上去吐。"

我刚和妈换了个边，也一下子吐了起来。

"妈的，你们搞什么鬼！"父亲大喊大叫，把两边的车窗都摇了下来，让风使劲地吹进来，好让车里的气味好闻一些。

我们终于艰难地抵达了东湖边，我和妈坐在湖边休息，父亲立刻就从湖里打水，把 7781 的车门擦洗干净。他擦洗得很仔细，像给它洗脸一样。

接着，我们又继续环绕着东湖行驶。父亲把车转进一条小路，两旁都是低矮的小房子，接着拐上了一条山路。临近中午，我们开到了景区里面。

父亲很得意："我以前在江南送货的时候，来过这里。从这条路进来，不需要买门票。"

父亲把 7781 停在一片草坪旁边。不远处的草坪上有两顶帐篷，一大一小，大人们在草地上打牌喝啤酒，帐篷前面两个男孩在踢球，一个女孩在放风筝，放的是一只鸟，但怎么都放不起来，只是一个劲儿地扯着风筝跑，而那只鸟总是俯冲向下，无数次撞击在嫩绿色的草坪上。一阵阵欢快的叫喊声传了过来。

父亲从车厢里拿出一摞旧床单抖开，铺在草地上。妈拿出早上准备好的卤肉、咸菜，还有卷肉的饼。我们坐在草地上吃了起来。这时，我看见那边打牌的大人纷纷站了起来，他们走到路边的奔驰车边，把烧烤架，还有许多吃的肉类搬到帐篷旁边，接着烟尘飘荡起来。不久，我们这里也闻到了烤肉和孜然的香味。

妈看着帐篷的方向说："你们看人家装备多齐全，还有烧烤呢。"

父亲望着天空："要下大雨了，带那么多东西看他们怎么收。"

"别人有帐篷，还会怕下雨？"

父亲说："帐篷顶个屁用。"

妈说："下次我们也带个风筝出来放。"

帐篷、烧烤、风筝，还有奔驰，只会反衬出我们的准备是多么仓促、寒酸和没见过世面。妈羡慕的语气使得父亲暴躁起来，父亲突然很大声地说道："连风都没有，放什么狗屁风筝。"

妈说："看看别人都有什么，我们下次出来多准备一点东西嘛。"

妈就是这样一个人，她喜欢向别人学习取经，见贤思齐。

父亲站起身来，烦躁地说："准备个屁。"

说完，他就头也不回地走开了。

妈冲他吼道："真是个怪物。"

吃完了卷饼，我和妈坐在树下休息，我们想等过了中午最热的时候，再四处去转转，据说这里风景也很不错。我躺在铺了床单的草地上，天空越来越阴沉，渐渐地有风吹来，这下就凉快多了。闻着青草的味道，我差不多快睡着了。这真的是很不错的一天，除了父亲在乱发脾气，别的都很好。

父亲回来了，他很兴奋地对我说："马吉，跟我去摘杨梅。"

我一下就清醒了，我和妈都站起身，跟着父亲往草坪那一头走，那是一颗很大的杨梅树，而且很高，底下的枝干全都被人砍掉了，树干非常光滑，看上去应该是防止有人爬上去的，得一人多高才能够得着树枝。

我们一走到树下，帐篷前面两个踢球的小男孩就跑过来了："上不去的，我们试了好半天。"

父亲自言自语地说："是吗？"

他朝自己的手掌吐了口唾沫，两只手像苍蝇一样搓了搓，就开始尝试爬树。父亲抱着树干向上一跃，双腿夹住树干，双手抱紧，随着腿部不断跳跃，将双臂往上送。父亲爬树的动作非常协调，很快他就够着了树枝，接着再向上爬，脚也踩在了粗大的树枝上。

两个小男孩欢呼起来："居然爬上去啦。"

此刻，父亲像个英雄一样，对我们喊道："怎么样？"

他蹲在树干上摘起了杨梅，不停地往下抛。我们用床单接住他扔下来的杨梅。我尝了一个，个头很大，非常甜。

天空开始落雨，先是一滴两滴，突然就倾盆而下。帐篷那边有人在呼喊，两个小男孩怀里揣着杨梅跑回了帐篷。我父亲像一只猴子一样，在树上上蹿下跳，对下雨毫无反应。我和妈只好在树下边躲雨，嘴里大嚼杨梅。我抬头往上看，发现父亲不见了。杨梅树的枝叶很茂密，完全遮挡住了父亲。

雨越下越大，我和妈在树下朝他喊，让他下来。可是，我们抬头只能看到杨梅像巨大的雨点那样纷纷落下。

妈说："够了，够了。你下来吧。"

但父亲显然是已经忘我了。我们听到了天空中隐隐的雷声，这让我很害怕，这棵树这么高，差不多是这块草地上最高的树了，是很容易吸引雷电的。

妈拼命喊："快下来，打雷了，不要命了？"

某个瞬间树上一点动静都没有了，我感觉父亲是不是已经不在树上了。

接着一个炸雷在耳旁炸响，我父亲从树上连滚带爬地落在地上。我们吓坏了，以为他被雷电击中了才掉下来的。父亲浑身上下脏兮兮的，头发和脸上还夹杂着树上的枝叶。他的表情很古怪，既惊魂不定，又有莫名的兴奋，还夹杂着一丝笑意。他半摊开手，手里握着一只小鸟，"这不比风筝好玩多了？"

他刚张开手，那只小鸟就扑腾一下飞走了。实在是太可惜了。不过我的这只"风筝"飞得又快又好，它在雨幕中一闪而过，很快就消失在旁边的树林里。

我们赶紧用床单把杨梅包裹好，父亲扛在肩膀上，在草地上跑得飞快。妈大声喊着："看谁先到车上去。"

接连的雷声，让帐篷里的人也待不住了，纷纷钻出来，冒着大雨跑回车里，狼狈得不得了。

虽然我们浑身湿透了，但在7781的车厢里很安心。车厢里挺宽敞，车厢门关上之后简直像个更衣室。我们拧干衣服后兴致勃勃地啃起了杨梅，听着雨水击打车顶篷，发出"嘣"的声音。

有一段时间，我们家成了一个中转站。初到江城的亲戚们会先到我们家里住上几天，然后再谋高就。来找我们帮忙的亲戚也不少，他们来的时候提着一大袋水果和一箱牛奶，说的都是一些往事。有时候，妈还会陪着掉眼泪。吃了晚饭，妈把他们送出小区，一直走到路口的银行，然后妈要进银行取一点钱，用黑色的塑料袋包裹起来。之后，他们就在那家银行门口和我们道别。

连舅伯也常来。他的车停在楼下，还是那辆黑色的日产，并没有变成奔驰，车身糊满了泥巴，应该是刚从泥巴地里开来的。

舅伯瘦了很多，也黑了很多，声音略有些嘶哑。他穿的衣服不像之前那样考究，很随便地穿着一件灰色夹克，里面的白衬衣都已经发黄了，脚上的皮鞋虽然擦过，但鞋面上还混杂着泥水干涸后的那种灰白色。

他的那些工程，不论是盖楼还是修路，全都烂了尾。他说得更专业一些，叫作"资金链断裂"。但妈总结得就很形象，舅伯让人给骗了，而且还欠了一屁股债。

至于他开的那台日产，已经抵给朋友了，他不过是借来开。"这哪是车啊，这是我的皮。"

妈完全蒙了："怎么会这样？"

舅伯盘算了一圈："能求的人都求遍了，还差一些。现在三妹是指望不上了，她和那个卖烤鸡的闹得很僵；老幺那个烧烤摊能赚钱，但是他攒不了钱。我现在只能指望你们。"

"这个是自然，我们有今天全靠大哥照顾，"妈说，"差多少？"

舅伯说了个数。

妈说："这么多呀。"

我的父母开始算账，算来算去，还差个两三万。

父亲低着头，很小声地说："卖一台车也许够了。"

这让大家都挺惊讶。

妈问："你打算卖哪个？卖了我们送得过来吗？"

父亲说："7781。能装的电器也不太多，其他的车想办法多塞一点，这不就解决了。"

我没有想到父亲会卖掉 7781，哪怕卖别的车也好呀。

卖掉 7781 之后，他自己好几天都睡不好觉。每天回家，他都抱怨别的车都不如 7781 好开。起初妈还会安慰他："等我们攒了钱，再把它买回来。"

"卖都卖了，到时候上哪买去？"

"大不了再买辆新的嘛。"

父亲嗤之以鼻："你懂什么，新车要磨合的。我开过那么多车，就没有哪一辆比它开得舒服的，不是每辆新车开久了都会像 7781 那么好开的，看缘分。"

后来，妈一听到 7781 就不耐烦："你整天念叨它干什么？后悔不该卖？不该帮我的哥哥一把？"

"我是这个意思吗？"

"那你是什么意思？"

接着他俩大吵一架。吵过几次架之后，父亲就没再提过 7781。它很快就从我们的生活中消失了。

一天下午，很久没联系的小姨也打电话向妈求助了，说她和烤鸡老板被堵在烤鸡酒店里了。原来，烤鸡老板是结了婚的，如今他的老婆带着娘家的弟弟们杀上门来了。小姨和烤鸡老板在门里，烤鸡老板的老婆带着人在门外，双方僵持不下，随时都有破门而入的可能。

妈让父亲赶紧去营救小姨："听说那些人在门口喊打喊杀的，还好门结实没有冲进去。"

我父亲正在往货车上搬电器，他气坏了："什么？荒唐啊，真他妈的荒唐。"

父亲本想和妈两个开车去营救。可是，司机搬运工们纷纷拦住他："那边人多势众，你一个人去肯定要吃亏的。"

那么，去多少人好呢？在这种事情面前，大家都踊跃得不得了："我们都去嘛，也好有个照应。"

情急之下，父亲同意了。我也想跟着去出一份力。父亲火冒三丈，一把将我推开："走开，你添什么乱。"

我悄悄溜到了小白叔叔的车旁边，蹿上了他的副驾驶。小白叔叔来不及把我赶下去，马上副驾驶又挤上来两个搬运工，把我夹在了中间。我紧紧抓着安全带不撒手，他们都奈何不得。

"带上你也行，"小白叔叔说，"你一会儿就在车里等着我们，不许下去。"

我父亲跳上了最前面的那辆货车，等最前面的货车一启动，我们后面的车也跟了上去。一路上，大家都很兴奋。小白叔叔和父亲在电话里商量。小白叔叔说："等下冲上去，把那些人挡住，然后趁机把人救出来。"

我听见父亲不同意这种方法："那肯定不行，到时候会打起来的。"

小白叔叔说："我们这么多人，还怕他们？"

父亲说："我再想想，你们在后面跟车跟紧点，别跟丢了。"

大约四十分钟后，我们就到达了烤鸡酒店。父亲告诉小白叔叔，他有了思路。我们的货车驶进了酒店的院子，绕着那栋五层的酒店，找小姨在的那扇窗户。父亲给小姨打了电话，小姨的手从一个窗户口伸了出来。

父亲紧张地握着手机，一边指挥司机把车开到窗户正下面，一边让小姨把床单被子扔下来。酒店房间在三楼，父亲和几个搬运工爬上了车顶。他们差不多有二楼那么高。他们站上去之后，一人抓住被子的一个角，将被子展开，让小姨跳下来。

真是激动人心的一幕，我的小姨在那个烤鸡老板的帮助下从窄小的窗口里翻了出来，她犹豫了一下，然后就直直地落在了我父亲他们扯住的被子里。

他们迅速从车厢顶上下来，接着就钻进了车里。我们就这样神不知鬼不觉地接到了小姨，然后浩浩荡荡地回来了。

小姨对父亲很感激："没想到姐夫脑筋这样好，还有把车停在窗户下面这样的操作。那帮人估计现在还在门口守着呢。"

妈替小姨感到痛心："那个死骗子，真不是个东西。唉，就当被狗咬了，以后咱们好好过日子。我妹妹要学历有学历，要相貌有相貌，还怕遇不到好男人？"

小姨脸上没有什么表情："我不会就这么算了的。"

放暑假的时候，我们家新来了一个司机。他身材矮小，很瘦，总是穿着一双布鞋。有一天，我在家里对着电视学功夫。他竟然嘲笑我："你这是假把式。"

我很不服气："这么说，你有真本事？"

结果，他在楼下踢出了一个酷炫的旋风腿。我亲眼看到有人会踢旋风腿，和电视上看到的一样舒展。我当时的感觉是震惊，原来真的有人会武功。

就这样，我拜了他为师，跟他学功夫。可是我这位师傅会的东西并不多，除了旋风腿，就是一些很基础的招式，都很普通，简直和广播体操没有太大差别。

这招旋风腿点燃了我对武术的热情。电视里正好有武术学校的招生广告，那些和我差不多大的孩子已经会飞檐走壁了，而我却只能在地上跑，这多少让我有点着急。何况，那所学校离我们住的地方并不太远。我央求父母送我去学武术。

父亲说："你能吃得了那个苦？"

我感觉到父亲并没有坚决地反对，我大声说："我能吃。"

父亲满脸笑意："能吃个屁。"

我去问妈，但她说："这个问我没用，去问你爸。"

每次我提起去武术学校的事，父亲总是模棱两可。也许他就是想这样，既不同意也不否定，直到九月份学校开学了，我也就死心了。可我父亲不是这样的人，他对待许多事情的第一反应总是否定的。

"上他妈什么武术学校，不行。"这才是他成天挂在嘴边的话，根本不会像现在这样。我只知道去武术学校是有可能的，但是恐怕很难实现。

临近开学的时候，我的舅舅出事了。舅舅的羊肉串事业黄了。

我们去看望舅舅的时候，他正鼻青脸肿地躺在床上，脸肿得像被蜜蜂蜇了。头上包着纱布，下巴上的伤口还在渗血。舅舅这个样子让妈眼泪直流，我父亲也被吓到了。街头流氓嫉妒舅舅他们生意好，把烤羊肉摊砸得稀巴烂，还对我舅舅拳打脚踢。

舅舅真是个硬汉，他说起这些，绘声绘色，像是在讲别人的故事。现在，舅舅说他还剩下不少鸭肉："扔掉的话很可惜啊，如果你们要的话，通通拿走。"

我们不能要舅舅的东西。再说了，那玩意让我们一家人拉稀拉得走不动路，看到这些鸭肉就让人心惊胆战。

我的舅舅还有心情拿自己当反面教材："以后要好好上学，别学我，看到了没有？"

妈说起我想学武术的事。

舅舅马上接话："那不错啊，能强身健体，以后还能学点防身的本事，对他没坏处。"

妈拼命地赞同舅舅的说法："是啊，听说武术学校管理严格，还可以改变他身上的坏毛病。"

舅舅和妈唱起了双簧："那可不，马吉这小子就得吃点苦。要不然，以后要闯大祸。"

我舅舅现身说法，很有感染力。他被揍得实在太惨了，说话也不如以往那样利索，仿佛舌头在和什么东西搏斗。他的语调让人听了难过。

父亲陷入了沉思："去吃吃苦，对他也有好处。反正他现在也学不进去，成天在梦游。"

第四章

　　这所学校号称文武兼修，德才兼备。有许多国家武术队的运动员都是从这里走出来的。对我的父母来说，严格管理多少可以改变一下我惹是生非的习性，至于是否能够成为一个武学人才，他们不在乎。妈送我来的时候，对这所学校寄予了极大的期望。我们在电视广告里看到学校的女校长，看上去五十多岁，但她以一敌众不落下风，只是击出一掌便让四五个壮汉倒在地上。电视上这位校长的身手让妈看得目瞪口呆。她问我，这是怎么做到的？

　　妈带我去报名的时候，我们已经晚了近一周，早已超过了报名时间。但校长是个勇于打破规则的人，她听说我们是看了电视广告找来的，非常高兴。校长塞给我一把水果硬糖，捏了捏我的胳膊，让我扎一个马步给她看看。她围着我转了一圈，摸了摸我的头，赞赏地对我妈说："我看人很准的，他是个练武的好坯子。报名迟到了有什么关系，像他这样的好苗子，我们不会错过的，可以破例收他入学。请放心，我们一定会把他培养成一个武术冠军。"

　　听了校长的话，妈笑得合不拢嘴，想不到我竟然真的有学武术的天分。妈给我准备了被子、棉絮、盆啊桶啊之类的。她想看着我安顿好了再走，但校长果断地拒绝了她："我们会有生活老师安排的。"

妈是很放心的，校长一直把她送到学校门口。妈一直问我，饿不饿？习不习惯？校长有些不耐烦，又很郑重地要求她不要再这样依依不舍："要头也不回地离开，这样才能培养他独立的个性。"

妈就头也不回地走了。

妈走了之后，一个穿着武术服的大姐姐让我跟着她走。她帮我背起行李，走在前头。但校长看到了，大声喊："让他自己搬。"

可是东西实在太多了，我一个人根本抱不了。趁校长走开，她又帮我扛了起来。我跟在她后面。一路上全是一个个方阵，有的拿着长棍，有的拿着棍子，还有的在压腿，有的在训话，有的已经开始打起了拳。让人目不暇接。

一直到我们走到操场边上，我看到一群个子矮小的孩子组成的零零散散的队伍。这就是我日后要加入的队伍。

宿舍挺大，一间宿舍可以摆上七八张床，全是一些叽叽喳喳的孩子在说话，一到熄灯就鸦雀无声。生活老师们拿着手电筒巡视，仿佛监狱里的狱警一般。

每天早上天还没亮，我们就得爬起来集合训练。我们这些新生，只能练最初级的八步连环拳。光是练拳前的准备动作，就耗了好几天。

我们的教练叫张剑，三十来岁，头发稍微有点稀疏，露出略显富裕的额头。他曾经获得过省级比赛冠军，对于武术动作的要求十分严苛，总是拿着一根长棍在队伍里穿梭，搞不好棍子就落到屁股上了。有时候棍子可能都要打断。

我就因为偷懒挨过一棍，当时长棍就断了。不过我很纳闷，并没有我想象的那么疼。后来，我渐渐明白了，那是一种巧劲，只要方法得当，想要打断一根棍子其实很容易。我想他主要是看起来很有气势，能震慑其他偷懒的人。有的孩子看到棍子断了，吓得哭了起来。但如果挨上几棍子，棍子并没有断，这可就不是好玩的事了。屁股要疼上好几天。我这样说，是因为我自己都领教过。

等我们的八步连环拳打得有点模样了，教练就迫不及待地教起了新拳法。他是个喜欢玩点新鲜花样的人。

"从今天开始，我们不在学校跑步了，都跟我去学校外面跑去。"

一大早，他就守在了训练地点，手里握着一根新的长棍，像赶猪似的把我们往学校外面轰。学校外面的那条马路正在翻修，还没有通车。两边都是荒凉的空地。刚开始，我跑不了多远。教练拿着一根长棍跟在后面，谁要是不跑就会挨上一棍。后来，跑步对我来说不在话下。撑过了那段快要窒息的时间，继续再往前跑一会儿，又仿佛重获新生，可以继续跑上好久。发现这点后，我跑得飞快，也跑得最久。

很快，我就总是跑在第一个。我在乡下上学的时候，也常常跑着去，因为我老是睡过头。我跑在这条荒凉的马路上时，天还没彻底亮，空气中有乡下的那种清晨的气味。我常常领先第二名很多，可以一直跑下去。教练拿根棍子跟在我身后，大家都已经跑完休息了，他却不让我停下，让我继续往前跑。他一直跟着我，倘若我停下来，他就扬起手上的棍子，搁在我的屁股上，大声喊道："不许停，继续跑。"

棍子搁在屁股上是冰凉的，但打在屁股上就是滚烫的。

早晨的训练结束之后，就该去上文化课了。文化课实在是杂乱得很，老师们的水平都不高，即便我已经五年级了，上课的内容还主要是以讲故事为主。我们起得太早，吃过早饭后就开始昏昏欲睡。像这样昏昏沉沉到了下午，又要开始训练了，天黑以后才能休息。洗完澡之后，差不多沾着枕头就能睡着。其次，我最大的体会是饿，早上吃过早饭以后很快就饿了。午饭后也是一样。到了晚上，我们还得训练，训练完了之后赶到食堂大吃一顿。如果不早早睡觉，晚上就会听见宿舍里一片啃啮声，仿佛住在老鼠窝里。

我很讨厌住在宿舍里，因为很吵闹，而且隔三岔五地就要争抢床位。有的人想要下铺，也有人想要上铺。在武术学校里比较常见的方法就是打一架，谁赢了就归谁。那些自认为学过几年武功，身手了得的，就想叫我把铺位让出来。

可我的床位也是自己靠拳头赢来的。我的个子比他们高，也比他们吃得更多。我来学校几个月后，长得飞快，膝盖边缘上已经长了好几道生长纹。我比他们要高出一个脑袋。他们摆好了架势，扎好了马步或者弓步，朝我刺出一拳。我感到这种拳法已经伤害了他们的脑子。我根本不需要躲闪，拿出打架的劲头，迎面就是一拳。

到后来，整个上下铺就都是我一个人的了。不过，我是一个讲武德的人。如果只靠拳头说话，那么整个宿舍都应该归我。

我打架已经有一些名气了。可是还有很多人不服气，经常来找我的麻烦。他们成群结队，有的是被我揍过的家伙的亲戚和朋友，要和我一决高下。

有一次，我在学校里被三个家伙围攻，但我反应极快，没有落下风，把他们打得嗷哇乱叫。那天我是被人推到操场上的。那三个家伙摆好了架势，把我围在中间。我们身旁围满了人，没有人上前劝架。打着打着，耳边不停地传来叫好声。围观的人越来越多，爆发出热烈的欢呼声。

校长来了，把我们叫到办公室训斥了一通。

她和张教练站在那里盯着我，像看一只猩猩。他们说的很多话我都没有听明白。我从校长的眼里看不出来她的意思，她始终表现得非常冷漠和发愁。教练也一样，他思考的样子很像一个白痴，露出一种极为乐天的笑容，和他平时那副冷面孔截然相反。我知道他们在说我，在决定我的去留或者什么。最后，校长才说："这个孩子要好好管教，张教练，他就交给你了。"

除了常规训练，教练每天给我增加一些额外的训练。别人都休息了，我仍然要练蛙跳和百米冲刺。别人只需要学八部连环拳，我却已经多学了好几套拳，一天下来我累得倒头就睡。第二天，他常常要拎着一根棍子叫我起床。

白天的文化课是我最好的休息时间，每天早晨训练完毕，我就在课上呼呼大睡。起初，老师们总是把我弄醒，让我出一点丑，引起一阵哄堂大笑。后来文化课我也不去了，就躲到宿舍里睡觉。

很快，教练会拿着棍子突然出现，把宿舍的铁床敲得震天响。然后他露出一脸怪笑。我压根没法睡觉，以为他是因为我没有好好上课来抓我的。但是他把我带到了一块空地上，让我扎了十分钟马步。

"今天开始，教你太极拳。天天打架惹事，上课就知道睡觉，就凭这些，学校早就可以开除你了。幸好你是在武术学校，你可以文化课不太好，但是你得把武练精。要是武都练不好，练得不认真，趁早滚蛋回家。"

我专心扎好了马步，跟着学太极拳。他教的太极拳，我从来没有见过，一招一式都很用力，看上去也不是太蠢。

"这是最正宗的太极，好多人想学还学不了，你要懂得珍惜。"

差不多隔一个月，妈就会来接我回家待两天。我浑身脏兮兮的，散发出一股难闻的味道，有的衣服都快要发霉了，被子也是一样，臭烘烘的。我实在没有力气讲究卫生。

妈每次见我都要掉眼泪："哎呀，又长高啦，也结实了，看来在学校没有挨饿。又学了什么新的拳？"

我把新学的太极拳打给她看。

妈很激动："回家打给你爸看，你学了这么多拳，他肯定很高兴的。"

回家后，我整天整天地睡觉，要把我在学校里缺失的睡眠全都补回来。我睡得昏天黑地，父亲见了十分恼火："回家就知道睡觉，他在学校整天都在干些什么？"

妈很骄傲地说："他训练很辛苦的，在学校都没有时间睡觉。"

妈让我给父亲表演一下我在学校学的东西。可是我正在忙着往嘴里扒饭。妈央求我："就把你最近学的太极拳打给你爸看看，让他见识见识。"

父亲满含期待地望着我，看得出来他的兴致十分高昂，喝着啤酒，上下打量着我。我一声也不吭，只是埋头吃菜。我的饭量极大，吃了一碗又一碗。

父亲生气了，使劲拍桌子："我看他什么狗屁都没学到，就学会了憨吃猛胀。"

妈说："他学了好多种拳，比他的同学们多学了很多。他练给我看过，打得可好了，比电视里的都好看。"

父亲灌了一大口酒："扯淡，你看他那个样子，除了吃就是睡，哪里有一点学过武的样子？"

妈焦急地说："给你爸爸露一手呀，这个憨儿子，你学了那么多拳，学得那么好。"

父亲的脸上又一次浮现出那种期待的表情，他完全停下了筷子，盯着我看。

我站起身，把学的各种拳法全部打了一遍。打完我的眼皮子都快睁不开了，像一个断了电的机器人。

我看见父亲朝我挥手："快去睡觉，去睡吧。"

有段时间，我看见父亲把一台电器扛到车厢里后蹲了一个马步，双手朝那台电器的包装盒推了一掌，把它推到了车厢里头。

天气越冷，学校的人就越少。年纪小的孩子越来越不愿意参加训练，早晨醒来就躲在床底下。有的感冒之后就再也没来上学。人越来越少，宿舍也越来越空。原本挤挤挨挨，为了争上下铺打得头破血流，现在也没有必要了。一人可以占好几张床。

校长和教练谈话的时候愁眉苦脸："现在的孩子越来越吃

不了苦了，这是武术的没落啊。"

学校的经营状况越来越糟糕，作为一所文武学校，原本文化课就十分落后，现在习武的人也越来越少。

天气越来越冷了，我每天早晨起床都冻得瑟瑟发抖。我的衣服每天被汗水浸泡，整天湿漉漉的，裹在身上像是泡在冰水里。我的手背冻得肿起来，像个包子。我跑得越来越快，在清晨呼吸着凛冽的空气，跑完头发上结了一层霜。

有一天，教练到宿舍里找我。他破天荒地没有拿棍子，而是拿着一件红黄相间的练功服。只有高年级的孩子才有练功服。

"你试试看，合不合身。"

我看着那件衣服，感觉有点大了，但穿在身上却刚刚好。我被引到操场的主席台下，周围已经挤满了看热闹的人，全校的师生大概全都出动了。他们把操场团团围住。主席台下摆着好几张桌子，椅子上坐着很多戴着眼镜或墨镜的人，有的也穿长衫。主席台装点一新，还铺上了红毯。那些穿着练功服的人一个个走上主席台，打一套拳后，面向台下双手抱拳，马上转身走了下来。

我还不清楚是在干什么，就被教练推上了台。

他手上不知道什么时候又多了根棍子，冲我扬了扬："要是出了错，小心讨打。"

我搓着手走到主席台上。身上的练功服很单薄，我打了一个喷嚏。下面一阵哄笑声。实在太冷了，我赶紧开始打那套太极，让自己快点暖和起来。

我打得比之前的任何一次都要好，被这么多人盯着看，有一种说不出来的兴奋。打完太极，还是有点冷。我又开始打八部连环拳。忽然，我听见大家都在笑。教练也笑了起来："快下来。傻小子，打一套就够了。"

我看到主席台上挂了一张条幅，上面写着"少儿武术锦标赛"字样。教练一直在看着主席台，双手抱在胸前，显得十分得意。每下来一个，他都要露出那种像白痴一样的微笑。

我在寒风中站了很久，听到广播喇叭喊了我的名字。教练把我领到台上。有人往我的脖子上挂了一块金牌。这是我人生中的第一个冠军，也是我的第一块金牌。

这块金牌，惊动了所有人。我回家的时候，他们全都来了。舅舅、舅伯、小姨，就连隔壁邻居和他们的孩子也都通通来到了我家。他们把玩着我的那块金牌。十分想让我露一手。

我决定让他们开开眼界，打了一套通背拳。我上下翻飞，拳击脚蹬，让街上的孩子看我的时候眼睛放光，纷纷求我教他们几招。

舅舅说："我就说这小子是个学武的好材料，果然没错。"

父亲露出了难得的微笑，"还不错。"

小姨拿着我的金牌使劲咬了一口，上面留下了她的牙印，"哎呀，这个金牌是假的。"

大家都笑了起来。

吃饭的时候，大家都担心起我的文化课来。

小姨问："以后可怎么办，学一辈子武吗？学武能干什么呢，去当兵？"

舅伯胸有成竹："那怎么可能，以后可以去国家队啊。国家养着，还拿工资。一辈子都不用愁了。"

妈激动地说："我也听说了，只要拿了全国冠军就能进国家队。就看他是不是这块料了。"

每过一段时间，妈来学校接我时，校长都会很热情地接待她："看我说什么来着？他来的第一天我就看出来这是个好苗子。现在怎么样？成了一个小冠军，以后还要拿全国冠军。"

妈感激得不得了："真是太感谢您了，不仅把我的儿子管教得特别好，还把他培养成才了。我们真不知道怎么感谢您才好啊。"

校长摆摆手："马吉这孩子自己非常争气，学校只是引导了一下，为他提供了一个平台而已。以后啊，还要争取去市里拿个名次，要是在市里拿了名次，可以入围省级，入围了省级，就可以参加全国武术锦标赛。拿个冠军，就可以入选国家队。以后，他就可以专心学武，还有工资拿。就像李连杰，我们学校要把他打造成小李连杰。"

妈激动得手舞足蹈，不停地感谢校长。校长请妈坐下，要好好跟她聊一聊我的未来。

"您看啊，我们学校培养过不少好苗子。但是，有个问题。您也知道，传统武术这个行业需要长期地漫长地去付出，人才的培养可不是马上就有回报的。但方向是明确的，那就是拿到全国冠军。这一点，我们是完全有把握的。我们马上要带他去参加市级的比赛，以他的水平，我看拿个冠军一点问题也没有。但是呢，比赛都是要收费的。"

妈脸上的笑容消失了："还要收费？"

校长耐心地说："您放心，这个费用我们学校负担一半，您只需要负担另一半就行。您看，像比赛服、餐饮费、住宿费、报名费……"

妈被这些名目说得晕头转向，迟疑地看了看我，她的脸上又激动又热切又犹疑又恐惧，当校长说的费用名称越来越长时，妈不停地咽口水，两只手紧紧地绞在一起。她打断了校长："我还要和孩子爸爸商量一下。"

妈慌慌张张的，都没有顾得上跟校长好好地告别。她非常担忧父亲知道这么多费用会怎么样。我会马上被父亲叫回家，因为家里没有钱替我交那么多比赛的费用，而且父亲一定认为这是所骗子学校，为了不让我继续上当受骗，还是赶紧回家好了。

父亲犹豫了好几天才作出决定，继续供我参加比赛。

妈再来看我时，神情紧张，她悄悄地拿出在怀里揣了好久的信封，里面是我的比赛费用。每次走的时候，她都会嘱托我："马吉啊，你一定要争气，好好地练，争取拿冠军。"

就在我准备参加市里的比赛前夕，学校失火了。由于电器老化，学校的整栋楼都给烧掉了。我们是眼看着它被烧掉的。校长和教练在起火的楼里挨个敲门，把人从宿舍里抱出来。学生们都站在外面，看着火势一点点地变大，由于年纪都很小，对于眼前的火灾都十分兴奋。

校长号啕大哭，披头散发地用水桶泼二楼的火苗，可是太高了，水压根就泼不上去。我的教练身法了得，他扛着一桶水，在地上助跑几步，然后脚蹬在一棵树上，向上纵身一跃，将水桶甩出去，水终于泼到了火苗。

到第二天早上，整栋楼都烧没了，到处都被烧得黑乎乎的。

校长嗓子已经哑了，她把所有人都集中起来，沙哑着嗓子说："虽然我们的教室和宿舍被烧掉了，但不幸中的万幸是，没有一个人受伤。大家放心，我们暂时休学一段时间，找好了新的校区，我们马上接大家回来。这是一个艰难的时刻，希望大家不要被影响。"

在校长慷慨激昂之际，大家全都虚伪地露出一副十分可惜、难过、伤感的表情，但一散场，却都兴奋了不得了："终于可以不用上学了。"

我们有了一个漫长的假期。大家都在盘算用这段假期去干些什么，我们在回去的路上兴奋地描述自己亲眼见证的一场火灾。我得承认，我看到那场火灾的反应是很兴奋的，巴不得学校早点被烧掉。

火灾后差不多一个星期，我的父母接到了电话，学校可以开学了。

妈把我送到学校的新址，新校址非常远，已经到了郊区最边缘的将军路了，四周全是农田和地面油腻腻的破烂街道。我们的新学校是一处荒废的部队驻地旧址，有段时间里面还养过猪。虽然已清洗干净，但仍然能闻到若有若无的猪粪味。

学校本来尚有两三百的学生，如今路途遥远加上环境恶劣，人数越来越少，现在还不到八十人。剩下的这些人并非有多么热爱学校，只是因为确实没有地方可去，这些人大多是周围村里的留守儿童。这些才是学校的立校根基，他们坚定不移地跟随着学校，因为除此之外，他们没有学上。

很快，我就拿到了市级比赛的冠军。那天天气晴朗，虽然温度已经接近零下，可是阳光照在身上还是很暖和。操场上的一块空地上搭起来一个舞台，上面挂着一条很大的横幅，写着"江城市少儿武术锦标赛"。又有许多戴着墨镜，穿着黑色风衣的评委在那里打分。

妈也来了。校长在学校门口迎接她，还有那些同样来观赛的父母们。校长穿着一件大红色的旧羽绒服，红色已经褪掉了，现在看上去像是粉红色的。她整个人仍然气势十足，一头短发梳得一丝不苟，脸冻得通红。

学校的广播喇叭里《运动员进行曲》播放得震天响。舞台上一个个脸蛋涂抹得鲜红的学生上台打一套拳后，博得一阵稀稀拉拉的掌声。人实在是太少了，那天除了全校师生前来助阵，就连厨师、生活老师、清洁工也都来了，以壮声势。

最后，校长热烈地祝贺了大家，为大家颁发奖状。最后，她拿着话筒动情地说道："这是我校举办的一件大事和盛事，许多年纪轻轻的小学员们现在已经获得了市级荣誉，将来还会冲击省级冠军，冲击全国冠军。中华武术博大精深，它塑造出了我们民族的灵魂深度。你们，我的小冠军，你们现在正在和这个民族的精神融为一体，你们要把中华武术发扬光大。要争取让武术成为这个国家的根基，成为每个人都必须练习的立国之术。那时，我们的民族精神将为之一振。在这个迅速变革的时代，恪守武术的精神是困难的，也是光荣的。我要感谢家长们，在这个急匆匆的时代，仍然对武术怀有信心，仍然在支持我们。我要感谢孩子们，你们是武术的未来。"

那个时刻，大家都被校长的话感染了。我真的相信自己的身体里有一种奇怪的精神在到处乱窜，它让我激动得发抖。不过也有可能是因为我身上都湿透了，冻的。

如今，校长的办公室非常小，里面摆满了奖杯、荣誉证书，墙上挂满了锦旗和奖牌。这些东西堆在办公室里，使她的办公室看起来很像是一间库房。办公室仅容得下她和我妈两个人，倘若我也加入进去，就会显得办公室十分拥挤。妈在里面和校长谈话时，我就站在办公室外面。透过窗户，仍然能看到我妈从衣服夹层里掏出一个厚厚的信封，略有些犹疑地交给校长。

新的校址让妈感到紧张，她发现学校的学生越来越少。

校长告诉她："现在留下的全都是学校的精英，学校会重点培养。而且，学校现在人少的优势是，所有的资源都可以全心全意地灌注在剩下的这些学生身上。可以说，每个学生几乎都有老师专门照料。"

妈忧心忡忡："我看到今天还是市级的比赛，那么马吉什么时候可以参加全国武术比赛呢？"

校长说："您放心，不会太久。我们一有机会，就会带他们去参加的。"

妈犹豫了一下说："校长，您给我个准话，马吉他的水平到底能不能拿全国冠军？国家队会要他吗？"

校长斩钉截铁："我看人不会错。我实话跟您说，他就是我们学校最好的胚子。他不是那个材料，谁是呢？至于国家队，您放心好了。只要他拿了冠军，保管能进国家队。"

妈这才放下心来。我送她出校门的时候，妈说："说实话，我们现在生意越来越差了，像这样动不动就要服装费、场地费、比赛费，负担实在是很大。你爸说，要是你能拿冠军，进国家队，他砸锅卖铁都要支持你继续学。你爸现在干活别提多有劲了，上次搬冰箱上楼把肩膀都扭伤了，第二天又去扛电视机了。

你可要好好努力，不能辜负他。"

我想把妈送到车站，可是学校的保安不允许我出去。望着妈走远的背影，我心里很难过。我忍不住想哭，于是绕到操场上去跑了好几圈。

学校的教练所剩不多，校长只好亲自带队训练。她早上起来带领大家打太极拳，当初不轻易教授的拳法，如今全都倾囊相授。这套太极拳，是她本人压箱底的绝招。剩下的这些学生们无心学习，连一条直线都无法排出来，队列永远稀稀拉拉，零零散散的。

生活老师现在也没几个人，要照料那么多学生简直分身乏术。文化课的老师们也被拉去照顾残障学生的饮食起居。即便是这样，也无法完全照料得当。校长便发动学生去照料那些孩子。

我的新宿舍里躺着一个身材高大的家伙，差不多已经是个成年人了。那是我的新室友，名字叫李昊，脑子有些毛病，还在念五年级，和我一个班。我刚把床铺好，他就睡醒了，问我要糖吃。他长得很壮实，虽然已经十八岁了，但心智上只是个孩子，连洗澡的沐浴露和肥皂都是婴幼儿的那一款。他的身上始终混合着婴儿的清香和成年人的汗臭味。

他的呼噜声极大，每天晚上睡前都要号叫一阵，在床上扑腾着，差不多要把床给弄塌。我把糖递给他的时候，他的眼睛发光，马上就扔进嘴里，吃完了还要舔一舔糖纸，之后盯着我看："马吉，还有吗？"

我拍拍裤兜："没了。"

每天早上，我睡眼惺忪地起床时，他已经穿戴整齐，坐在床前。他有点不好意思地冲我笑笑："马吉，有糖吗？"

很快，他就变得十分依赖我。我除了每天带他跑步、训练打太极拳，还得带他去洗澡，晚上领着他睡觉。他很怕黑，要开着灯才能入睡。

教练现在也很少带我专门去练拳，他得带好几个刚刚入学的天才少年。我慢慢发现，学校里的冠军真不少，几乎人人都是冠军。我们这些冠军都照顾着一个或者好几个生活不能自理的人。

学校养了两头猪，个头很大，黑白色的花纹看起来像奶牛。它们常常拱破猪圈跑到操场上来。大家就放下训练，纷纷拿起棍子去赶猪。两头猪慌不择路，在人堆里钻来钻去。最后教练们攥住猪的尾巴，把它们揪回猪圈里。学校还有好几十只鸡，每天在草地上散步，被低年级的学生们赶得飞到了树上。食堂里带蛋汤的东西，差不多都是那几只鸡的功劳。角落的一片空地上还种上了菜，萝卜、白菜、葱一类的东西。

食堂是一间破烂的长条形房屋，里面烟熏火燎，杂乱无章地堆放着许多柴火和锅碗瓢盆。饭菜很差劲，很难找到几根肉丝。我们总是饿得厉害，校长告诉我们"天将降大任于是人也，必先苦其心志，劳其筋骨，饿其体肤……"

对有些孩子来说，顿顿能够吃饱饭，已经是十分奢侈的事了。校长为那些贫困儿童、残障孩子们操碎了心，她对他们爱得十分深沉。她和我们一起吃食堂，并且十分痛恨浪费。

快过节的时候，学校宰了一头花斑公猪。大家都去观摩杀猪。校长泪眼婆娑，看着猪要被杀掉，几度哽咽。那头猪个头巨大，厨房的师傅们根本按不住它。校长也加入到了杀猪的行列里，她扑到了猪的身上，抱着肥猪号啕大哭，劝它听话啊，她会感激它的，她也很舍不得杀它呀。教练们帮着食堂的师傅把猪死死地拉扯住，由一个肥胖的厨师一刀捅进猪的喉咙，血哗啦啦地流到了盆里。

食堂里的菜里终于看到了丰盛的油花，而且肉摆了一大盆，随便吃。

我带着的那个十八岁，不爱吃肉，把肉都挑出来，扔到桌子上。校长看了火冒三丈："这里面还有肉呢，你怎么不吃？我为了你们，省吃俭用，能奉献的东西全都奉献出来了。你倒好，居然这么浪费，你家人把你送来这里，就是为了让你好好学习，以后不被别人欺负。像你这样浪费，谁会喜欢你呢？"

她厉声要求十八岁把肉捡起来吃掉。十八岁不吃，他长得那么壮实，发起脾气来谁都拦不住他。校长便把那堆肉通通夹到了自己的碗里。

天气越来越冷，学校的学生所剩无几，但那些残障孩子们却没得选择，在学校里起码还有肉吃，还有人给他们洗澡。

有一天，我正在给十八岁讲数学题。他对算术一窍不通。我就拿出糖来教他运算，使他流下了渴望的口水。宿舍进来一个小子，也是一位冠军，和我一样。当初，我们这里还有一群冠军呢，如今就剩我和他了。

那个冠军问我："马吉，你怎么还不走？"

"你不是也没走吗？"

"我要拿全国冠军呢，现在没有什么竞争对手了，其他人全都不正常。我的机会非常大。据我最近的观察，我觉得你可能还是个正常的人。如果你走了，全校就只剩我一个冠军了。

以后，我就可以代表学校去参加比赛。所以，你快走吧。在这里也是浪费时间，每天还得照顾这个傻子。"

"我也要拿冠军。"

"你想跟我争冠军？我已经在这所学校待了三年了。学校搬了好几个地方，很多人来来去去的，只有我坚持到了现在。我跟着学校四处流浪，校长和教练都很喜欢我，我的功夫比你厉害多了，不信我们可以比画比画，要是你输了，马上给我走人。敢比吗？"

他摆出打架的架势，那架势我没有见过。他待的时间够长，学的也比我多，而且很重要的是他个子比我高，也比我壮一些。

十八岁忽然从床上跳起来，冲他发疯地号叫。我赶紧拉住十八岁，冠军见状赶紧夺门而逃。

领导来视察时，校长让我们都穿得干干净净的，每个人都要洗澡，她会亲自检查。所剩不多的人，站在宽阔的操场上，打着太极拳。看上去队列整齐，但打起来十分难看。领导们都黑着脸。他们看了看教室，为了显得人多，我们又从操场上跑回教室，也只能勉强把三间教室填满。他们又去看宿舍，宿舍看完又去看食堂。食堂里挂满了肉，看上去挺壮观。

领导们走后一个星期，传来了不好的消息，视察学校的结果是他们要吊销学校的教学资格。因为，环境实在是太差了。文化课几乎没有合格的老师，宿舍随时要坍塌的样子，食堂像是猪圈。

校长几乎是一夜之间白了头发，她面容憔悴，整个人病恹恹的，有时候激动起来就咳个不停。

那头猪很快就吃完了，我们整天饿得头晕眼花。校长便想办法从外面租来了几辆有车厢的货车，带领大家去演出。我们一群人挤在车厢里，被拖到一些穷乡僻壤去表演武术。去表演的日子，吃饭不成问题，吃得比学校里还要好。我们三五成群地穿上演出服，冻得瑟瑟发抖。每个人表演完了回来都有糖吃，而且学校还破天荒地给每个人发零花钱。

我的教练也要走了。

校长深情地挽留教练："你不能走，你一走，学校就垮了。我们再搬一个地方试试看，到时候我让你管整个武术队，让你做副校长，你觉得怎么样？我们没有山穷水尽，张教练，还有机会的。我们再试一次吧，找一个好地方，到时候生源充足，投资源源不断，我们会成为最好的武术学校，把传统武术发扬光大。人要有梦想，不要因为一时的挫败就放弃。我已经一把年纪了，尚且没有放弃，你这么年轻，也应该大胆地试一试。"

但教练去意已决："校长，我们已经搬了那么多地方，学生从几千人，慢慢变成了几百，到现在几十个人。不是我不愿意试，时代已经变了。"

教练走了，我和冠军两个人负责组织学生训练。我们现在成了校长口中的中流砥柱，我们将代表学校去拿全国冠军。

"只要有我在，学校就不会垮，我们很快就会壮大起来。"校长对大家说，她说得那样情真意切。

现在，冠军频频向我挑衅，他总是想向大家证明，他才是代表学校的那个冠军。他大概是练功练得走火入魔了。在宿舍里，他和我大打了一场。

我们一点也没有拘泥于传统武术和现代搏击，差不多连踢带踹，连拉带拽，掐脖子、挠脸，什么招数都使尽了。我们满脸都是血道道，当然，我劲儿没他大，头也被他打破了。

正当我们打得难解难分的时候，十八岁从外面进来。看到我满脸是血，他发狂地抓住了冠军，对他拳打脚踢。虽然冠军有深厚的武术功底，但毕竟只是一个小学生。他招架不住十八岁的拳脚，被他很轻松地拎了起来，从二楼窗户扔到了楼下的花坛里。

那些天，满学校都是前来讨说法的家长，他们都接到了教育局的电话，准备关闭我们的武术学校，让家长们把孩子领回去。

十八岁的父母赶来学校，他们都穿着破旧的衣服。他父亲不停地用脚踹十八岁的屁股。十八岁走的时候，还冲我嘿嘿地笑。

校长一夜之间就消失得无影无踪。有人说她前一天晚上口吐鲜血，被救护车送去了医院。也有人说她已经被警察抓了，还有人说她是卷了钱跑路了。

他们还说："根本就没有国家队，那是骗人的。"

也有人反驳："国家队是真的，比赛是假的。"

我父亲还是头一次来学校。他把货车停在楼下，上楼帮我打包宿舍里的被子、棉絮。我的父母并没有像那些家长一样，去堵校长办公室的门。父亲看新鲜似的，问我平时在哪里训练，在哪里吃饭，在哪里洗澡。我等着他们问校长的事，问这个学校是怎么一回事。但他们始终没问。

很快，我的那点行李就打包好了，扔在货车车厢里。父亲启动了货车，绕着学校跑了一圈，才出了大门。

回家之后我很快就睡着了，一连睡了好几天。等我醒来时，家里一个人都没有，桌上留了饭菜和汽水。拉开窗帘，春天的阳光让我一阵恍惚，我有点怀疑自己真的去学过武术吗？风将我的窗帘吹得高高的。我看到书桌的台灯上挂着一枚金牌，在阳光下微微晃动，朝我反射出金灿灿的光芒。

第五章

距我们一站之隔的国美、中百、工贸、家乐福相继开业，这让我们送电器的生意受了很大的影响，拉出仓库的电器也不再堆得到处都是。

隔三岔五就有新的超市开业的消息传来，小区的邻居们从超市里提回来一袋米，一篮鸡蛋，一桶油，这全都是抽奖送的。听说有人抽到了冰箱，有人抽到了洗衣机，正想着怎么搬回来呢。小区里人头攒动，人人都有好运气。

我们的司机和搬运工们也忍不住了，要去排队试试运气。

我父亲心情很差："去个屁，要去你们去。要不是他们开业，我们的生意也不会这么差。"

妈说："去看看嘛，听说今晚全场半价。"

我们开着货车出发了，因为如果我们抽到了大件的东西，可以很从容地搬回家。一下车，我们就看到那家新超市灯火通明，门前排着好几条长队。我们兵分三路，一人站一条队伍，这样谁的队伍快，我们就可以转移到那条队伍里去。

结果，我的运气比较好，很快就到了门口。站在门口的保安们宣布说："快九点了，超市马上要关门了，大家都回去吧。"

这可把排队的人给惹恼了，本来还是三条队伍，结果全都围了上来："不是通宵营业吗？""我们都排了三个小时了，凭什么不让我们进？"

保安们很紧张："这是规定。"

一瞬间，人群开始拥挤起来，保安们手拉手组成的人墙一下子就被冲开了。人们一窝蜂地冲进了超市。我简直是脚不沾地地被裹挟着进了超市里。这家超市的货物琳琅满目，比父亲工作的超市，那些大大小小的商品一直堆到了天上。我还没反应过来呢，有人推搡着我，嫌我碍事，我又被推到了一堆蔬菜跟前，接着又有人扒开我去抢大葱。人人都像疯了一样，好像超市里的东西不要钱。突然间，有人撞在我身上，我抬头一看，是父亲。我父亲一副不知所措的样子。我们父子俩小心地躲开呼啸而来的小推车，和随时从货架上掉下来的罐头。我们随手从货架上拿两个盆子顶在头上。这时，我远远地就看到了妈，她正在和别人抢一壶食用油，可是她没有那个中年妇女的力气那么大，两个女人拔起了河，结果妈输了。那个中年妇女提起油壶撒腿就跑，妈气得要命，想追出去，但她还提着好几袋东西。这时，她看到了我和父亲，怒不可遏地冲我们咆哮："你们只会看着吗？你们有什么用啊。"

我和父亲羞愧地低下了头，帮她提着那些东西，跟在她屁股后面。这下好了，我和父亲起码有了目标和方向，我们顿觉轻松。到处都是被洗劫后的惨状，货架一扫而空，蔬菜只剩下几片残渣，水产区更是早早就被捞空。妈完全停不下来，她已经杀红了眼。人人都充满警惕，生怕身上的东西被人抢走。

父亲小声地说："够了吧。"

妈大声怒吼："够个屁，二楼还没去呢。"

我和父亲手上都提满了东西，脖子上还挂着一串掉在货柜下面的大蒜。我们精疲力尽，终于活着出了超市的大门。父亲在货车旁边拼命抽烟，我则大口呼吸夜晚的空气。

这时，有人说："超市又补货了。"

那些本来在门口花坛跟前修整队伍的幸存者，一下子都开始蠢蠢欲动，又杀了回去。妈一转眼就进了超市。

父亲吓得要命，怒叫起来："啊啊啊他妈的，别再进去了。"

我父亲遇到了麻烦。新任店长对他百般挑剔，克扣这个克扣那个，越来越多的罚款，给的理由是："这是总店出的新规章。"结货款的时候是要压上一段时间，给的理由是："总店那边在调整结账时间。"

可这样一来，我们发工资就够呛了。我在武术学校的花销已经让我的父母剩不下什么积蓄了。他们很担心拖欠工资，内心不安，对司机和搬运工们充满愧疚。

父亲试过给新店长送礼，请他吃饭，但都被他给拒绝了。新店长是个油盐不进的人，干什么都一板一眼，锱铢必较。他说起话来，嘴里全是规章制度，表明自己毫无私心。

"他不收礼，"父亲说，"他和之前的那些店长不一样。"

他这话说得没什么头脑，仿佛他对新店长还有那么一丝敬意。

这让妈很恼火："这还成了一件好事？可是我们工资怎么发啊？他不收礼不让我们请客吃饭，也不能说明他就是个好人啊。他压着我们的结算款哪。"

"那应该是总店那边的问题。"父亲说。

"我才不管是哪里的问题呢，总店那边我们又没有认识的人，只能找他啊。"

发不出工资，我们只好多让司机和搬运工们来家里吃饭，以此安抚大家的情绪。大家都得养家糊口，可不是一顿饭可以解决打发得了的。

酒喝多了，大家全都骂起了店长，认为一定是他在捣鬼。因为他对我父亲怀恨在心，虽然我们并没有什么地方得罪他。

他们集思广益，寻找蛛丝马迹。说不定就是因为他刚调来的时候没有给他送礼，他怀恨在心，现在送礼已经晚了；也有可能是那次，他要我们送一件很急的电器，但是没人理他；还有可能是因为父亲冲动之下和他大吵过一架。谁知道呢，像新店长那种嘴里只有规章制度的人哪里会管别人的死活。

不管我父亲怎么劝说，那和新店长没有关系，都没有用。饭桌上一阵同仇敌忾的气氛。我父亲的话已经没有人听了，他们都在替我父亲感到不值。

小白叔叔这会儿站了起来："我去帮你把那个婊子养的打一顿。"

可我父亲根本就不想去揍新店长，因为，"屁用没有。"

大家一呼百应，全都在叫喊："对，给他点颜色看看，不然他们还得欺负人。"

我父亲骑虎难下，劝阻大家："不要冲动。"

司机和搬运工们义薄云天："我们自己去，打死打伤算我们的。"

他们喷着酒气就出了门。父亲拦不住他们，只好跟着去了。那个晚上，我们风风火火地走在去超市的路上。如果你从正面看的话，我父亲一马当先，仿佛一呼百应的带头大哥，但你从后面看的话，就能看到我父亲几乎是被推着往前在走。

店长在值班，司机和搬运们把店长堵在了厕所里，店长神色惊慌，礼貌而客气地请教父亲："你们想干什么？"

司机和搬运工们一口咬定，是他捣的鬼，账结不了，我们的日子过不下去了，必须要讨一个说法。如果店长敷衍了事，他们绝不善罢甘休。

父亲拦在店长和其他人中间，让大家好话好说。

店长这才松了一口气："这跟我一点关系都没有。所有结账的事，只要到账了，我肯定立刻就签字了，没有到账我一点办法也没有。平日里的各种罚款，完全是按规则制度来的，至于说是不是太严苛，那也不是我能决定的。"

"说这些屁话顶什么用。"大家对这个回答并不满意。

狭小的厕所挤满了人，每个人紧张的喘气声汇总起来，使得厕所像是一架鼓风机。他们都很紧张。

店长建议大家，不如一起到厕所外面广阔的天地里去交谈，里面实在是太闷了。但我们的司机搬运工们很担心店长一出门就跑掉了，没有同意。

于是一群人就挤在厕所里谈了起来。

店长确实被吓到了，为了不让他们做出过激的事情，他主动提示父亲："你们去总店看看，我也不能说太多，但是你们去看了就会明白了。"

我不知道这算是什么回答，但我父亲好像明白了。大家都在询问父亲，这话是什么意思。我父亲说："管他呢，明天去看看再说，实在不行我们再回来找他嘛。"

我们第二天一大早就出了门，全体出动，开着货车朝总店出发。

我们来到总店时，发现那里焕然一新，仓库后面的空地扩宽了一倍不止，原先破旧的水泥地换成了干净的柏油路面，最里面整齐划一地停着两排红色的小货车，规格制式统一，那是新的车队，是总店自己的。

父亲一看就明白了，为什么他们拼命地压低来年续约的价钱，为什么克扣这个克扣那个，为什么结账总是那么难，是因为他们要统一配送。这确实跟店长没有什么关系，这是一种趋势，他们不需要我父亲这样散装的小车队了。

当店长把新合同递给父亲的时候，父亲看了看说："按这个结算的话，我相当于白干。你觉得我会签吗？"

店长是个不抽烟的人，那天他递给我父亲一支烟，自己也点燃了一根："我啊，就是派来得罪人的。现在集团为了节约成本，要把配送这部分的利润拿在自己手上，竞争太激烈了，像中百、国美、工贸，这些店越来越多，我们超市的利润空间没以前那么大了。这是没办法的事，时代变化太快了。"

我父亲眯着眼睛抽起烟："是啊，变化太快。"

他有点想和店长多聊一会儿，比如现在的经济形势之类的。但店长不停地看表，最后还是找了一个理由溜掉了。

不和超市续约之后，我们就要想下一步该怎么办了。父亲很快就作出了决定，而且他整个人都精神抖擞，仿佛这一天盼望已久。

父亲说："我出去开大货车，你呢，好好上学；你（妈）

就随便找份工作。反正我们把货车都卖了，能存下一笔钱。"

妈急切地说："可是你以前开大货车出过车祸啊。"

父亲不屑一顾："那都是好几年前的事了，这两年我开车一次事故都没有，连剐蹭都没有。"

妈向他提议："要不，我们一起做点生意。正好用这笔钱开始，怎么样？"

父亲头也不抬地夹菜："我们哪懂什么做生意啊。"

"不懂可以学嘛。"

父亲语气轻松："我觉得开货车挺好。"

"那么，我们就别卖货车了，换个地方送货，不行吗？"

父亲嘲讽地说："那不是换汤不换药吗？再说了，我不想在市内开车。"

他只想开大货车，像他之前说过的那样，全国各地到处跑。

妈觉得他缺乏志气："都说人往高处走，我们明明手上有一笔钱，为什么不做点事情呢？多少人就差一点启动资金。"

妈总是觉得别人可以做好的事，她也一样可以。她总是有那种决心。

父亲说："哪有那么简单。"

妈说："又能难到哪里去呢？"

父亲只顾埋头吃喝，他把青菜嚼得嘎嘣响，随后灌了一大口啤酒。他整个人都很轻松，甚至带着一点愉快。桌上已经堆了好几个空的啤酒瓶。

父亲忽然说："其实，我不该接下超市的活儿。"

"什么？"这可把妈惹恼了，"你说的是什么话呀。"

他已经喝醉了，不停地点着头："这几年，我做得还算可以吧。对得起每一个人，也对得住你的兄弟姐妹。我做得够可以了吧。放过我吧。"

妈的眼泪都要流下来了："你说的什么话，给我说清楚什么叫做放过你？"

父亲嘴里嘟囔着，想努力睁开醉醺醺的眼睛。

妈一把揪住父亲的衣领："说啊，你给我说清楚。"

父亲生起气来："把手松开，我喘不上气了。"

妈狠狠地瞪着他："你先给我说清楚。"

父亲说："你先放手，放开。"

妈不放。

"放开我。"父亲暴怒起来，一把推开了妈。

他在客厅里撕扯着衣领，挥手拍打着肩膀，好像有什么东西抓着他一样。他咆哮着："谁也别拦着我，谁也别他妈的拦着我。"

接着，他晃晃悠悠地栽倒在地上。他的脸砸在地上，发出一声闷响。可他没有醒，鼾声也响了起来。

我这才发现，刚才被父亲推了一把，妈的额头磕破了皮，在流血。妈发出凄厉的哭号声："他究竟是个什么人哪！"

深夜的时候，妈和我将父亲扶到床上去睡觉。父亲脸上全是淤血，开始浮肿起来。妈坐在沙发上流眼泪。

我躺在床上，心里很难过。原来父亲一心想要离开我们啊。他逮到机会就想逃走，说到要出去开货车，他眼睛里简直在发光，那种光亮是没办法掩饰的，好像我和妈是什么洪水猛兽，是拖累他的人，好像离开我们他才能过上真正快乐的生活。

第二天一早，妈就给她的兄弟姐妹们打了电话。等父亲睡醒的时候，我的舅伯、小姨，还有舅舅已经在赶来的路上了。

妈说："离婚吧。你昨天打了我，我是不会放过你的。"

父亲有些不知所措："我打你吗？是你掐着我的脖子，我只是想推开。"

随后他面色凝重地坐在椅子上，好像犯人在等着听候审判。

很快，妈的兄弟姐妹们就前后脚赶来了。他们前来兴师问罪，每个人来的第一句话说得都差不多："你怎么能下这么重的手，把姐夫都弄成这样了？"

相比较之下，妈的额头破了一点皮，只需要贴一个创可贴。但我父亲完全是一副鼻青脸肿的样子，由于浮肿，右边眼睛都有点睁不开。

妈又气又想笑："我没有啊，是他自己摔的。"

即便如此，我感觉气氛仍然很怪异。我的舅伯、舅舅虽然嘴上百般维护父亲，可是他们的脸上都带着不好惹的神色，在小心翼翼地观察。

小姨还没有来，大家都在等她。我的小姨，可不是从前的那个小姨啦。和烤鸡老板分手之后，她有了一大笔钱。如今，她住着大房子，并且先我的舅伯一步开上了奔驰。她也没有什么产业，她觉得买什么东西都不如买股票，那是金融。

据妈说，小姨帮舅伯解决了债务，那辆日产终于又重新属于舅伯自己了。她和一位大学校友结了婚。这位姨父个子很高，很瘦，戴着一副眼镜，斯斯文文的。

那天，我的小姨穿着婚纱，美得像港台明星。她拿着话筒泣不成声，说她终于找到了自己的幸福。妈坐在下面也陪着哭了好久。

在那之后，小姨家就成了亲戚们聚会的场所。我的小姨热情好客，他们家的茶几上总是摆满了水果和糖。他们的房子真大啊，好几个客厅和卫生间，还有一个房间是专门用来打麻将的。

小姨终于来了，她把那辆红色奔驰停在楼下。我们都很好奇，去瞄了一眼。她的车停得实在太歪了，我的舅舅担心被人剐蹭到，拿了钥匙下去把车重新停好才上楼。小姨的红色奔驰让大家都有些兴奋，包括我的父亲。

父亲有些紧张，关于昨晚的事，他一概说："喝多了，记不得了。"

他坐在那里憨笑着，笑容使得那张肿脸看起来很滑稽。

"那么，不在超市干了，你们准备干什么呢？"舅伯关切地问。

父亲小声地提了一嘴："我出去开大货车。"

这声音马上就被我的舅伯、小姨和舅舅的声浪压了下去。

"开大货车又累又挣不到钱，你们现在手握现金，干什么都可以。"我的舅伯好言相劝，"想继续开车，再换个地方接着送货嘛。要是不想开车，做点生意也很好。"

父亲很难向大家夸赞开大货车的好处和必要性，毕竟又累又危险还挣不了大钱。他只是小声地抗议了一句："可我们不会做生意啊。"

舅舅马上站了起来："做生意还有什么会不会的。我的一个朋友的姐姐，那也是从来没有做过生意的人。以前就在厂里做衣服，哪里会做什么生意。她开了家蛋糕店，一开业生意就好得不得了，这都几年了，店门口天天排队。你们说，这得挣多少钱？"

妈眼睛放光，赶紧问："真的吗？这么简单。成本高不高哟？"

"就是一台烤箱嘛，一个门面租金嘛，还需要什么成本呢？你们要是想开蛋糕店，我介绍你们去她那学学手艺，取取经。"

我的小姨终于发话了："对嘛。可不能再去开大货车了，上次出车祸不记得了吗？吓死人啦。何况，在江城大家互相都有个照应，做什么都能帮得上忙。做点小生意，一家人和和睦睦，安安稳稳的，多好呀。你们从来没有做过生意，也不好一下子就弄个大的。你们可以先试试，看做得怎么样，如果做得好，我可以出钱帮你们开个大蛋糕店，就像皇冠那样。搞不好，以后能开成连锁店呢。"

小姨的话让大家的精神都为之一振。

妈很兴奋，她扭头对父亲说："你听听，这难道不比出去开货车强？"

父亲看看这个，瞅瞅那个。他指望能从其中找出一个稍微支持他一点的人。这简直是痴心妄想。他的目光还扫过了我的脸上。可是，他昨天那番话伤了我的心。我懒得理他，专心盯着自己的脚看，我正在用一只脚去搓另一只脚底的黑泥。

最后，父亲说："那就先看看再说。"

第六章

　　我们去舅舅介绍的那家蛋糕店考察了一番，它就开在菜市场门外的那条人头攒动的街上。我们买了一些水果去上门。说实话，那家蛋糕店和我想象的完全不一样。没有干净的地板和光滑的玻璃橱窗。那里卖的都是些便宜货，差不多仅能供人填饱肚子，更谈不上精美。店面很狭小，蛋糕全都装在盘子里，上面盖上一层透明塑料布，为了防止苍蝇在蛋糕上乱爬，也为了蛋糕不那么快坏掉，还得用一根橡皮筋扎捆那层塑料布。

　　看得出来，父亲也和我一样失望。他一直阴沉着脸。

　　妈看透了一切："那种高档的蛋糕店我们哪能一下子就开呢？我们毕竟没有做过生意。得先积攒一点经验啊。像现在这样的店面，我觉得特别好，成本不高，容易上手。而且你们看，他们家的生意多么好啊，那么多人在抢着买呢。"

　　我们确实看到顾客围满了那间小小的蛋糕店，那对夫妻正在忙碌地应付着。两个人的脸上都泛着灿烂的笑容，像是和熟人谈天一般。他们和善的笑容很感染人，妈隔了那么老远，也跟着笑了起来。

　　妈对于我们未来的生意充满想象，她问我："马吉，你看街上这么多的人，像什么呀？"

我答不上来："像什么？"

妈说："像不像滚来滚去的硬币？"

我感到妈这样积极的心态确实能够把生意做好。

我望着那个蛋糕店说："妈，那你看那个蛋糕店像什么？"

"像什么？"

"像个储蓄罐。"

妈大笑起来，她问父亲："你觉得像什么呢？"

父亲厌烦地提着两大袋水果，他说："什么都不像，像个牢房。"

他很扫兴，但这多半是他的心里话。

我们等顾客稍微少一些了，就走了过去，和那对夫妻打起了招呼，告诉他们，是舅舅介绍我们来的。夫妻俩特别热情，赶紧把我们让进蛋糕店里面。说起舅舅，他们赞不绝口："他是个很讲义气的人。"

蛋糕店里空间逼仄，加之还有烤箱正在烘焙蛋糕，很快我们就汗如雨下了。听说我们是想来学习怎么做蛋糕的，他们差不多知无不言，言无不尽，滔滔不绝。

妈很感激："那么我们什么时候可以来学习做蛋糕呢？"

他们说："随时都可以嘛，看你们的方便。"

不管什么行业，初学者总是要交学费的，父亲不仅交了学费，还交出一堆烤煳了的蛋糕和饼干。为避免浪费，有段时间我们家里三餐吃的都是蛋糕。早上吃蛋糕，可以说得上是享受，虽然那种焦煳味挺冲，尚可忍受。但到了中午还这么吃，就让人不太受得了。有时候父亲痛下决心要苦练一番烘焙技术，那我们晚上就只好吃他烤煳的蛋糕。

父亲在做蛋糕这件事上天分不高。他经常发脾气："他妈的，那个配方根本就不对。"随后，他发现多加一点水，问题就解决了。父亲表现得有些兴奋，对自己的探索能力赞不绝口。妈气得要命："这难道不是你应该学会的吗？"

即便已经学了段时间，我父亲仍然犹豫不决，他挑着各种细小的毛病，把一点小问题夸张成一道迈不过去的坎儿："我今天去蛋糕店了，生意实在是太差了，一个人都没有。"

他以此来暗示，我们以后也会生意惨淡。

妈似乎早已成为蛋糕店的女老板，父亲说的那些问题对她而言，不过是生意中的寻常问题罢了。她激情满满："偶尔生意不好不是挺正常嘛，哪能天天都有那么好的生意？"

有一天，妈直接去买了一个烤箱，让人送到了家里。

我父亲看到了烤箱，无比绝望："你怎么不和我商量一下？我们还没开始呢。"

妈说："迟早也得买，晚买不如早买好。"

妈是了解他的，之所以早早就下定决心买机器，就是为了断绝父亲这种随时随地改变主意的念想。想一想，这也是一大笔钱呢。父亲为了这笔钱，不太可能随便放弃。

父亲怨气很大，他恨妈这样心急，让他不能仔细地把问题想清楚。

"你到底要想清楚什么？"妈问他。

他答不上来。

我想，父亲大概是要想清楚，他为什么要做蛋糕。

我们家的蛋糕店终于开业了，在一条狭长街道的中间，店面很小。这个地方，我们挑选了良久，在妈差点被父亲气崩溃之前，才最终定下来。每一个选择对我父亲而言，都是那么艰难。等我们终于开张的时候，一切都尘埃落定没有退路了，父亲浮想联翩躁动不安的心才逐渐恢复平静。

开张之后，父亲信心满满，因为他觉得自己的手艺十分了得，烤出来的糕点成色漂亮。整条街上，加上我们一共有两家蛋糕店。父亲每次路过别人的蛋糕店回来都要嘲讽一番："跟我们家做的蛋糕比起来，街那头的那家简直做得像木头碴子。"

妈吃饭的时候给父亲打气："哪怕是刚开始一点生意都没有，那也是正常的，生意都是要守的。"

但是，我们刚开业就博了个满堂彩，生意大有兴隆之势。我们使劲降价，赔本赚吆喝。每天晚上数钱的时候，是父亲最高兴的时候。他喝得满脸通红，心情放松地和我们开起了蹩脚的玩笑。家里暗淡紧张的气氛一扫而空，我们全都变得轻松起来。要是生意一直都这么好，我们就要发财了。父亲把这一切都归功于他的烘焙技术，妈也拍他的马屁。只要我们的生意一直这样好下去，夸一夸父亲，也没有什么。

不仅如此，我们有很多回头客。总有个中年妇女来买蛋糕，堪称我们的铁杆粉丝，尤其是对我们家用鸡蛋和芝麻烤出来的脆薄饼念念不忘，还问父亲这个配方是什么。这让我父亲得意得不行，他炫耀般的倾囊相授。

可是转眼之间，我们的生意就不像开始那样好了，恢复了稳定，这才是真实的生意水平。这叫我父亲很难接受，他开始变得紧张起来，觉得肯定是哪里出了问题。

才几个月，我们的生意就开始变淡了。妈有时候觉得是季节、气候影响了大家的胃口。总之，妈很乐观，劝父亲说："生意就是这样，有起有落，过一阵会慢慢好起来的。"

进货的地方在"太平洋"，那里有个挺大的批发市场，来往得一个多小时。有些东西容易坏掉，像果酱和奶油就不能放很久，我们得用新鲜的食材来保持好的口感和品质，起码不能叫人吃了拉肚子。

自从超市的小货车变卖之后，父亲变得很讨厌出门。我感觉父亲现在没了车，就好像没了腿一样。父亲本质上是一个羞怯又爱面子的人，在拥挤的公交车厢里狼狈地护着那一堆可怜的面粉、奶油、果酱，简直让他生不如死。

我放假的时候，妈会让我陪父亲一起去进货。我们坐上了充斥着浓烈柴油味道的公交车，往太平洋批发市场进发。一路上我和父亲紧紧地抓着公交车上的扶手，很沉默地望着窗外。父亲连衣服也没换，穿着那身烤蛋糕的衣服，上面沾满糖渍，头发也乱糟糟的，散发出来的味道并不好闻。他出门之前假装无所谓，可出了门之后就十分紧张。

他既想用那身沾着脏兮兮的糖渍的衣服来证明自己是个不拘一格的蛋糕师，另一方面他又担心别人看不出他真正的职业，认为他像个民工或者别的穷人。在我没有询问他的情况下，他自言自语地和我说起蛋糕的制作过程，好让旁边的人都知道他是个蛋糕师，而不是民工。他在公交车上大声地朗读做蛋糕所需要的配料。车上的乘客注意到了他的话，众人纷纷向我们投来疑惑的目光，但父亲不以为意。我不想打断父亲，只好不理他，望着车厢里的公交车路线图。

父亲终于安静了下来。车厢里的人越来越少，父亲越来越引人注目，但我们始终没有座位可以坐下，来避开别人的目光。别人的目光让父亲犹如芒刺在背，他看起来浑身难受，极不舒服。终于，我们到站了。

我们下了车，在那个乱糟糟的市场里乱转。父亲精神紧张，总是要问我，买这个吗？买那个吗？之后父亲才上前去和人谈价格。但父亲谈起价钱十分好笑，他用一种谈大宗生意的架势凌驾在店主之上，让店主以为他是来买自己的铺子的。父亲常常有这样的气势，但他总是在两种气质之间变幻不定。直到店主对他失去耐心了，他才问价格，而店主此时正在和别的顾客交谈，父亲问询得不到回答，便一言不发地起身往外走。

我已经快要筋疲力尽了，父亲才好不容易把要买的东西凑齐。我们肩扛手提着那堆奶油、果酱、面粉往车站走去。父亲又开始感到紧张，很突然地朝我发脾气，命令我把东西看好，他自己如临大敌似的掏出一根烟，一边抽烟一边瞭望着远处的公交车。

下午五六点钟，公交车来了一趟又一趟，但上面都挤满了人。父亲越等越急，他已经抽完了三根烟。在下一趟还是很拥挤的公交车开来时，他决绝地冲了上去，很快被人推了下来。父亲转攻后门，他大声地招呼我跟上他，我们把一桶苹果味的果酱刚搬上车，车门突然关上了，那辆公交车开走了。

父亲追着公交车跑，一边咒骂一边用手拍着公交车的车尾处。父亲追出去十几米远，那辆公交车终于停了下来，门开了，一个好心人把我们的果酱踢了下来。果酱罐子在路边打了个转，又完好地立在了路边。

父亲抱着那一罐果酱得胜而归。我突然觉得父亲很可怜，如果妈让他出去开货车，他肯定不会像现在这样狼狈。他必定坐在车里一只手潇洒地握着方向盘，娴熟地挂挡，猛踩油门。如果我们的货车没卖掉该多好，7781和其他的货车车厢那么大，什么都可以装得下的。

我们站在那里安静地等下一趟公交车，我们等了一趟又一趟，我们要等一辆稍微空一点的公交车。

就在我们的生意开始有了一点起色的时候，妈注意到了一件事。我们对面的那家卖水果的店铺做不下去，搬走了。慢慢的，当新的店铺逐渐成形的时候，妈看到对面搬进去了不少面粉，后来搬来许多东西和我们的一模一样，最后，当烤箱也搬进去之后，妈很确定，对面也要开一家蛋糕店了。妈忧心忡忡，这样开在对门，会抢走我们不少生意的。父亲也很紧张，如临大敌，虽然他对自己烤蛋糕的技术充满了信心，但这样开在对门，对我们的生意影响太大了。

当那个中年妇女出现在店铺里的时候，我的父母气得简直吃不下饭，那就是我们家的"铁杆粉丝"，经常来我们店里买蛋糕的那女的。妈觉得这实在是太过分了，完全是想搅和我们的生意，是欺负人。我父亲虽然气得要命，但他仍然稳坐中军帐。妈忍不了，她冲过去质问那个女人，为什么要这样做。那个微微发胖的女人，一改之前那副礼貌客气的样子，像个泼妇一样冲着妈咆哮起来，说什么她有这个自由，让妈有本事去把这条街给买下来。我父亲和对面胖女人的老公一直在密切地注意动向，父亲个子比他要高一些，也壮实一些。两个女人在外面越吵声音越大，许多人都驻足观看，让本来就狭窄的街道变得更为拥挤。我父亲和那个男人都假装忙活着。父亲在烤蛋糕，对面那个男的在打鸡蛋。他们在较劲，比谁更沉得住气一些。果然，对面的男人败下阵来，怒气冲冲地对着他的婆娘大喊大叫，让她回去做生意。那个女人回头就骂起了她的丈夫，心虚地回到了自己的店铺里。妈暂时占了上风，可是她一回来，眼泪直流。妈不是那种喜欢和人起冲突的人。对面两夫妻互相叫骂起来，最后以那个男人默不作声收尾。

木已成舟，那家店开张以后卖的东西和我们一模一样，而且他们刚开业，价钱比较低，一下子让我们的生意折损大半。每次看到对面店铺门前围满了人，我父亲都怒不可遏，瞪着对面的那个中年妇女，那个死三八没羞没臊地故意转过身，对着父亲扭着她肥大的屁股。父亲顿时气血上涌，他把手上那把锯齿长刀使劲地切进果酱蛋糕里，像在锯树一样，恨不得切的就是那个死三八。

天气越来越冷了，我们的生意也越来越差。父亲想去到他学艺的地方，学习几个新的蛋糕品种，以增强竞争力。父亲变得更忙了，除了烤蛋糕，还得跑去学习新知识。一天下来，累得晚饭都懒得吃。

父亲推出的新品种，很受欢迎，马上就被一抢而光。父亲做事挺用心，时不时的还能有点小小的创意。

没过几天，对面也有样学样，抄单全抄，也推出和我们一样的品种，简直是和我们对着干。父亲在店里气得浑身发抖，他妈的，天下竟然还有这种人，脸都不要了。之后，他懒得再开发什么新门类，他不想让对面讨到便宜，就算我们不挣钱，也不能让他们挣了，他妈的。

我们不得不晚一点关门，因为生意实在太差了。我们只能用时间换钱，到了冬天，哪怕街上一个人都没有，父母还是在店里苦苦守候，等别人来买我们的蛋糕。我们是整条街上最晚关门的，一直到倒数第二盏灯熄灭，我的父母才开始把门口的蛋糕盘子往里面端。每当对面关门之后，父亲心情就好起来，他熬过了他们，他赢了。父亲在各个方面都在和对面较量，哪怕是关门的时间。我们的生意趋于平稳，每天都差不太多，周末可能强一点，仅此而已。父亲费尽心力，把精力都放在了对面，据他的观察，去对面买蛋糕的人比我们还是要略少一些，这叫他非常解气，可是我们确实也挣不到什么钱。

父亲既讨厌对面那家人，也讨厌那些去他们家买东西的人。他每天睡觉前都带着一腔怒火，感觉自己深陷重围，没有来由地突然发脾气，常常叫我和妈吓一大跳。

慢慢地，街上又前后脚地开了两家蛋糕店，卖的东西全都跟我们家的一样。我们的生意更差了，有时候一天下来，父亲连钱都懒得数了。唯一叫父亲感到欣慰的是，对面那家生意也差得不得了。如果我们都这样差，对面简直不可能赚到钱。父亲每次说到这里，都像是大仇得报一样。父亲每天的乐趣就是看对面那家人吵架，那个男的竟然打不过那个胖女人，太好笑了。

父亲就是这样，他看到对面已经乱了阵脚，就不再把注意力放在别人身上。他开始关注我们自己的生活，眼下，街上又要开一家蛋糕店。我父亲终于坐不住了，他觉得我们再这样下去，肯定要饿死。

父亲不想再做蛋糕了，他觉得再这么下去，我们一家人只能喝风。

妈认为现在并没有什么稳妥的事情，我们还是要顾眼前，等我们盘算好了之后，再转行也不迟。但父亲已经受够了。

父亲使劲儿把酒杯顿在桌子上："他妈的，干什么都行，总比这个强。什么狗屁蛋糕，操他妈的，简直是折磨，你还想把我拴在这里做这些狗屁生意？"

妈针锋相对："好，那你说你觉得干什么好？"

父亲一心只想开货车。

妈轻蔑地说："撇下我们孤儿寡母，自己去外面潇洒？"

父亲大声吼道："我们他妈的就不是做生意的料。"

妈讥讽地说："那是因为你不够用心。"

父亲像一只充了气的皮球一样，从地上弹了起来："我还不够用心？他妈的，我到底要怎么样才算用心？去他妈的，我不用心。"

他起身猛踹了烤箱一脚。我和妈吓了一跳，以为那个烤箱完蛋了。但父亲一脚上去烤箱居然完好无损，它这么坚固，让父亲变得更加暴躁。他拿起一只大碗使劲儿摔在地上，碗砸在地上，没有摔碎，它跳了几下闪到一边的角落里。父亲充满仇恨地去踢那个碗，他脚下一滑，摔在了地上，把旁边用来烤蛋糕的鸡蛋液和面粉碰翻了。蛋液和面粉洒了一地，二者搅合起来，简直像婴儿刚拉的屎一样。

妈去拉他，被他推开了。蛋液和面粉混在一起让地面变得滑不溜秋的，妈也摔倒在地。他俩在一片混乱中扭打起来。

我趁机喝了一大口父亲的酒，才过去拉开他们。他们过了很长时间才骂骂咧咧地去各自把自己收拾干净。风暴停息了。他们换上了干净衣服，之后都不说话。妈洗完脸，忽然哭了起来，她把围裙脱下来，摔在地上，跑出去了。

父亲一边愤恨地骂着："妈了个逼，这过的什么日子，这是做的什么鬼生意？"

他坐到桌子前给空酒杯倒上酒。过了一会儿，他站起来，看看墙上的挂钟，心神不宁地在店里来回踱步。地上狼藉一片，父亲踩在那片白色奶油上的脚印像是一个罪犯留下的那种足迹。他坐在凳子上抽起了烟，还没抽几口就扔在了地上，披上外套出门去找妈去了。

我坐在那里，看着满地的污迹，很想一把火把蛋糕店烧个干净，那样我的父亲就解脱了。我已经看穿了父亲的伎俩，他无非就是想把事情搞得乱七八糟，让大家都受不了了，好放他走。可是，他为什么不干脆一点走掉算了。这样互相折磨，又为了什么呢？

我把玩着父亲落下的打火机。给自己倒满一杯白酒，一饮而尽，感觉像是咽下去了一块滚烫的炭。我有些佩服自己的聪明才智，我看到了事情本来的样子，而且能够解决一大难题。

我又给自己倒了满满一杯白酒，一口闷了。我摇摇晃晃地站起来，点燃打火机。我先点燃了那些盖着混账蛋糕的恶心的塑料膜，接着很艰难地点燃了包装袋，还有那些狗屁纸箱。火势烧得有点慢，我看着火光感觉天旋地转，之后就倒在了地上。

后来才知道我放的火很快就被父母回来扑灭了。我在床上躺了好几天，倒是没有挨什么骂，因为据他们说我差点让烟给熏死。这可不是一件小事，放火烧自己家的铺子？天理难容啊。亲戚们都上门慰问我的父母。我躺在床上也能听到他们在议论我，他们认为我的脑子出了问题，也许是心理不正常，还可能是被鬼迷了心窍。我听到他们说："小小年纪干出这种事情来，不是魔鬼是什么？"

我感到无地自容，用被子使劲儿蒙住脑袋。到了晚上，我开始对魔鬼这个词浮想联翩。原本我还有些怕黑，可是一想起那些亲戚们说的，我就是个魔鬼。我一下子就不怕黑了，也不怕鬼怪。因为我和他们是一伙的。我希望那些鬼怪都来到我的床前。

其中一个鬼说："是我指使你去放的火，没想到吧？"

另一个鬼说："你还不够坏，你只是看起来坏。"

我越想越难过，我们的损失肯定不小。我宁愿自己死在那场火里，变成一个真正的鬼。

舅舅想让我们搬到他那里去。他现在开了一家餐馆，做起了正经生意。他已经替我们在附近看好了一家门面。既然我们那条街上竞争那么大，倒不如搬到他这里来，那边可是一家蛋糕店都没有呀。

"一家都没有吗？"父亲向舅舅反复确认。

"确实没有。"舅舅说。

父亲心情大好，主动地去舅舅那里考察情况。回来之后，他兴奋地向我和妈报喜，"那里确实没有蛋糕店，不仅那条街上没有，附近的好几天街上都没有。搬到那去，我觉得靠谱。"

妈反倒有些犹豫："为什么那里会一家蛋糕店也没有呢？会不会是不适合呢？"

"一定是因为别人还没发现。"

他突然变得这样热心，让人有点不习惯。

我们的蛋糕店很快就搬了过去。我们住的地方，是舅舅的女朋友帮我们物色的，离他们住的地方很近，房租便宜，环境干净卫生，家电家具一应俱全。舅舅的这位女朋友姓柯，大家都叫她柯姐。她三十出头，一头短发，身上有好几处文身，腰上一朵玫瑰时隐时现。她热心，是个豪爽的人。她现在帮舅舅照看餐馆。因为舅舅业务繁多，得到处跑，店里得有个人管钱。不管是厨子还是顾客都管她叫老板娘。每次别人叫她老板娘的时候，她都一副与她潇洒的外表不相称的娇羞："喂，别乱喊。"

她把餐馆打理得井井有条，她的哥哥在这一带名声响亮，随随便便就可以喊来百十来人。

她对我妈说："以后谁要是敢来蛋糕店闹事的，就报我的名字。"

每次听她这么说，我都会心潮澎湃，很想见识一番。我想象着几个小混混前来蛋糕店里找麻烦，这时一群大汉蜂拥而至，手执砍刀、开山斧一类的武器，气势汹汹地前来解围，使那为难我父母的混蛋们吓得屁滚尿流。

可是，我的父母从来不爱和别人起冲突，更不要说惹什么麻烦。再说了，很少有人为了几块蛋糕和我们结下血海深仇，我也一直无缘得见那种电影画面一样的场景。

她经常来蛋糕店帮忙打下手，勤快得像一个学徒。虽然我们的生意很差，但店里的事情仍然很烦琐。我们忽略了这里虽然没有竞争对手，但是到处都是小吃，差不多没什么人来吃我们的蛋糕。

但她实在帮不上什么忙。她是个急性子，面对烘焙这类的事情时，显得笨手笨脚，略带焦躁。舅舅每次看到她这个样子都会大笑起来："一个大姐大，居然在这里烤蛋糕？"

她则佯装气愤："还不是因为你。我以前根本没有这个耐心的好吧。"

在那些阳光明媚的下午，妈经常和她聊起舅舅："他就是缺个人好好管管。"

她有点激动："男人确实需要个女人管着。"

之后，她又补充说："他还是比较听我的。"

我的舅舅总爱和她开玩笑："要不你嫁给我，怎么样？"

她每次都会不屑地说："我凭什么要嫁给你啊？"

妈很为舅舅感到高兴。

后来，当她说："真正遇到合适的人，结婚其实也是可以考虑。"

我的舅舅就不搭腔了。

她还说："简简单单摆一桌酒就行了。不领证，太麻烦了。"

我的舅舅开始越来越忙碌，有时候半个月才出现一次。他是在一个夜晚匆匆忙忙来到我们家的，身边有个不认识的女人，打扮得十分妖艳，身上散发着极为浓郁的香水味。

妈拐弯抹角地问舅舅："这个女人是怎么回事？"

舅舅很不屑地说："是我业务上的一个朋友。"

妈有点担忧："那小柯呢？"

舅舅不屑地说："她也是我业务上的朋友嘛。"

后来，舅舅干脆消失了。柯姐完全发了疯，到处找我的舅舅，可是我舅舅多有经验啊，只要他不想叫人找到，别人根本没法找到他。

柯姐流着泪求妈告诉她："他是不是真的有别的女人了？"

妈看着也很难过，只好转述舅舅的话："那是他业务上的朋友。"

柯姐说："我也不是那种不要脸的人，他只要当面告诉我，他到底是什么意思，我就再也不缠着他了。"

但我们也找不到舅舅。

柯姐不是吃素的，她把舅舅的餐馆搞得乱七八糟，把他们俩住的地方也弄了个天翻地覆。

柯姐还很可笑地认为舅舅藏在我们家里。她经常半夜来我们家里突袭搜查舅舅，连床底下都不放过。之后，她又满脸歉意地走掉了。

那个女人完全疯了，她觉得我们一家人串通好了。她对妈大吼大叫："除非让你的弟弟来找我，不然我让你们都不好过。这怪不了我，要怪就怪你弟弟去。"

柯姐果然喊来了一大帮流氓来我们家的蛋糕店捣乱。这些曾经在她嘴里要替我们出头的流氓，如今调转枪头，对准了我们。他们看上去都不好惹，威胁要把我们的蛋糕店砸个稀巴烂。

那天晚上，父亲喝了很多酒之后大声叫骂，也不知道他在骂谁，以及在骂些什么。他突然拿起了一把水果刀："老子跟他们拼了，妈个逼的，欺人太甚了。"

他满脸通红，站都站不稳，浑身散发着浓烈的酒气。

妈哭着拦住了他："他们都是流氓，你千万别去，会吃亏的。"

我父亲顿时变得英勇百倍，谁也拉不住他。他光着上身，脚上穿着拖鞋，手里挥舞着那把小小的西瓜刀，暴躁地大喊大叫。他的勇气已经积攒起来，由于妈的阻拦，他的勇气发泄不出去，就只好在家里乱砸东西。

他跌跌撞撞地冲出了门，摇摇晃晃地下楼，一脚踏空，从楼梯上滚了下去。我父亲在楼梯上翻滚了一阵，让他的胃也跟着翻江倒海。他趴在地上呕吐起来。他拼命地吐，使劲地吐，吐起来没完没了。他的喉咙里发出痛苦的"呃唔"声，吐了一大口的食物，有番茄和肉，有青菜，还有他最爱的下酒之物，蚕豆。他先是把吃的都吐出来，接着就吐酸水，快要把肠子都吐出来了。

我们的生活简直和父亲的那摊呕吐物没什么两样。可是，第二天睡醒之后，家里很平静。我看到阳光从外面洒进来，灰尘在光线里静静地漂浮着。我的父母都在家里。他们都没说话，或许在我睡醒之前就已经都说完了。

妈突然说："我们换个地方吧。换个地方，说不定生意能好一些。"

父亲斜靠在床头，安静地抽着烟。他昨天晚上吐得太厉害了，这会儿看起来有些虚弱。此刻，他像一个婴儿一样，呆呆地望着天花板。这是少有的时刻，他好像什么都不担心，什么都不抱怨，也什么都不憎恨。

妈观察着父亲的反应，她说："这次我们不要哪个介绍，我们自己找好地方，自己看准了，满意了再说。"

父亲既不同意，也不否定。他只是盯着燃烧后的烟看。他的手边上一缕蓝色烟柱在缓缓上升，细长而笔直，在最上方开出一朵花的形状之后就飘散开去。我想父亲如果没有强烈反对，那就是同意咯。他现在的思维习惯只有否定和强烈否定，否定和同意的意思差不多，不过强烈否定也不见得就是完全不同意。

我看出来了，妈是想先下手为强。等父亲缓过劲了，有力气大吼大叫了，他必定要出去开货车。这会儿，我们都盯着父亲的那张脸。

放假的时候，我会陪着他们一起去找门面。我们一家人坐在公交车上，漫无目的地向窗外张望，如果看到一个不错的地方，就随时下车。我们在那些陌生的街道上穿行，四处寻找有没有适合我们开蛋糕店的地方，那种人潮涌动的街道，那种租金不太贵的门面，那种小吃面馆不太扎堆的地方。

我们一天三顿都在外面解决，早上吃碗热干面，喝一碗蛋酒，中午我们在公交站附近下馆子，下午走累了，还能吃点小吃，喝点冷饮，晚上才回家。我们观看地段和人群，人群越密集越好，这预示着人流量，人流量就是生意好的兆头，就是钱。

我们看上去很着急，但又并不急着作出决定。我的父母要对比这里和那里的区别，看看哪里更好。

对我来说，这是一段短暂而惬意的时光。我们路过中山公园，我想进去看看。我父亲虽然急躁地反对，但还是进去了。我和妈坐上海盗船的时候，父亲就站在下面抽烟。下来之后，我们就急匆匆地穿过中山公园。

我的父母不必在天没亮时就起床，整条街都熄灯了之后才关门，如此周而复始。现在，父母恢复了睡眠，脸色也好看了很多。他们也不再争吵，还互相开一些小玩笑，总结一点经验教训。

"挑地方还是得谨慎，不然什么都白搭。我们的味道这么好，一定要让更多的人有这个口福啊。"父亲明显松弛下来了。

妈又谈起那些热心顾客们的建议，那些位置好的蛋糕店，一年能挣不少呢！他们斩钉截铁，滔滔不绝。妈就想找一个那样的好地方。

第七章

上初中之后，我经常翻墙逃课，呼朋引伴去打架。我的个子是全班最高的，打起架来很有一套。在武术学校学的那些本事，这会儿派上了用场，除了一些格斗技巧，还有一些下三路的招数，这是当时教练悄悄传授给我的，因为他对我有点偏爱，怕我受欺负。

我在学校靠打架有了一点名气，以至于老是有人喊我去帮忙打架。有时候能打得起来，大多数时候两帮人马隔着一米多远讲起了道理。我感觉这些人的沟通能力是如此低下，三两句话可以说清楚的事，却一定要拉上一大帮人，好像这样才能让双方冷静下来，好好讲一讲，

一方说："他是故意的。"

另一方说："他不是故意。"

这一方说："他就是他妈故意的。"

另一方说："你想怎么样？"

这一方说："我想怎么样？那你想怎么样？"

没完没了，让人很厌烦。我希望两边赶紧打起来，要么就各自回去，像这样在太阳下面耗着、晒着，实在不是个事。仿佛带着这么多人来，不是为了打架，而是为了比拼谁更有耐心。

在快要中暑之前，我假装冲动地上去推了对方一把。

这时，人群开始骚动起来。像这样的擦枪走火，有时候就动起了手。但有时候，人群中有人赶紧出来劝大家冷静，结果双方就此冷静了下来。像这样兴师动众的聚众殴斗，结果往往以一两阵骚动而结束。

只有真的打起来了，我才能浑然忘我。我被肾上腺素吞噬了，我挥拳，我出脚，我热衷于这种事。有时候，我把别人揍得鼻青脸肿，有时候别人把我打得鼻青脸肿。

到后来，喊我打架的人就少了。他们说我这个人比较冲动，爱走极端，经常把事情搞大。

我很郁闷，这些口口声声喊打喊杀的家伙们，不过是帮爱吹牛皮的小屁孩。

我念的学校位于偏远的郊区，当地的经济发展迅速，十几年前，此地还是一片农田，再往前，这里是一片湖区，有将近三十万人前来围湖造田。他们的后代很多都成了学校外面的小混混，他们什么都抢，除了钱，连饼干也不放过。我们管这叫"擂肥"。

有一次，我就是在从学校回家的路上遇到了几个小混混。在那座小山脚下，我看到有个和我差不多大的学生被几个混混拦下来，拉到旁边的树林里，扇了他几个耳光之后，把他的钱拿走了。等我走过去的时候，他们回到路边把我也拦了下来，很有诚意地想让我去旁边的那片黑乎乎的树林里聊聊。我顺着他们指过去的方向看过去，那个穿着校服的学生正立正站在那里，一动不动。

作为一个曾经练过武术的人，我并没有就范："我还有事，就不去了。"

带头的那个直接一巴掌朝我脸上扇过来："妈个逼，老子是在跟你商量吗？"

如果我结结实实挨上一巴掌，那么他的这句话将会很有效果。但我伸手挡住了他挥来的手，使他这句话的效果大打折扣。

他恼羞成怒："还他妈敢躲？"

接着他一脚踹了过来，还是被我躲开了。我顺势冲他的肚子蹬了一脚，他一下倒在地上。他旁边的几个人马上围了上来，对着我一顿拳打脚踢，虽然我护住了脸和肚子且战且退，但还是结结实实地挨了几下，摔倒在地。

忽然之间，围着我的人散开了，纷纷往后退去。我看见有人手上拿着板砖，朝他们挥舞着。他们哪里肯善罢甘休，马上扭头去找家伙。

我这才发现是刚才站在那里的那个学生，他非常威风地拿着那块砖头指着那群人，拽起我往马路对面跑。我们从一条巷子跑到另一条巷子，又马上拐进再一条巷子。我的心脏快要跳到嗓子眼了，而且腿变得像棉花一样绵软。直到我们实在跑不动了，才气喘吁吁地在一个小区的单元楼里停下来。

我们一口气爬到了天台上。那里有一个破烂的沙发，几把摇摇晃晃的椅子，靠角落搭着一个凉棚，里面还有张床垫。

我们趴在天台的围墙边往下看，确认那帮人没有追过来，我们这才松了一口，互相看着傻笑起来。

"我靠，你是不是练过？"他满头大汗，"我看你有两下子，要不是他们人多，你一打二估计不成问题。"

"我练过武。"

"难怪了，我当时就看出来了。我当时就想，不管怎么样，我都要去帮这个人。"

我问他："你也很够意思。不过，你当时为啥站在林子里？"

他笑了起来："打不过啊，我这是好汉不吃眼前亏。我报了我叔叔的名字，结果他们根本不知道，没听过。完全是一帮小混混，连我叔叔都没听过。妈的，他们扇了我几耳光这个仇我是肯定要报的。"

我们互相问了姓名，他叫李林，和我不是一个学校的。

"你叔叔是谁？"

"明天我带你认识一下，这一带都是他的地盘。到时候，我们要找到今天打我们的那几个人，我们要报仇。"

马路上的人越来越少，天空也越来越黑，零星地还能看到几颗星星。我松了一口气，浑身上下都开始疼起来，前胸、后背、胳膊，还有腿，整个人快要散架了。我不讨厌这种感觉，一想起拔腿就跑的那个瞬间，感觉一切都变得闪闪发光。

李林的叔叔，大家都叫他明哥。明哥很有派头，个子不高，皮带扣亮闪闪的。他听说了我们的事，马上打电话叫了几个人来。那几个人一看就不是什么善茬，穿得流里流气的，领头的染着一头黄毛。他们开着一辆黑色的商务车，带着我和李林在大街小巷里穿梭，去游戏厅和网吧找那几个人。我坐在车上逛遍了这片地方的犄角旮旯，许多地方我都没有来过。夜晚的街道上霓虹闪烁，哪怕是那些破烂的小巷子里，也有一些零星的灯光。

每次停好车，我和李林威风地把门拉开，下车后在网吧里横冲直撞。人人都看得出来我们有多么不好惹。一晚上下来，我们几乎翻遍了郊区，还是没有找到他们。

吃晚饭的时候，在饭桌的烟雾缭绕之中，明哥很忙碌。他接了很多电话，又不停地给桌上的人安排事情。他们家人来人往，以至于原先饭桌上坐着的人，到快吃完饭时已经完全换成了另一拨人。

李林正和我讨论马上要到来的暑假，他很想在暑假期间每天刻苦地跟着我学功夫，反正闲着也是闲着。他畅想着学两个月武术，到时候他可以以一敌百，打起架来谁都不怕。

明哥忽然停下来，扭过头问我："你会武术？"

"会一点。"

"都会点什么，太极会吗？"

桌上的人都兴致勃勃地望着我。

我很简单地耍了几套拳，博得了屋里人的一片喝彩声。

明哥走过来，拍了拍我的肩膀："非常好。有个事，不知道你愿不愿意？你们不是马上要放暑假了吗？我们家老爷子身体不好，刚刚才康复，你这套太极拳打得特别好，适合老年人学。你平时帮老爷子上下楼，带他去街心公园练一练太极。当然了，不会让你白教的，我给你开工资。怎么样？事情很轻松，还能挣点钱。自己挣钱自己花。到时候你可以去我的台球厅里随便玩，免得放暑假了到处惹是生非。另外，以后在外面要是有人敢找你的麻烦，就报我的名字。"

明哥没有给我拒绝他的机会，他亲热地搂我的肩膀，拍我的后背，我快被他拍散架了。我就是在几乎被拍散架的时候，想起那些曾经来我们家蛋糕店里闹事的混混们。

我问明哥："要是有人去我们家的蛋糕店闹事呢？"

明哥恶狠狠地说："动你等于动我，动你的家人就等于动我的家人。马吉啊，不管是什么人，我一定不会放过他。"

我一点也没犹豫，马上就答应了他。

在回去的路上，我很兴奋。我能够自己挣钱了，还能为我的父母做一点什么。我在悄悄地保护我们的蛋糕店。这感觉让我像喝醉了酒。我好像长出了翅膀，觉得自己可以飞起来。

明哥的父亲，大家都管他叫老板。他才是那溜冰场、台球厅，还有一家KTV的真正老板。我见到他的那天，他刚从医院回来没有多久。他年近七十，精神也不错，有说有笑。我看到明哥直掉眼泪，感觉非常夸张。明哥肯定是个重感情的人。老板做了一个小手术，胆囊方面的。不过，据他自己说，他年纪大了一身都是病。平时他的一个妹妹在家里买菜做饭，所以我干的基本上就是陪他锻炼。我一大早就等在他的门口，小心翼翼地陪着他从六楼下来，去公园的池塘边上找块平整的草坪练太极。我在武术学校学的那套太极拳不同于其他的，打起来身形潇洒，非常好看。老头子也很有学习的劲头。练完太极，我们往回走。我再搀扶着他上六楼。有时候，他妹妹买菜还没回，或者她有事出去了，我还得帮他熬点中药，找这找那的。自从我来了之后，老头子的妹妹老是有事。原本，我早上陪老头子打完拳，就可以自由活动了。李林经常会在台球室等我，我教他几招拳脚，他教我打球。我们在台球室想玩多久就玩多久，除非是台球室生意火爆到我们必须给客人让出位置。但那样的情况很少发生。

老头子的妹妹总是借口有事，有时候下午她也让我替替她，因为熬药得时刻看着，不然药就煎煳了。我这个人最大的毛病就是，责任心太强。原本我只是教老头子练练太极拳，结果现在我不仅要熬药，还得帮老头子及他的妹妹跑腿。以至于，我差不多快变成一个保姆。

　　溜旱冰场实在没什么好玩的，我和李林去玩过两次就没有再去了。那里的旱冰鞋都比较大，没有适合我们尺寸的，还臭烘烘的。溜冰场生意不太好，大白天没什么人，长得好看的女孩也不会在那个时候出现。

　　明哥也知道溜冰场生意很差，他有时候来找老头子商量："要我说，趁现在赶紧把溜冰场转出去算了。现在哪还有人溜旱冰？"

　　老头子反对："溜冰场不能关，这是个脸面问题。"

　　明哥很诧异："已经亏成那样了，还讲什么脸面？"

　　老头子不高兴了："它是个品牌，你懂不懂？"

　　明哥有点不耐烦："什么狗屁品牌，一点好处都没有。"

　　老头子急了："你真是狗屁不懂。"

　　老头子断断续续讲了老半天，我才明白他的意思。那时候溜冰场赚到了不少钱，而且在很长一段时间里，是明哥父子的脸面，毕竟那是当地唯一的一家溜冰场。人们提到溜冰场的时候，明哥父子是绕不开的。时间长了，它成了当地的一个标志，有时候那些打扮光鲜的小年轻碰头的时候会说，溜冰场见啊，或者我在溜冰场旁边的马路上。

　　溜冰场实际上也扩大了明哥父子的影响力。它使得人们浮想联翩，想想看，那里可是鱼龙混杂之地，去溜冰的人都是些不正经的人，什么混混之类的，里面打架斗殴属于家常便饭。能够盘下那样大一个溜冰场的，必定是个大人物，或者有背景有后台。

"别人以为我们背景深厚，能够在这里呼风唤雨。你以为靠的是你打架能喊很多人？靠的是它开的时间长，人人都觉得我们有本事，有板眼。这才是重点。"

明哥不以为然："老掉牙的观念，你以为凭一个溜冰场别人就会给你面子吗？你要是没有赚到钱，你看别人还给不给你面子？"

父子二人僵持不下，就溜冰场的出路问题争得不可开交。

目前不光是溜冰场生意不好，台球厅的生意也普普通通。至于 KTV 呢，规模上不去，档次不够高。明哥很想把溜冰场和台球厅处理掉，拿出钱来一心一意地搞 KTV，再找几个老板，完全可以打造一家当地最豪华的 KTV，那才是未来的趋势。

不过老头子并不看好："要我说，哪怕是要做事，还是应该找点稳妥的事做，踏实一点的事。"

明哥觉得老头子自从生病之后，简直是越来越缩手缩脚了。"哪有什么稳妥的事呢，老头子你说说？"

老头子喜欢讲道理，他总是以为我一心想要混社会，是明哥的跟屁虫。他告诫我说："小吉，现在比不从前了，不靠打打杀杀了，要靠脑子。所以啊，要好好念书，武术终归只是强身健体，可以保护自己。但是，不要因为学了武，就想着去外面混。外面不是你能想象的。"

他对明哥差不多也总是说的这番话："能不动手，就不要动手。现在这个时代，不是以前了，现在谁还讲什么江湖义气，都是朝钱看。能用钱摆平，可以和气解决的就要和气解决。"

明哥有些不以为然："我想和气，别人不见得给你这个面子。人不狠，站不稳。"

老头子只能每次见到他都要念叨一遍，搞得明哥不胜其烦。

明哥这个人，大家提起他，都觉得很佩服，因为他心思细腻，什么事情都安排得井井有条。他说话粗声大气，但做人粗中有细。人人都觉得他是个人物。他的传说也不少，但和我了解到的，不说差了十万八千里，但总是相距甚远。传说，他心狠手辣，还杀过人。但实际上，他并不是那副面貌。我有时候会想，如果不是老头子的那些产业，明哥是否还能够称得上是个"老大"呢？

李林常常和我在那片天台，我们称之为"基地"的地方，臧否人物，颇有些煮酒论英雄的意思。在那个年纪，我们似乎有耗费不尽的荷尔蒙。讨论的全都是，谁谁谁是这一片的老大，谁谁谁打架最厉害，谁谁谁虚有其表，等等。

有一天，李林来台球厅找我，说他看到那天打我们的那几个人了，在一家网吧里。说实话，我差不多已经忘记了这件事。我对李林说："要不就算了吧。"

"怎么能就这么算了，你忘记他们当时把你打成什么样了啦？不能就这么算了。"

李林在台球厅里四处招呼人，最后把我拉上了车。

我到地方才发现，那家网吧离我家很近。我们拿起家伙，一进去就把前后门都给堵住了。那几个人叼着烟，还沉浸在游戏里打打杀杀呢。李林走过去把带头的那个扇了一巴掌，那几个人扭头看到我们人多势众，手上都拎着家伙，吓得呆住了。

"都出来。"李林大喝一声。

这几个人乖乖站了起来，一个跟着一个走到了门外。

李林递给我一根棍子："来，给你报仇。"

但我不想打。

李林推了我一下："愣着干什么？"

就是这个瞬间，那几个人好像串通好了一样，突然推开我们跑掉。而且，他们还挺有经验，不是往一个方向跑，而是分别往好几个方向跑。

我们的人全都一脸想要吃了我的模样，其中一个气愤地推了一把我的脑袋。我和李林去追带头的那个人。李林责怪我："妈的，你怎么这么糊涂。"

这片巷子我很熟，夜深人静之际，我总是在这里胡乱走。我大概判断得出来，他们会从哪里出来。我拉着李林绕到出口那条巷子去堵住他们。我知道，要是让人跑了，我在台球厅里就不要混了，没有人会看得起我。

可是，我越跑越熟悉，眼看着就要跑到我们家蛋糕店所在的那条小街了。我心里很慌乱，希望不要是那条街。结果，我刚一拐上去，就看见那两个人在朝我和李林狂奔而来，他们使劲扒开人群，没命地跑。李林兴奋地拍了我的后背一巴掌："往我们怀里跑来了。"

我们家的蛋糕店就在前面，我希望不要在我家的蛋糕店门口打起来，千万不要。我只能主动往前，悄悄经过蛋糕店之后，阻敌于前方。那样，有很大的概率不会叫我的父母看到我。他们可能知道有人在打架，但未必知道我也在里面。

我拉着李林快步往前走去，经过蛋糕店的时候，我瞄了一眼情况。父亲正在端烤箱里的烤盘，妈正在给人装蛋糕。还好，他们没有看到我。

　　可是，我一抬头。对面那两个家伙就冲到了眼前。李林大吼一声："往哪里跑？"

　　这一吼，街上的人都扭过头来看我们。但那会儿，我没有办法了。李林抄起家伙冲了过去，我也只好跟着冲上去。那两个家伙见了我们非但没有调头，反而想冲过我们。想必是追他们的人太多了，权衡之下，从我们两个这边突围可能损失要小些。

　　我必须得截住他们，否则我就混不下去了。

　　我和李林一副横刀立马的样子，朝那两个人就是一顿揍，将他们打倒在地。围观的人发出阵阵尖叫。我听到有人喊我的名字。我想把他们打倒也就够了，拉着李林就跑。李林还想再踢一脚，被我拉走了。

　　即便我没有往蛋糕店那个方向看，我也知道我的父母看到了我在街上逞凶斗殴的样子。我一点也没有大仇得报的快感，反而感到无比愧疚。我们回到台球厅，大家都围着我，夸我脑子好使，说起那两个人往我们怀里钻的样子，笑得前仰后合。

　　明哥听说了之后，过来搂着我的肩膀对大家说："这小子挺机灵，又会武术又有脑子，还有什么搞不成的。干脆别读书了，来跟着我做事。"

　　大家跟着起哄。

　　但我一点也高兴不起来。我在台球厅待到很晚才回去。在路上，我一直在担忧，我回去之后会怎么样。我想起白天的事，我得承认，我朝那人身上抡棍子，尤其是当我还意识到我的父母还在那里看着我的时候，我激动得不知所措，有一种独当一面的快感。我要用这种方式向他们证明，我有本事保护这个家。

我到很晚才回去，那条街漆黑一片，只有一盏灯亮着。那就是我们家的蛋糕店。我们总是那条街上最晚关门的店铺。

我走到门口，才看到我家的蛋糕店一片狼藉。那些混蛋把我家的蛋糕店给砸了。

妈一看到我，眼泪就掉下来了，使劲拧我的耳朵："你不是说你在外面做暑假工吗？你这是做的什么暑假工啊。你怎么这么不争气啊。"

我父亲冲我吼道："滚出去，老子不想再看见你。"

他开始骂骂咧咧："还做什么狗屁生意啊，东西全都砸烂了。不做了，老子不做了。"

妈忽然冲父亲吼道："你想得美！这就不做了？好啊，你就是在等这一天是吗？你就巴不得我们的店子被人砸了。"

他俩开始互相吼叫起来。我心里难过得不得了，我希望他们能揍我一顿，让我心里好受一些，但是他们没有时间管我。我就站在那里，一直等着他们吵完。

有一天，明哥带着几个人找上门来了。他来问我的情况。我的父母看见明哥很慌张，那条街上有见过世面的人，都知道他是个不好惹的人物。他们以为我又惹了什么麻烦。

明哥是特意来夸我的："马吉教我家老爷子打拳，教得特别好。还帮忙做家务，小伙子很有责任心，他很想帮到家里的。"

他把两个月的工资交到妈手上，虽然我只教了一个多月。但妈不肯要他的钱。我的父母不想让我再和他们有什么牵扯。

明哥让她一定收下，他也是一个讲理的人，丁是丁，卯是卯。说完，他就走了。

那之后，我就没有再见过明哥他们。当然，除了李林。

再次见到李林，也是好几个月以后了。他慌慌张张地来学校找我："马吉，明哥出事了。"

"出了什么事？"

"他被人捅了。"

我想起之前，和我们有过节的那几个小混混："是他们吗？"

李林说："当然不是，他们哪有那个胆。听说是几个十七八岁的，想出名。"

"出名？"

李林说："简单地说，就是把最有名的老大搞掉了，就能出名。"

我们在学校的操场上逛了很久，他邀请我逃课出去打游戏，但我已经没有那个心思了。上课铃声响起的时候，我看到同学们朝教室里奔去。很快，偌大的校园里只剩我们两个人在游荡。我现在很想要回到教室里去，坐到我的同学中间去。

李林大概是看到我频频朝教室张望，他有点疑惑地看着我："你变成好学生了？"

他翻上我们学校东北角的院墙，失望地看了我一眼，又失望地跳了下去。那天下午，我一直坐在教室里，脑子里总是浮现出老头子和明哥的对话。

老头子说："要找个稳妥一点的事。"

明哥说："哪里有稳妥的事呢？"

第八章

　　我们这次搬到了江对面，一片马上就要拆迁的老旧社区，这是我们住得最久的地方。我们住的房子是三层的红砖房，里面全是木头。楼梯是木头的，地板也是木头的，踩上去发出咯吱咯吱的声响。这里的房间全都是一间一间一字排开，我和父母分别住在两间房子里。厨房由好几家人共用，各家的煤气罐上还有一把锁，用完还要锁上。每天早晨，大家挤在厨房的水池跟前刷牙洗脸。一做起饭来，烟熏火燎，整个厨房像着了火。

　　整栋红砖房里不知道住了多少号人，全是一些来来往往的形迹可疑的人，一到晚上整栋楼发出各种各样嘈杂的声音，有打架的吼叫声，有孩子的哭喊声，有婴儿的啼哭声，有人痛苦的呻吟声。我们出门常常要检查门有没有锁好，恨不得加上一把锁，虽然我们家里什么都没有，也没有钱。可是，住在这里，没办法让我们放松警惕。走廊里常年黢黑一片。有一次妈回家的时候踩到了一个人的胳膊，吓得她要晕过去了。那是走廊那一头的一个中年男人，吸毒过量，没过多久他就死了。我见过他几次，瘦得完全是皮包骨头，几乎从来不出门，也从不发出什么声响。一楼很多房间都是空的，里面到处是垃圾和一些乱七八糟的不明液体干涸后的污迹。每到晚上，我们得小心翼翼地打着手电筒上楼，担心木头楼梯年老失修，随时垮塌掉。这是我们住过的最便宜的房子，妈头一次算账时，没有把房租当作一件让她头疼的事。总的来说，这地方让我的父母整天提心吊胆，可是房租实在是太便宜了，几乎不花什么钱。

我们住在二楼，房东老太太的房间在走廊的尽头。她是个脾气古怪的老太太，一个人住。老太太的房间里有好几扇窗户，布置得极为干净整洁，这房间简直有些豪华。窗明几净，地板上还铺了地毯，墙上还有一个书架，上面摆着老旧的花瓶水壶一类的东西。

和别人家不一样，老太太在走廊里装了一道门，门里面有两个房间。老太太经常在走廊的窗户跟前睡午觉。她一个人生活，每到逢年过节的时候，她的子女和亲戚们才来看望她一番。她把钱看得比命还重要，只要是跟她有过金钱纠葛的人，欠了她的账不还，这个人的品行马上就会大打折扣，变得十分恶劣。五块钱的牌钱，就足以让一个脾气温和的无聊老头子在她眼中凶神恶煞内心阴暗。这就是她的判断标准，一个人对钱的态度，完全可以说明他的人品。我们家到处都是零钱，这让她非常不理解，有时候她和妈聊天，不小心摸到一两块钱的硬币。她的整个神色都变得有点不自然，手在那几块钱上摸了又摸："你们怎么不把钱收好？"

妈说："我们的零钱太多了，做生意的就是这样，每天都是零钱。"

老太太身手敏捷地帮我们把钱都捡了起来，整齐地码放在桌子上，才满意地离开。她已经快七十岁了，但身子骨十分硬朗。虽然她的眼睛不好，一到晚上根本看不见东西，但整栋楼的每个细微之处，她都很清楚。周围的人事变动，谁家里出了什么事，她也全都门儿清。她偶尔去打打麻将和桥牌，戴着一副挺厚的眼镜。那些在我们看来很可怕的人，差不多和杀人犯没什么两样的，也都对老太太毕恭毕敬。她是看着他们长大的。

我们以为这地方马上就要拆迁了，老太太说："说要拆已经说了好几年了，也没见要拆。你们放心住，住个几年是没问题的。"

说到妈踩的那个人。

"他吸毒，"老太太叹一口气，"但不害人，就让他自生自灭吧。他哪怕胆子再大一点，都不会像今天这样。就是太窝囊了，从二十岁开始老婆就不跟他过性生活了。后来也跟人跑了。孩子不听话，一直赌博，在外面欠了好多钱。他为孩子还了好多年的债，一把年纪了，四处做小工，和泥啊搬砖啊，什么都干。前两年查出来得了癌症，疼得不得了，一到晚上哇哇乱叫，吓人得很。后来吸上了毒，一天到晚一点声音也没有了，算是安享了晚年。可怜得很哪。"

老太太观察着我们，她的语气在随着我们的面色变化而变化。也许是她的那种诚恳的语气，也许是房租实在便宜，这确实说服了我们。

妈和老太太关系很好，常常有什么乡下特产就送她一份。妈总是希望能够和别人和谐相处，而且她对老太太的许多事情很上心。我们家的蛋糕店对老太太几乎可以说是格外照顾，半卖半送。因为妈很同情她："一个人年纪这么大，子女们又不是真心对她好，怪可怜的。"

父亲对此嗤之以鼻，他脑子还算清醒："别人衣食无忧，什么都不用干，每个月收收房租就行了，还有退休金。你呢，你有什么？累死累活的也攒不了几分钱。你有什么资格同情别人？真是瞎操心。"

"这不是钱不钱的事。"

妈常和老太太倾诉衷肠，在安静的午后。妈没有可以说话的人，老太太却十分喜欢听妈抱怨，妈绘声绘色地描述我的父亲如何脾气古怪，目光短浅。

老太太很爱听这样的事，很快她就了解了我们的家庭情况，我们都是些什么样的人。这是老太太的精明之处，她广泛地收集信息，有用的和没用的。这样她才能对每件事都做出准确的判断。

老太太算起账来，都不用计算器，眼睛往上翻几下，就准确地说出一串数字。她在水电费和煤气费上锱铢必较，但大抵还算得上是公平的。大概就是除以三十天来计算，好像世界上所有的东西都能够除以一个月得出结论。这一点上，我的父母就很迟钝。他们也在乎钱，可是对这种一块两块的不是太在意，家里到处都是硬币。老太太对我的父母很惊讶，我们的生活这样窘迫，却并不把钱当一回事："这不是一个好习惯，你们应该精打细算地过日子呀。"

等到妈彻底对老太太掏心掏肺之后，老太太常常给妈出主意，如何让父亲难受，她这样的老女人对此简直是太拿手了。妈不给父亲好脸色，父亲经常被气得暴跳如雷。

平日里，我父亲会帮她搭电线，还能做点木工活儿，帮她扛大包的东西。父亲对老太太有求必应，他是那种很难拒绝别人的人。尤其是帮助别人这一点，能让我父亲感到一丝丝的得意，他不断地重复着修椅子的妙处："这里有一个榫卯结构，要小心地敲掉里面腐烂的木头，钉一根新的进去就好了。虽然看着简单，这根新木头要严丝合缝，就不容易了。这种结构现在已经很少见了。"

他整个下午都在喋喋不休，不断地提及老太太的那把椅子，以及如果拿到外面修理大概要花多少钱，以显得他的劳动成果是多么的丰硕和珍贵。

有一次老太太下楼梯的时候摔倒了，是父亲把她背去医院的。老太太为此对我们也很容忍。老太太不能闻辣椒味道，只要闻到一点，就要狂打喷嚏。她经常强调不能做太辣的东西。有一天，父亲很想吃虎皮辣椒，妈却一直不敢做。晚上，妈趁老太太睡着了，给父亲做了一份虎皮青椒。一直到我父亲快吃完了，老太太的房间里传出接连不停的喷嚏和咳嗽声，听声音，感觉像是差一点就要背过气去。老太太却始终没有从房间里出来。换了平时，她早就站在走廊里骂起来了。

老太太逐渐认识到我的父母是那种老实巴交到了极点的人，他们害怕和任何人起一点冲突，善良得过了头。可这就是我父母的生存方式，他们没有什么本事，对每个人都很客气，把无用的真诚当作一种生存武器。老太太下定决心要帮我们，因为我们听得进她的意见，这很对她的胃口。总的来说，我们相处得挺愉快。

老太太对我们产生了一种恨铁不成钢的感慨："太老实了是要吃大亏的啊，你们的文化程度太低，做事没有个计划，这样下去，以后可怎么办？"

她替我们思考着未来："一定要有个计划。这样打一枪换一个地方是不行的。先拟定一个三年计划，三年内要达到一个目标。你们想想，目标是什么？"

父亲听到由妈转述的老太太的话，十分恼火："计划？生意不好什么都是扯淡。拿什么计划？真是狗拿耗子，多管闲事。"

老太太替我们家打算起来，热情十足。她希望我们一家能够通过她有一个光明的前景，而不是像现在这样，漫无目的。看得出来，她是真心想要帮助我们，不忍心看我们这样像浮萍一样在这座城市的激流中随波逐流。我的父母没有保险，没有医疗，没有社保，这样下去老了可怎么办呢？我们一心想着踏踏实实地努力奋斗，什么时候生意好了，我们的所有问题都会迎刃而解。

老太太问："可是，生意如果一直不好呢？"

妈一时间很沉默，她没有想过这个问题。在她看来，我们总有一天会衣食无忧，起码能有立足之地。这是她的动力所在，她坚信只要我们够努力，总有一天会有回报。毕竟我们是在做生意，虽然小，可一旦遇到机遇，我们也会有钱的。

但妈还是把老太太的话听进去了。

"我们应该定个目标，"妈对父亲说，"这样一个一个去实现，不是就能越来越好吗？"

父亲不屑一顾："目标？什么目标，我们的目标应该是先把生意做好，先活下来。"

老太太已经看出来父亲的无可救药，她对妈说："你们不能够齐心协力，就永远不能达到目标，你们就会一直飘来飘去。鸦雀都有自己的窝，你们也要有一个呀。"

她已经帮我们留意了有人要卖房子的消息，这附近没有什么是她不知道的。

老太太信誓旦旦地说："这可是个机会，得抓点紧。"

妈有点惊讶："可我们哪有钱买房子啊？"

老太太已经替我们规划了人生："你们现在靠自己当然是不行的，而且没有必要。现在，能够改变你们的人生的，只有你的那些哥哥姐姐，不需要借多少，先付小部分，剩下的慢慢还。你们只有靠这种弯道超车的方式，才能稳定下来。这点钱对他们来说不算什么，可是却可以极大地改变你们的生活。"

妈觉得这有些不切实际："他们各有各的难处呀，恐怕也没有多的钱借给我们。再说了，以我们现在的情况，生意这样不景气，又怎么还得上这笔钱呢？"

老太太板着一张激动而生气的脸："哼！都是亲兄弟姐妹，确实大家各有各的难处，可是，他们有困难的时候，你们也帮助过他们。现在他们的条件那么好，对你们的境况却无动于衷，这样合适吗？你都可以体谅他们的难处，你们现在的境况，难道他们看不见吗？而且，根本不需要借多少，对他们的生活没有什么影响，对你们来说，却是一次改变命运的机会。正因为事情有一点难度，所以才是我所说的弯道超车，需要你们想尽办法去借。难道想要别人上门问你们需不需要钱吗？"

妈感到十分惶恐，她无法想象在自己一点积蓄也没有的情况下，就敢开口问别人借那么大一笔钱。她的眼神既期待，又很躲闪："我们可以自己攒点钱，晚几年再去买房子，不必非要现在买。"

老太太气得拍自己那条瘦骨嶙峋的腿："这是个机会，机会可不会一直等你们。等你们攒够钱，都猴年马月了。"

老太太的话伤了妈的心，这说明我们的生意永远都不会好了。

妈的脸一下阴沉下来。

老太太转换话头："你知道，你们为什么一直都攒不了钱吗？"

妈摇了摇头。

"因为你们一直都过得稀里糊涂，得过且过。我早就看出来了，你那老公他不敢背负一点责任，导致你们到处漂流。现在，我就是在替你们着想。咬牙买了房，你们就可以把户口迁到这里来，可以享受各种政策和福利，看病啊养老啊，这样都有指望了。最重要的是，要让你们有一个共同的目标。只要买了房子，你们就会齐心协力去还钱，不会整天想着这里干不下去了，再换个地方，那里干不下去了，再换一个地方。买了房就不会整天想退路，只会拼命地想方设法地去挣钱，就会拼命地干事业，会把事情越干越好。这才是你们这个家庭唯一的出路和方向。退一万步说，到时候你们需要用钱，完全可以把房子卖掉，百利而无一害。你明白吗？"

妈被老太太说动了，她认为这确实是我们的问题所在，她感慨老太太真是个充满智慧的人。

"这确实是个办法，"妈对老太太简直佩服得不行，"这样，我们就能踏实下来了。"

"上哪也找不到这样合适的房子了，我可是把你们当作我的家人才跟你们透露。"老太太对自己的眼光充满信心，对我们却恨铁不成钢。

妈把老太太的想法跟父亲说了,父亲充满警惕:"钱呢?我们哪来的钱?谁会借给我们?还有,老太太为什么要帮我们,嗯?而且这么快就找到了房子,还替我们谈好了价钱,就等着我们去付钱?有这样好的事?我们和这个老太太非亲非故,她为什么要好心帮我们,嗯?你把事情想得太简单了。这件事情,我越想越奇怪。就算老太太说的是真的,我们哪来的钱呢?即便借来了,剩下的钱可怎么办?我们的生意这样不景气,怎么能还上这笔钱?我们要背一大笔债啊,荒唐。这里面肯定有诈。我根本不相信这老太太会这样帮我们,她自己为什么不买呢?"

父亲被想象中的负债吓坏了,我们根本还不起那些钱,叫他欠债,简直比杀了他还叫他难受。他气得浑身发抖:"借那么多钱,拿命去还吗?我们的生意不行,还借钱,简直是自寻死路。"

他想象着我们四处被人逼债的种种情形。他惶恐不安,坐卧不宁。

"房子难道是必需品吗?"父亲振振有词,"不就是一个住的地方而已,我们现在的情况,是不可能买房子的。我们会被身上的债压垮的,到时候万一挣不着钱了怎么办?啊?这是想逼死我们啊。他妈的,你怎么这样蠢,听信那个老太婆的谗言。你怎么像中了她的毒一样。他妈的,你简直是中毒了,那个老太婆是不是给你下蛊了?他妈的,我们真听了她的会万劫不复的。"

老太太一直是妈坚实的后盾:"哼,你的男人简直是个木头脑袋,鼠目寸光。你们这些年,完全就是因为没有一个头脑清醒的人帮你们规划人生,计划未来。你的男人,他能看到什么？在城里生活，你要学会借鸡生蛋，如果一直靠攒钱，你们永远也攒不到钱。你仔细想想，是不是这个道理？"

妈完全被老太太说服了，信心百倍，坚定不移地要去实施"弯道超车"这一宏伟的计划，谁都无法阻挡她。

父亲被妈的举动搞得十分恼火，他不想亲眼看着我们这个家毁于负债累累。他暴跳如雷："去他妈的房子，这简直是往火坑里跳啊，你已经走火入魔了，魔怔了。婊子养的，这老婆子这么对我们，就是想害得我们家破人亡。完蛋了，完蛋了。真他妈难怪她老无所依，没有人愿意给她养老。婊子养的，乱管闲事，蛊惑人心，她以为她是谁啊，随随便便对别人的家事指手画脚，老不死的，啊啊啊，真是个老不死的东西。"

老太太不为所动，她谅父亲也不敢拿她怎么样。她把父亲看得透透的，她的眼光简直像 X 光一样，穿透了我父亲整个人，看得到他懒惰的骨头，胆小的心，肝脏里冒出来的无能怒火。

她才不会跟我父亲一般见识："那些钱对你的亲戚们来说，什么都不算。这点钱，根本不会有什么后果。哪怕是不还，又会怎么样呢？当然，你们不是那种人。这点钱对你的那些兄弟姐妹们来说，不会造成什么损失。你必须要为自己谋幸福和出路，如果你们不想欠债，那就拼命地还钱。我把你们看得很准，你们脚踏实地，老实本分，勤勤恳恳，就是缺少一点雄心壮志，你们绝不是那种欠债不还的人。现在，正好有这个机会，一定要把握住。到时候你们肯定会感谢我的。"

妈在这件事上的坚决，让父亲暴跳如雷："婊子养的，疯了，疯了。真是异想天开哪，什么狗屁'弯道超车'，那就是跳火坑。他妈的，我们现在的条件，谁也不会想借钱给我们的。

我们只会遭到别人的白眼。你的那些兄弟姐妹，谁也不傻，怎么会借钱给你呢？他们不会借的。"

但妈不为所动，她佩服老太太的头脑精明和高瞻远瞩。起码在这件事上，她肯定是正确的。

妈说："试试看，要是借不到那也没有办法。"

"试个屁，根本不用试，没有人愿意借的。我们只会遭人耻笑，变成一个笑话。他妈的，我们一点脸都没有了，没有脸了。"

妈决定出门的时候，父亲暴躁地阻拦她，他急得满头大汗："这件事情可不只是借钱那样简单。"

他无法说服妈，只好乱发脾气，挥舞着拳头，激动得吐沫四溅。他眼看着妈换上了干净衣服。他突然醒悟似的，堵在了门口。

他由于激动，把妈推倒在地。妈骂他："没用的东西，就会在家里发脾气，一点本事也没有。"

父亲气急败坏："你再说一遍试试？"

"说就说。"

"你再说一句。"

"我就说了，怎么样？"

他拦在门口，妈一靠近，他就把她推开："我说不许去就不许去。我看你今天怎么出这个门，妈个逼，你能出去我听你的。"

妈使劲往门外跑。父亲把她推倒在地。等妈爬起了，他又把她推倒。妈简直像弹簧一样，不断地被他挤压。妈咬紧牙齿，对父亲一阵推搡，但父亲纹丝不动。妈气坏了："婊子养的，给我让开。"

父亲等的就是这一刻，机会终于来了："啊，你竟敢打我？他妈的，居然敢动手。"

他挥舞着拳头，把妈打倒在地。他们的哭喊声震天响，家里的灯泡都叫他们给打碎了。

有好几天，妈没出门。她的脸上有淤青，如果她这样去找她的兄弟姐妹，他们大概要打死我父亲。父亲充满悔恨，惴惴不安，对妈百般讨好。妈身上的淤青没有消散之前，我父亲绝对事事依顺，他一点脾气也没有了。

可他死不认错："都怪那个老太婆，是她把我们害成这样的。"

"你答应和我一起去，我就不提你打我这事。否则，我要你好看。"

父亲为了保命，答应了。

我们一家人坐上公交车，一路上都很沉默。我们去了舅伯家。父亲在车上坐立不安，一下车就拼命抽烟。妈也变得局促不安。

我们绕着小区走了一大圈，由于记错了路，他们大吵了一架。来往的车辆，反射着阳光的高楼大厦让我父亲感到紧张，他强压怒火。妈说："我就来过一次，那也是好几年前来的。"舅妈不喜欢别人来家里，那时他们的小婴儿刚出生不久，她觉得所有人的身上都带着病菌。我们花了很长时间，才确定大门在哪里。

妈提议买点水果："总不能空着手去吧。"

我们又返回到车站的一家水果店，因为那家看起来要便宜一些。我们买了一大堆苹果、香蕉和梨。

舅伯住的小区十分高档，绿树成荫，小区的保安把我们拦在了门口。他压根不管我们是不是去看望谁，总之不是这个小区的住户不允许进入。妈的勇气丧失了一大半，我父亲还在不断地拖她的后腿，不停地抱怨。她气得要命，眼泪都要流出来了。

当我们大汗淋漓地来到舅伯家里时，他们正准备出门，要去银行办事。我们没有在电话里说明来意，我们含糊其词，我们突如其来。

"怎么来也没先打个招呼？我们正准备出门。"舅伯说。

我父亲拘谨地坐在纯白的真皮沙发上，他穿着比较能穿得出门的衣服，上面隐约也有点点油渍，他不敢靠在沙发上。他坐在那里，身体板正而笔直，他的袜子破了个洞，把破洞的那只脚压在另一只下面，讪笑着："我就说应该先打电话的。"

他的话只有一半，大家都等着他继续说。但他已经说完了。父亲的脸色泛红，而且他穿的外套有点厚，额头上开始渗出汗水。

当舅伯问起我们的生意怎么样时，妈说了谎："我们最近生意还可以，比起之前有起色了很多。"

这么多年来，我还是头一次听她在生意和收入上撒谎。她真的是豁出去了。

妈有点语无伦次："有时候忙得不得了，今天还比较闲。"

舅妈不停地看时间："你们是不是有什么事情？"

妈说："我们租的房子的……房东老太太人蛮好的……她对我们也特别照顾。最近，她的一个熟人要卖房子，而且价格蛮低……"

舅伯脸上露出微笑："那是好事情啊，多少钱？"

妈说了价钱："只需要付一少部分，剩下的慢慢还。"

舅伯替我们感到高兴："这很好啊，很划得来，要是靠谱的话，确实是不错。"

舅妈也高兴起来："这么便宜，相当划得来啊。"

妈也跟着高兴起来："是啊是啊，老太太认识的一个湾子里的，想要卖。我们觉得也是一个机会。想买是想买，就是手上没什么钱。"

"你们是想全款买吗？"舅妈有点疑惑。

妈"啊"了一声，笑出声来："那哪里买得起，我们只能先付一半。"

舅伯问："还差多少？"

妈吞吞吐吐地说了。

舅妈"咦"了一声："啊？也就是说你们要借首付的钱？难道你们没有积蓄吗？"

妈满脸通红，很谨慎地笑了笑，又点了点头。

舅妈说："这不是一笔小钱哟。我们现在也拿不出来这么多，你知道，孩子要花不少钱。最近刚刚换了学校。他呢，最近才又投了一笔钱去修公路了。我就说那个不靠谱，已经半年了，一点响也没有。可是，我在想，如果你们手上完全没有积蓄的话，到时候怎么付剩下的钱呢？"

我的父母互相看着对方。父亲一言不发。妈说："那个，我们只能拼命做事，想方设法慢慢还。"

舅妈想了想说："我觉得你们买房的想法是对的，但是如果你们没有一点准备，到时候日子怎么办？靠什么生活呢？"

我的父母把手放在腿上，缓缓地擦干手上的汗。

"这个，我们只能拼命地去做事。再说，这也是个机会。"

舅妈说："是个机会不假，但是还是要从长计议，你们的想法有点不成熟。你们现在就是在拼命地做事，很努力。我说句不好听的，拼命地做事，也不能保证一定能挣到那么多钱，起码在这几年之内，是很难的事。"

我的父母面色苍白，他们语无伦次，完全垮掉了。父亲这时左顾右盼，他想赶紧走掉，他的目光四处游荡，仿佛一只被逼到墙角里的老鼠。

妈眼眶潮湿："我们如果没日没夜地做事，肯定可以还上的。"

舅妈亲热地握住了妈的手："这个是当然的，你们也非常的不容易。但是，我还是要泼一盆冷水，这个想法是不切实际的。你们还是应该慢慢来，不然，到时候生意不好，我是说如果，这谁都说不好，生意嘛，有好就有坏。万一生意不好，剩下的钱补不上可怎么办？你们想过没有？那可不是一笔小钱。"

父亲感到无地自容，他恨不得找个地方钻进去："我也是这么劝她的，可是她就是不听啊。可不能只顾着眼前。你们好好劝劝她吧。"

妈的眼泪夺眶而出，她冲父亲吼叫起来："我这是为了谁，我是为了谁啊？"

从舅伯家出来，我们精疲力尽地回了家，但都很轻松。我们回到家后，没有再争吵，因为我们鼓起了全部的勇气去试过了。既然没有结果，那么也谈不上有什么遗憾。

可是老太太鼓励妈不要泄气："你不是还有一个妹妹吗？她来看过你们，好像和你们关系很不错。我看她谈吐很好，穿得珠光宝气。你们怎么不找她试试？"

她说的是我的小姨。

妈已经丧失了勇气："那更不可能，她刚刚离婚，还有孩子要抚养，我们怎么能去问她借钱？"

老太太精明地指出："这钱也不算多。"

妈有点情绪激动，对老太太甚至有一丝怒意。她觉得老太太未免有些蛇蝎心肠了。妈简直有点上气不接下气了："那怎么行呢？不行的不行的。她已经够可怜的了，我们哪能去借钱。还是算了，等以后我们自己挣了钱再去买。"

妈信心百倍，只要不再去向别人开口，她感觉自己充满了动力："我们就靠自己，一样也可以的。"

老太太轻蔑地哼了一声："靠自己？那当然很好。只是这个机会不会一直有，你们好好想想吧。还有，你以后不要随便可怜哪个，也要看你有没有这个能力。"

妈晚上在家辗转反侧，让父亲十分暴躁："你不睡别影响别人。你看看你最近，简直魔怔了。晚上觉都不好好睡，一心癞蛤蟆想吃天鹅肉。"

妈还是决定试一试："反正，我就是问问。如果借不来，那就算了，断了这个念想。我们自己好好干，自己攒钱买。"

父亲说："要去你去，我是不会去了。"

他早已洞悉一切，认定事情绝不会成功，更不想去丢人。

妈和我坐着公交车，去了小姨家。妈叫我嘴巴甜一点。

我们去到小姨家，她现在精神极不稳定，整个人面色很苍白。小姨当初嫁的那个校友居然有一个当音乐人的梦想。他辞了职，专心在家里写歌、弹吉他，成了一个音乐家。

但音乐家小姨父几乎没有收入，全靠小姨养着。我的小姨那会儿股票账户里有不少钱，支持他搞音乐也没有什么问题，万一他真的出名了呢。

我们脑海中的画面全都是，小姨操持家务，音乐家姨父抱着吉他练得手指出血。夜深人静之际，他坐在书房的椅子上伏案谱曲，而这时我的小姨穿着丝质睡衣悄悄端着一杯茶水送到他的桌上，双手轻轻搭在他的肩膀上："早点睡吧。"

此时音乐家姨父疲惫地揉了揉双眼，兴奋地说："我的灵感爆发了，还有最后一个小节没写完呢，你先睡吧。"

我的小姨满意地退出了书房。

只是后来，小姨的股票差不多都亏了，我的音乐家姨父又和另一个很有钱也很愿意做艺术家背后的女人的一个老女人搞在了一起。

现在，她刚刚离婚不久。我们去的时候还是下午，她已经喝了不少酒。她最近状态糟糕，一个人抱头痛哭。她看上去好像随时都会昏倒。妈没法开口，她和小姨一起哭了起来。小姨痛哭流涕，她不该和这个搞音乐的半吊子生孩子，她早就该看穿他游手好闲的本质。他妈的，他用他的音乐梦想骗了她。

她错误地把他对音乐的见解当成了他的创作才华，而他本人，极有可能是不想上班才去搞什么音乐。她为他花了多少钱呀，简直蠢到了家。

妈也陪着哭，她哭我们的命运，哭我没有一个安稳的家，也哭她自己。

小姨现在是多么需要有人陪伴，现在她的姐姐变得非常重要。妈下楼去买了菜，给小姨做了一顿丰盛的晚餐。

我们回了家。妈因为哭了一下午，整个人都有些疲惫，但是心情好了许多。父亲用一种古怪的期待看着我们。他自己不愿意去，却又痴心妄想我们会有什么好结果。

他幸灾乐祸地嘲笑我们："怎么样？和我说的一样吧。简直白费工夫，耽误做生意。"

妈懒得理他，她仍然强打精神，去向老太太汇报战况，弯道超车计划破产了。我们不仅没有借到钱，反而还帮小姨交了几百块钱的电费。

"就没有办法了吗？你的弟弟呢？"老太太还不死心。

舅舅？他没个正经，让妈十分为他担心。我舅舅神出鬼没，根本没办法指望他。

可是，没过多久，一个深夜的晚上，我舅舅来了。他蓬头垢面的，浑身都是泥巴，整个人疲惫不堪，在我的床上睡了一天一夜。他睡醒以后，滔滔不绝地讲他的历险，他又在忙新的事业。他在赌场工作，就是那种城乡接合部的小厂房区包上一栋居民楼里设立的赌场，我舅舅就在那里给别人放码钱。那些服装厂、小机械厂、皮革料子厂、鞋厂、毛巾厂、被服厂、牙刷厂的小老板，大多数都好赌成性，赚到了钱，经常来场子上玩。有的人一夜之间，把自己的厂房都输给了别人。

我舅舅身上背着一袋钱在场子里坐着，等这些老板赌输了，还想翻盘的时候，就借给他们。利息很高，来钱也快。我舅舅是个重情义的人，天天请客吃饭喝酒唱卡拉OK，虽然钱来得快，但去得也快。他和他的那帮朋友整天浑浑噩噩，纸醉金迷，花天酒地。好景不长，他们那里被人"点了炮"。

那天，我舅舅的钱袋快要见底了，他觉得今天放出去了不少，应该有个好收成。半夜有人敲门，他感到不对，就跑到厕所里躲着，听外面的动静。我舅舅背着他的那小半袋钱，警惕地听着外面的动静，扒开窗户，四下看了看，下面是另一条黑黢黢巷子，远处就是黑黢黢的田野。一听到屋里的喊叫声，他马上翻过窗户，从二楼跳了下去。他趁着夜色，逃到了农田里，在田野里躲到天亮，才敢出来。

这可把我的父母吓坏了。他们战战兢兢地听着他的故事，小心翼翼地赔笑着。他们紧张得不得了，害怕邻居和老太太听到动静。

我舅舅没地方去，就在我们家里待了两天。他不喝酒，因为要时刻保持头脑的清醒，但是抽烟很凶，让我的小房间烟雾缭绕。我喜欢舅舅，他是个神奇的人，让人有点捉摸不透。

舅舅走的时候把那袋钱放在了我们家的床底下。

妈很紧张："怎么把这么多钱放在我们家里？"

舅舅笑了起来："这么多？这才多少啊，一点小意思而已。外面那些人欠我的钱，一麻袋还装不下呢。你们要是需要用钱了，就拿去用。"

那袋钱放在我们的床底下。白天，我的父母精神振奋，我们忽然有了一笔钱，我们可以用这笔钱做许多事，可以付那套房子的首付。我们费尽心力遍借不着的钱，忽然凭空来到了我们的面前。这是多么幸运的事啊，我们不再那么窘迫，我们突然昂起了头颅，对生活充满了希望和感激。

但是，我的父母不敢用这笔钱。妈觉得舅舅总有一天要倒霉。迟早有一天，他会用得上这笔钱。我父亲也一样，他不敢用这笔来路不明的钱。虽然说这些钱给了他很大的勇气，让他的心情很是好了一阵，给了他某种不切实际的依靠。按照父亲那种遇事退缩的行为习惯，这笔钱成了他的退路。"我虽然不会去用它，但万一我们的日子实在过不下去，应一应急也是好的。有什么了不得的？我们又不是不还。"

他这样想着，充满了乐观的情绪。我们的生意每况愈下，但父亲却不再那么焦躁不安，不再每天火冒三丈，甚至有了一点计划和打算。我们的生活逐渐开始有了方向和目标。

可是，一到晚上就不行了。这些钱并不温顺乖巧听话，它们充满了戾气、暴躁，耀武扬威。

这些钱躺在父母的床底下，一到晚上，它们就像老鼠一样，在袋子里吱吱嘎嘎地叫起来，噬咬着，四处乱窜，发出古怪刺耳的响声。

我的父母睡不安稳。父亲常常被床底下吱吱嘎嘎的声音吵醒，有时候他半夜醒来，一根接一根地抽烟。烟味把妈呛醒了。妈责骂他打扰她睡觉。父亲辩解说："婊子养的老鼠的声音太大了。"

有时候是妈醒了，她蹲在床边，弄出一阵窸窣的声音，把父亲吓一大跳。父亲压低声音怒吼："大半夜的灯也不开，想吓死人啊。"

妈在床底下摸索，她带着疲惫和困倦的笑意："我看看袋子还在不在。"

我的父母常常半夜惊醒，担心门外是不是有什么人影。门外的脚步声和偶尔的敲门声都叫他们心惊胆战。他们担心门没有反锁上，担心门不够结实。那只是一扇普通的木头门，它不怎么牢靠，平时开关时也吱吱嘎嘎的，差不多稍微使点劲就能撞开。我们的门不像老太太的，她在走廊上的门是一扇防盗铁门，外面还有一扇带锁的纱窗门，那锁有人的巴掌那么大，好像她家里有一座小金库似的。而我们的门，多么脆弱，仿佛轻轻一撞，就会轰然洞开。

每到晚上，我的父母就听得到那些钱的叫喊声。它们憋在袋子，快要缺氧了。它们也渴望呼吸新鲜空气。我的父母被它们的声音吵得难以入眠。他们半夜爬起来，清点那些钱，看有没有变少。它们被橡皮筋捆着，别提多难受了。它们想要有用武之地，不想白白浪费时间。它们是多么积极向上，不满于我的父母毫无作为。

我们不再出门去想办法借钱，我们根本不需要去跟别人借。我们只是要过那一关，过我们自己的那一关。

老太太对我们没有动静，很不满意，她消息灵通："听说房价要涨，你们再去借借看，要是到时候真的涨了，你们就赚大了。房价一涨，你们借的钱就不算什么了，哪怕到时候卖了，还有得赚。抓紧时间啊，抓住机遇，机不可失时不再来，你们可不能这样无动于衷。我的手里要是有这么多钱，我都想先借给你们。行动起来啊，你们这两个木头哟，要为了将来打算呀。想一想孩子，不能总是跟着你们到处漂着。"

她真是软话硬话全都说尽了。

我的父母晚上开始了争吵，全都是床底下的钱在作怪。父亲不赞成花掉这笔钱，他的想法很明确："这钱不干净，来路不明，万一是别人的钱，要是找上门来找我们要钱，我们拿什么还？这哪里是帮我们，是害我们。你怎么能收他的这笔钱呢？钱放在我们这里简直就是个地雷。"

妈也不敢用："万一他以后需要这笔钱呢？他要是不把钱给别人，会不会有麻烦。会不会给人打断手脚？"

他们白天犹豫不决，晚上睡不好觉，全都变得暴躁起来。父亲乱摔东西。差不多过了一个月，我的父母终于忍受不了。他们四处寻找舅舅的踪影，让舅舅把他放在我们家里的鬼东西拿走，他想给谁就给谁，就是不要放在我们这里。可是舅舅神出鬼没的，哪里找得到他呢？

没过多久，老太太告诉我们："原本想要卖的房子，现在不卖了。你们就算借到钱也没用了，别人不卖了。"

"为什么？"

"房价涨啦。而且是噌噌地涨，谁也不想卖房子了。当初叫你们早点借钱，拖拖拉拉的。现在好了，没了。你们啊，要是雷厉风行一点，或许事情早就解决了。"

房价真的涨了，几乎是一夜之间涨起来的。很快，就连老太太的房子也涨了起来。像一艘船一样，老太太的房子泡在了水里，开始不断地上升。我们住在楼里的人，也被这巨大的波浪摇晃得晕晕乎乎的。

老太太惊喜地告诉我们："涨得太吓人了，恐怕还得翻一番呢。"

没过多久，房价不仅翻了一番，而且继续飙升。

老太太为我们扼腕叹息，一边赞叹于她自己的未卜先知：

"我替你们做的决策，怎么样？嗯？要是把那房子买了，你们的命运完全可以改变。而且，房子还能升值，以后卖出去，可是一大笔钱哪。可惜啊，是你们的运气太差了。一分钱也没借到。有什么办法呢？"

我们都被吓坏了，没想到房子会贵成那样。舅舅借给我们的钱也安静下来，它们现在没用了，像几叠钱应该有的样子，安安静静地躺在床底下。

直到有一天，我舅舅鼻青脸肿地来看望我们。他带走了这笔钱，又一次奔他的新事业去了。我的父母终于松了一口气。只是床底下的那笔钱被带走之后，就像一张厚床垫被抽走，我父亲觉得自己躺在光溜溜的床板上，他有几天睡觉的时候全身发冷，瑟瑟发抖。

妈很高兴，她希望舅舅就当买个教训，以后可千万要走正路。

随着房价的飙升，老太太在我们家的地位也开始高起来了。"弯道超车计划"虽然破产了，但我的父母认为老太太是对的，而且还很英明，确实是在为我们着想。老太太现在有资格对我们的家事指手画脚，常常问得妈心惊胆战。她仔细地咂摸着我们的家族亲戚，替我们打算着，如果哪位亲戚肯出手相助，我们的生活必定能好过很多。老太太要从我们的历史和根源处着手，帮忙改造我们的生活。

父亲对老太太非常不满，她太爱多管闲事了，而且喜欢乱出主意。妈呢，简直走火入魔了，对老太太的看法奉若圭臬，也不把他放在眼里了。

父亲怒气冲天："他妈的，你去跟老婆子过吧。她是谁啊，跟我们一点关系也没有。你为什么总是要听她的？"

妈说："因为她说得对。"

父亲大声号叫："她是个外人！你到底和谁是一家的？我看你完全昏了头了。"

老太太精力旺盛，难以想象她那样的年纪，竟然天天为我们的命运冥思苦想。这就是她的乐趣所在，"家有一老，如有一宝"。她的子女们都没有福气得到她的帮助，她便把精力放在我们家里。我们如果听从她的建议和安排，是一定能够过上好日子的。她信心满满，脸上放射着光芒。她充满智慧，可惜她的子女们却不感激她对他们的鞭策和用心良苦。他们不愿意理解她的苦心，这么多年了，他们一点也不明白，这是他们的损失。他们那点气量如何能够成就一番事业呢？老太太自怨自艾，她唯独无法理解这一点。她有时候会问妈："难道我那样对他们，我错了吗？我没有。是他们怕吃苦受罪，又笨又懒还想耍小聪明。"

她要证明给她的子女们看看，她可以随随便便让一个听从她的外来的陌生的平庸的行将破产的家庭过上美好幸福的生活。

我的父母完全不了解我们所处的环境，只能任由她揉捏、敲打。本来我的父亲还有一丝斗志，但这次"弯道超车"中，他败得一塌糊涂，再也无力与老太太抗衡。

既然买房已经没有指望，但她还要从别的地方着手，改变我们的生活。比如说，我这个儿子。像我这样惹是生非的孩子，如果任由这样发展下去，一家人都得跟着遭殃。我正在上初中，正是一生中很关键的时刻，当然日后还有特别关键的时候，但眼下第一个关键时刻已经来到了。我父母一心扑在生意上，一天忙到晚，根本无暇顾及我的学业，有时间晚饭都不能准时吃。在老太太这里，我能准点吃上饭，和她一块吃。往往就是青菜萝卜豆腐乳之类的。老太太对我管教很严格，一点也不见外。我不能再像以往那样到处游荡。她有时候着急上火了还会对我羞辱一番。

父亲对老太太责骂我这件事非常气愤："我的儿子轮得到她来骂？她是谁啊？"

可是，父亲忙起来连骂我的时间也没有。

夏天的时候，老太太要把我送到工厂里去历练。她的依据是当年她的二儿子也是成天瞎混，不好好学习，可是，她那当时未过世的老伴把他带到工厂里待了两个月之后，她的二儿子忽然就醒悟过来了。

老太太对妈说："你得叫他吃点苦头，才能明白生活是多么不容易，才能醒事。退一万步讲，他学习成绩这么差，不如早点叫他去学个技术。车床工人这个职业直到现在都很吃香，既可以把他身上的歪风邪气给正过来，又学会了一门手艺。一举两得，是不是？不至于以后没饭吃。车床工做的事情也并没有多累，不用肩膀扛，也不用挑重的东西，只有一点，就是要专心。"

父亲嗤之以鼻："去工厂就能学好？"

"哦？那他觉得应该怎么教育他呢？有好办法，我绝不反对。"老太太对妈说。

妈去问父亲。父亲说："反正不能去工厂，别的哪不行呀，车床那么危险，他那么不安分，万一胳膊卷进去了，被砸到脚了，就成残废啦。"

我父亲对工厂非常陌生，他觉得那里到处都是飞刀、利器、飞来飞去的铁块，光想一想就叫他不寒而栗。他已经看到了我整天在机器跟前上蹿下跳，不是被飞来的铁块砸到，就是自己跳进正在运行的机器里去了。我在他眼里完全是个白痴。

老太太说："想不到他还是个关心孩子的好父亲呢！那就这样，干等着看他变成废物吧，那确实比变成残废了要强。"

父亲听了妈的转述，勃然大怒："这老婆子是想叫我妻离子散啊！婊子养的，根本没安好心。你被她下了迷药，一天到晚像个白痴。她还想把我的儿子搞走，妈个逼，小小年纪送到车床上去，那要是出了事，可怎么办？我坚决不同意。她这样对我是什么意思？他妈的，我的儿子有什么问题，嗯？他就是不听话，又不是个罪人，为什么要送到工厂去？"

老太太语气冷淡地对妈说："马上要放暑假了，你们是让他出去惹是生非，还是去厂里学技术，你们自己决定吧。要是不听我的，我敢保证，他以后肯定要惹出大麻烦。"

我父亲妥协了。

老太太对我说："马吉啊，家里的情况不好，你应该多替爸妈分担一些。"我们家蛋糕店的生意确实很惨淡。老太太想要培养我，想要让我明白世事多么不易，得好好学习，不要给父母添麻烦，要学会替家里分担。

那个夏天，老太太原本想把我送到她曾经工作过的厂里去，可工厂里的普通车床已经没有了，师傅们都走了。现在车床全部都是数控的，效率高而且安全。她伤感了好几天，感慨世界变化真大。她还是通过她的老工友们联系到了她丈夫曾经的小徒弟陈师傅。陈师傅当初在厂里是出了名的手快、刀准。他手艺精湛，把柱形的铜块铝块切得分毫不差，又快又好。现在工厂没有了普通车床，陈师傅又不懂数控，只好出来外面找活儿干。

陈师傅现在在一家小工厂里干活，厂里只有四台车床。陈师傅自己开着一台，其他三台由三个小年轻开。陈师傅是厂里的技术核心，老板很年轻，事事都要倚仗他。老板白白胖胖的，依附于一家做管道的大厂，为他们提供零配件。他起初不愿意收我，虽然我个子很高，但年龄实在太小了。车床虽然简单，还是有一定的危险性："万一出了事，谁承担这个责任呢？"

陈师傅叫我留下来，老太太的面子他是一定要给的，那可是他曾经的师娘啊。

老板只得满口答应："我是看在陈师傅的面子上才答应的。"

陈师傅嗓门粗大，个子高高的，有点瘦，皮肤很白。他的手臂粗壮有力，站在车床前面忙活的时候，青筋暴露。陈师傅早就退休了，但是离开车床的轰鸣声他就睡不着觉。他拿着退休金，日子过得很惬意。

他不是为了赚钱，而是实在离不开机器。陈师傅感觉到自己和机器已经融为一体了，他自己也成了一台精准的机器。他清早起床，到十点准时拉屎，中午吃饭一定要吃一块腐乳，然后快速入睡，半个小时他就自动醒来。下午他上两趟厕所，晚上他吃饭一定要喝一碗咸汤。他晚上八点还要上一趟厕所，听一听收音机，九点半准时入睡。这就是老陈的一天，他的作息和别人格格不入，没有人像他这样生活。他喜欢这种完全封闭的空间，客观上的偏僻和交通的不便，让他能够更好地感受那种节奏，一种曾经有过的生活节奏。陈师傅在复制过去的生活模式，寻找过去的气息，留恋过去的时光。对他来说，他的青年时代，那真是一段热烈沸腾的记忆。现在的一切，他都看不惯。他在这里打造出了一点往日的感觉，只有一点点，气若游丝，若隐若现。但这已经够让他满意的了，否则，他还能上哪找他的旧时光呢？

他如果不按照这样的作息生活，就会变得焦躁不安，古里古怪。他自己也开着一台车床，和普通工人没什么两样。只不过，在别人出了麻烦的时候，需要他来解决问题。每天早上天不亮，就已经起床了，早早地开动了机器，用车床的轰鸣声把所有人都吵醒了。楼上的年轻工人爱睡懒觉，在被子里高声叫骂："他妈的老陈，每天都吵得人睡不好觉。"

陈师傅喜欢这样的气氛，也回以叫骂："妈的懒猪，太阳晒屁股了。"

他年纪大，瞌睡少，热情洋溢。待所有人都起床之后，站到各自的车床前，他大喝一声："一、二、三走。"声调抑扬顿挫，那是他以前在大厂里的习惯。他感叹："那个时候，几十上百台机器同时开动，想想看，多有意思。"

陈师傅把他在大厂的工作热情投入到了现在的工作中。四台机器一齐开动，钻头同时钻进铜块里，那种整齐划一的声势，让老板十分满意。老板是个年轻人，偶尔才来一趟厂里，平时他要去打牌喝酒应酬。每每听到这样整齐划一的声调时，他都十分感动："每次听到这样的声音，我就觉得厂里像有了灵魂，机器的声音感觉像人在叫喊，不是那种单调吵人的声音。很神奇啊，让人激动。这个灵魂就是我们的老陈，陈师傅。"

在陈师傅的带领下，几台车床之间不再是枯燥乏味的削切和钻孔的声音。彼此之间互相比拼，就连碰到需要加班的时候，厂里也充满了笑骂声。疲惫随着笑骂声混合着机器的轰鸣，一扫而光。大家在机床上一起使劲，你追我赶。忙碌了一天，晚上鼾声雷动。这让陈师傅十分满意，劳逸结合，这才是健康的生活，人才有干劲，才能发挥最大的能量。

我们每天和机器一样，同睡同醒。陈师傅很有一套，他懂得调动别人的积极性，就像他曾经在大厂里的时候那样。"今天哪个婊子养的产量超过我，我就给他买烟。"

匮乏的生活，让厂里的年轻人对老陈的把戏很感兴趣，接着机器轰轰烈烈地开动起来。

他经常故意输给其他人："今天中午没吃饱，不然谁也赢不了我。"

老陈统率着三台车床，就像统率着千军万马一样。他给操作那三台机器的年轻人起了绰号，老大，老二，老三。他们年纪都很小，差不多刚成年。陈师傅拿他们当自己的儿子一样对待。老大刚刚结了婚，陈师傅给他包了一个大红包。老二还没有女朋友，陈师傅经常教他怎么跟女孩搭讪，惹得大家哈哈大笑。老三是个老实巴交的人，他佩服陈师傅，总是最早到车间，最晚一个走。

我现在成了他的徒弟，变成了老四。

陈师傅教我如何把铜块夹在机器上，用扳手拧紧，左手抓住铁杆开门往上抬，机器就转动起来了。他右手转动车床下的转轮，让钻头缓缓靠近铜块。车床上方有一柱乳白色的水冲刷而下，为钻头降温，免得温度过高断在铜里。车床不仅可以钻孔，还要切块。换上铣刀，推到铜块上，随着机器的转动，铜块的表皮层层剥落，最后变得十分光滑。将一个铜块，不断地削切，变成一个小螺帽，或者一个倒立的谷仓模样的小磨具。

我很快就上手了，站在那看着一个铜块，在铣刀和钻头的削切下，变成了一个个有用的零件，它们会被安装在管道之间，埋在这座城市的地底下。我喜欢这种活儿，它简单，单调，重复，无聊。

我们每天和机器一样，同睡同醒。一到下班的时候，大家都累得浑身瘫软，没有力气再干别的。吃了晚饭，在厂区附近转一转就回来，房间里鼾声如雷。老陈亲切而体贴，但总是能恰如其分地榨干我们的能量，使得我们晚上没有力气去干别的。老三喜欢这样的作息，他努力学习在十点钟入睡，但总是在被子里翻江倒海，最后双手放在胯下，低沉而不易察觉地嗥叫一声，随后呼噜声震天响。老二很晚才回来，他要去街道玩一会儿游戏机，押个几十块钱，有输有赢，输的时候早早就回来，赢的时候他会玩到很晚。老大晚上要给老婆打电话，然后吵上一架，每天如此。老大只有刚从家里回来的头两天，和老婆打电话的时候才是柔情蜜意的。到了白天，大家开动机床，互相比较产量，彼此之间互相叫嚣。老陈就是这样，他喜欢生活是沸腾的火热的。

我刚刚上手没多久，胖老板搓着他的小胖手，带来了一台数控机床。陈师傅很不高兴，他讨厌数控。当初是数控让他下的岗，如今他再次看到这件东西时，心情复杂。如果之前没有数控，他的那些并肩作战了十多年的工友们也不会因此各奔东西，从此潦倒、堕落、下落不明。胖老板的事业上了一个台阶，因为他能喝酒，会喝酒，喝的也是好酒。他从一台车床喝出了三台四台，现在他喝出了数控机床。这东西可不便宜啊。

陈师傅瞧不上数控机床，说它缺少人味。陈师傅同样觉得现在的工人和原来不一样，那些人只是站在那里对着机器指指点点，这算什么工人？太娘娘腔了。陈师傅讨厌数控，从在以前的大厂里就讨厌，顺便也讨厌开数控机床的小马。小马顶着一头烫染的黄头发，每天的工作就是坐在机床前设定好参数，让机器运转起来。他只需要在换上东西的时候，把铜块夹在机器上，固定好。机器转动的时候，他就坐在那里埋头给女孩发短信。他认识的女孩可不少，有时候压根不回来睡觉。等程序运行完毕，他头也不抬地换上一个新的铜块。他驾轻就熟，经常清闲地打瞌睡。下了班，小马喜欢去迪厅跳舞，从晚上开始搂着姑娘跳舞，一直跳到深夜的消夜摊。小马经常向大家炫耀和分享他的跳舞诀窍。很快，连带着我们的老大、老二、老三都跟着小马去了舞厅。他们蹦上大半夜，才酒气熏天地回来。白天，大家有说不完的话题，开一些下流玩笑。小马的到来，虽然叫大家白天变得无精打采，但却极大地丰富了我们的生活。

陈师傅对此非常气愤，他提醒老大："你可是个有老婆的人！怎么也和这些小年轻一起犯浑，嗯？"

老大振振有词："我吵架吵够啦！我的耳朵都快聋了，就算被舞厅音响震聋，我也不想被那个婆娘的嗓门吼聋！我还能睡个好觉。"

陈师傅提醒老二："每天出去跳舞喝酒，一个月还能攒下钱不？玩游戏机可花不了那么多钱。你家里人可指着你每个月往家里汇钱呢！"

老二好似看破红尘："我每个月往家里汇钱，回去还没个好脸色给我。妈的，我这是为什么？"

至于老三，陈师傅痛心疾首："你是我最看好的徒弟。现在正是学东西的年龄，居然也跟着他们去瞎混？太让我失望了！"

老三非常惭愧，被陈师傅说得眼泪直往下掉："我保证再也不去了！"

可是没过几天，老三在床上辗转反侧，最终他还是悄悄地从床上爬起来去舞厅找小马和老大、老二去了。

"哪有工人是这个样子的？"陈师傅向老板抱怨，"那个小马，流里流气，把大家全都带得无心工作，什么小马，那就是害群之马。"

胖老板只好安慰陈师傅："年轻人就是这个样子，只要他们能按时完成既定的工作任务，至于他们下班了之后，那当然是爱干什么干什么。但是，谁要是上班时间掉链子，到时候别怪我不客气。"

老板挺会收买人心，他可不做得罪人的事，更不想得罪小马。毕竟小马开的数控机床产量，几乎可以比拼两台传统机床的产量，更别提复杂的切削加工了，非数控机床不可。陈师傅那套"胡萝卜加大棒"的做法对大家越来越不起作用了，没有谁再为了一包烟拼命比赛着干活。大家都在磨洋工，好节约体力下班去舞厅里潇洒。厂里那种火热的气氛一点点地熄灭下去。每天白天，大家都躲着陈师傅蔑视的眼神，埋头干自己的活儿。到了晚上，他们吃过晚饭就迫不及待地出了门。

陈师傅对小马很是一番讽刺挖苦，从他的头发开始，到他的衣着打扮，以及他放荡的生活态度。陈师傅言语刻薄，让小马注意卫生，免得染上一身病，后半辈子想玩都玩不了。小马则奉劝陈师傅不要多管闲事，他老人家倒是身体健康，可现在还玩得了吗？陈师傅怒火攻心，大骂小马是狗日的。他使劲地掀动机床把手，把钻头狠狠地扎进铜块，仿佛扎进小马的脑袋里。他钻得那样凶猛，那么急，就差钻出火星来。我们都闻到了温度过高的气味，但陈师傅不为所动。钻头却始终没有断在里面。他干得快极了，汗流浃背，半天下来产量几乎要赶上小马的数控机床。陈师傅很得意："那玩意也没多快嘛。"

　　陈师傅好斗的精神被点燃了。之后的每一天，他都要刺激小马，和小马的数控机床比谁的速度更快。小马一点也不想和陈师傅赌，一包烟对他来说实在提不起兴趣。陈师傅不停地诱惑小马，一百块钱赌不赌？两百块钱，五百块钱呢？他威逼利诱，非要小马和他一战。

　　小马被他弄烦了，于是双方展开了一场比赛。我终于看到斗志昂扬的小马，他不再低头玩手机，快速地按动按钮，只需要机器开启和停止，之后拿出来就是一件完成品。

　　陈师傅则全神贯注地开动机器，速度比以往要快得多，而且十分精准，非常有节奏感。上铜块、拧紧、开动、进刀、切削，一气呵成，极富韵律。那台机床仿佛就像陈师傅本人一样协调，移动的铣刀仿佛他的手指一样灵活，切削铜块的声音干脆利落。陈师傅只有在机床上的时候整个人才是平和、愉快的，浑然忘我，仿佛在弹奏钢琴。

　　到了中午，陈师傅饭也不吃，水也不喝。小马却可以在机器运转的时候迅速扒上几口饭。到了下午，陈师傅的额头不停地冒汗。大家都劝他停下来吃口饭，喝口水。但他不为所动。他的表情始终都在变化，时而欢快，时而悲愤，时而狂怒。机器的声音也开始有了变化，发出吱吱的叫声。它也想停下来歇口气呀。

老板来的时候，听见机器发出的声音，命令陈师傅停下休息。但陈师傅让老板"别烦我"。胖老板十分委屈，请求陈师傅不要这样对待他的机器。陈师傅大怒："妈的，搞坏了我赔！"

晚些时候，外面下起了雨，夹杂着电闪雷鸣。陈师傅变得非常兴奋，表情狰狞，面色苍白，谁跟他说话他都听不见。倘若大点声音喊他，会把他吓一大跳。他已经和机器融为一体了，发出各种各样狂欢的尖利的叫喊。

一直到晚上，天一点点黑下来。有那么一会儿，我们全都看傻了。机器还在那里转动，我们的陈师傅却消失不见了。我们都以为陈师傅跑进了机床里，和机床融为一体了，那是很有可能的。

实际上，陈师傅躺在了机床下面。他在夹紧铜块的时候，头晕目眩，没有取下扳手就发动了车床，导致扳手砸在了他的头上。他被砸得头破血流，晕倒在地。但是，那天他赢了。比开数控机床的小马多了十来个铜块。

这是一件了不起的成绩，传统机床干过了数控机床！

陈师傅在医院向我们回顾那天的情形。他开了一整天的机床，回顾了自己的一生。开机床就是这样，可以叫人神游天外。他的精神早已飞出了我们那小小的厂房。那天毫不停歇地开着机床的感觉让他回味无穷，他很愿意就这样一直开到死。

不过那天之后，陈师傅就被子女们强行带回家乡去了。陈师傅走了之后，我也只好回家去了。

房价越涨越厉害，一旦拆掉，老太太就身价不菲了。虽不至于说腰缠万贯，也算是一大笔钱了。我们要准备搬家了。老太太舍不得妈搬走："年年说要拆，拆了好多年了还没拆掉，安心住着，离拆掉还早着呢！"

自从听说房子要拆迁了，她的子女们个个都摒弃前嫌，纷纷前来探望。

老太太和子女们的关系非常不好，每次子女们来看望她，都要吵个天翻地覆。她的子女们原本和她关系就差，老太太个性很强，从小对子女们的打压，让他们的童年和青少年时期充满了难以磨灭的痛苦。他们都曾发誓要和老太太一刀两断，老死不相往来。当中有好几年，子女们从来不来看望她，有时候来了，也不欢而散。

可是他们个个都已经混得有模有样，全都衣食无忧。他们红光满面，而且耐心十足。

每次老太太的子女们来，都要对这栋房子百般挑剔："这是什么鬼地方，楼梯都快要塌了，到处都是垃圾，恶心死了。"

他们担心老太太的安危："这楼梯快要塌了，一踩一个坑，搞不好就要摔跤。"

每次他们来这里都要大呼小叫，有人踩到了木板上的凹坑，跌了个跟头。有人身上趴着一只蟑螂，引起一阵号叫和哭闹。总之，每次来都有新的事情发生。老太太十分乐于见到这样的情形。

他们要接走老太太，叫老太太搬去和他们住。老太太可以在每个儿子家里住几个月，轮流住。多么好啊，尽享天伦之乐。如果老太太不乐意，也可以去养老院颐养天年。老太太独自一人住在这样的地方，可怎么行呢？腿脚也不方便，环境也很恶劣。这栋楼里住的尽是些乱七八糟、身份不明的人，小偷小摸横行，太不安全了。

他们已经决定好了房子拆迁后怎么安置老太太，然后分掉这笔拆迁款，让自己的生活轻松一些。学费啊，生活费啊，各种乱七八糟的费用，压得人喘不过气来。每次他们来谈的都是这些，谈得有些近乎梦幻色彩，好像有了这笔拆迁款，他们的人生从此就会变得不同。他们声音响亮，嗓门粗大，爆发出一阵阵单调的笑声。

老太太呢，既不赞同也不反对。她斜躺在床上，默默地点头。每逢节假日，子女们带着各自的子女来探望老太太。老太太必然身体不适，连床都起不来。她还保留着用痰盂的习惯，但不拿去倒掉，攒起来等她的儿女们来给她倒。她把家里搞得臭气熏天，那些媳妇儿进了门都想吐。媳妇们强忍着房间里弥漫的屎尿味，给她收拾。儿子们抱怨她："家里简直像粪坑。"

儿媳妇们看见蟑螂老鼠吓得大喊大叫，老太太一脸冷笑："我看，你们还是少来我这鬼地方吧。"

"您老是搞这种把戏，把家里搞得乌烟瘴气，为老不尊。"

老太太勃然大怒："哼，你们小时候哪个不是我把屎把尿的，我嫌弃你们了吗？现在我老了，年纪大了，生了病倒不了痰盂，还要被你们嫌弃。这要是把我接到你们家里，我还有什么好日子过？"

"妈，我们觉得您是故意的。"

老太太心虚地说："我故意的？我有什么好处。没良心的东西，这么跟我说话，被你的媳妇骂傻了。"

"您每次都搞这么恶心的事，就这么巧吗？"

老太太哭诉起来："没有良心，你们没有一个人来照顾我，却说这种风凉话。都给我滚，你们都滚。"

"我们要照顾孩子，忙工作，哪有时间来啊。我们大家出钱给您请个保姆，叫您给骂走了。您这么大年纪了，脾气怎么一点也不改呢？"

老太太眼睛往上翻："我都没几年活头了，还要改脾气？我能舒服几年是几年。"

"这里就要拆了，您还是搬出去和我们一起住吧。这里哪里是住人的地方？"

"怎么不能住人？我不算人？我就觉得这里挺好，住习惯了，哪都不去！"

她一个人住着清静，白天她坐在门口晒太阳，和社区里的老太太们扯闲天，晚上出去打桥牌，偶尔还喝一喝啤酒。她还领着一份退休金，生活得轻松惬意。

老太太向妈抱怨："想骗我卖了房子跟他们去住？门儿也没有。不就是想让我给他们带孩子、洗衣服、做饭吗？哼，一家住几个月，到时候还不是一家去做几个月的保姆。我年纪大了，受不了这些气。我都没几年活头了，我还不趁这个时候，多潇洒潇洒。"

老太太嘴上说着不想他们来，可心里依然盼着子女们上门。她每天一大早就起来了，为了布置现场，她要把家里弄得一团糟。这些全都是她的精心设计,她把聪明才智用在这些方面:床边的小桌子上洒满了茶水,那是因为她的手没有劲儿,颤颤巍巍导致的;地上掉了几块隔夜的饼干,那是因为她的眼睛不好,看不见所以没有捡起来;床底下的痰盂照常没有倒掉,散发出令人作呕的气味,那是因为她健忘,脑子糊涂;地板上也遍布着她精心涂抹的污迹……

总之,她生活难以自理,又讨厌被保姆照顾。她要考验一番,是谁会第一个站出来承担照顾她的责任,谁又毫无孝心。她得甄选出一个她放心的人,她常常和妈一起讨论,她的几个孩子之中,到底谁才是最真心待她的。或者,究竟有没有哪一个是有孝心的?

老太太知道自己以后没有好日子过,她哪个孩子的家都不想去。她唯一的归宿只能是养老院。她痛哭流涕:"他们全都是来吃我的肉,喝我的血的。他们几个只想把房子哄到手。之后的事嘛,我自己心里清楚,我跟他们合不来,过不到一起去的。你觉得养老院怎么样?那里的人坏不坏?"

第九章

　　从老太太那里搬走的时候，妈有点舍不得。即便是父亲，虽然和老太太誓不两立，也并没有很高兴终于搬走了。老太太虽然极强势，可她对我们确实尽心尽力。她不涨我们的房租，这是实实在在的。我父亲只看得见实在的东西。我们再上哪找这样便宜的地方呢？生活就是这样，我们不能等住的地方拆掉了再做打算。

　　中考结束后，我考上了一所不算太差的高中。我的父母喜出望外，他们原本以为我的成绩上个职校都难，只能早早地出来找事做。父亲觉得以我的品行，绝不会好好做事，可能从此走上犯罪道路。他一想到我的将来就神经兮兮的，完全是绝望的，漆黑的一片。他询问过别人好几次，收少年犯的监狱一年可以探几次监？

　　没有想到我竟然能考上高中。

　　但我不想再上学了，在学校待着只能浪费时间。我想早点出来做事，一种莫名其妙的对父母的愧疚之心，总是让我在深夜里独自垂泪，折磨得我睡不好觉。我感到自己非常对不起他们。我已经有点明白自己是个什么人了，如果继续上学，结局也只能是继续叫他们失望。

我考上高中这件事，让我的父母干劲十足。尤其是父亲，一扫往日的丧气模样。我父亲是初中学历，现在眼看着我学历比他要高了，他有点激动。父亲甚至还替我畅想了一下考大学的事。只要我像念初中时这样用心，上大学也不是什么难事。这时，妈想起了老太太："还多亏了在老太太那里住的几年。"

　　父亲那么恨老太太，可他沉默了一会儿说："确实。"

　　他们希望我继续念书，不要惹是生非，不要再给家里添麻烦。他们十分默契地达成了一致，那就送我去学校住读。他们实在没有时间管我，上哪找一个像老太太一样的房东，还帮着他们管儿子呢？不可能的事。在学校住着，尽管花费贵一些，但是可以给我提供一个不错的环境，不至于让我去街上和那些混混们胡混，可以专心学业。

　　许多个夜晚，我独自一人在学校外面那条荒凉的马路上走来走去。学校很偏僻，除了大门靠着一条大马路，学校的其他地方差不多被农田和荷塘包围，夜晚能听见此起彼伏的蛐蛐和青蛙的鸣叫。荒凉的景象让我感到郁闷。这儿有种百废待兴的气势，到处都在修和挖，草地上裸露出大片的泥土。马路上灰尘漫天，一有车辆经过，灰尘就遮天蔽日。

　　在学校，我基本上是在睡觉中度过的。老师们都挺恨我，但又拿我没有太多办法。有的老师还会讨好我，让我不要在课堂上给他难堪。因为我不太好惹。我觉得自己像是在蹲监狱，变得越来越虚弱，还有点多愁善感。他妈的，这感觉就像生病了一样。多愁善感，对于像我这样的人来说，是非常有害的。我没有资格软弱，那样怎么能够活下去？我对什么事情都提不起兴趣。我很想弄清楚自己到底是怎么了。

我常常逃课，在大街上游荡。偶尔抬头看看头顶湛蓝的天空，银白的云朵和不时划过天空的飞机留下的喷气。有时候我站在斑驳的树荫下看树叶间闪烁的阳光，看那些在阳光照耀的大街上穿着裙子的少女和她们雪白的衬衣、T恤。阳光刺得我头晕目眩。我沿着大街走啊走。下午两点半，举目看去，街上一个人都没有。当我走到街角时口渴难耐，内心的焦躁不安让我变得有点神经质。我买了一瓶冰冻的矿泉水，一口气喝下去，仍然不管用。这感觉让我的内脏膨大起来，仿佛发酵的面团。我时而情绪高昂，时而十分低落。

就在这时，我看见一个长发披肩，穿着白色连衣裙的女孩从我面前经过，她的背影是那么美妙，两腿修长，裙子恰如其分地露出膝盖上方，脚上穿着黑色的牛皮鞋，白色袜子上带有一小圈精致的蕾丝花边。

可是，我还没来得及欣赏她的脸呢。我鬼迷心窍，被她的背影搞得意乱情迷。她过了马路走进图书馆，我也跟着进了图书馆。我还从来没有来过这样的地方呢。

门口的图书管理员叫住了我："干吗？"

我愣了一下说："借书。"

里面非常安静，有几个站在书架前面的人回头看我，但那个姑娘却不知所踪。书中自有颜如玉，说的大概就是来这种地方找漂亮姑娘的故事。

"有借书证吗？"

我说："当然有。"

图书管理员说："请出示一下。"

这时，那个女孩从一列书架前走过，朝我这边看了一眼。很遗憾，我没有来得及看到她的脸，但背影彰显出她气质优雅且落落大方。

我说："忘带了。"

图书管理员不依不饶："报名字也可以。"

我只好说："给我办一张吧。"

图书管理员头也没抬，推了推鼻梁上的眼镜："姓名。"

为了看一眼那个女孩，还得花钱办张借书证，我认为不太划得来。我假装悠闲但目的明确地走到那个女孩旁边。她站的地方是外国文学的那一栏，书都泛黄了，看上去像收破烂淘来的。那个女孩手里正捧着书看，两条光洁白皙的大腿绞在一起，一条腿靠在另一条上休息。不太能看到她看的是什么书，更不可能看到她的脸。我瞟了一眼书架，女孩抽出书的地方留下了一个空档，两边的几本书作者都叫萨特。但我对这个人不感兴趣。我想，为了自己花的办证钱，我也得看她一眼。

我也抽出一本作者是萨特的书，假装惊讶地对女孩说："你也喜欢萨特吗？"

女孩放下书问："萨特是谁？"

我终于看到她的脸，怎么说呢，我有点想离开。她的脸很普通，而且戴着一副玻璃瓶底般厚的眼镜，牙齿上箍着两排牙套，泛黄的牙垢镶嵌在牙套之中，这使她的笑容看起来有那么点瘆人。她大概也意识到了，下意识地用手捂住嘴。

我失望地说："就是你看的书呀。"

她把书翻过来，书名非常醒目，叫《校园秘闻录》。

女孩笑起来，露出嘴里的钢牙："哦哦，你说的萨特，跟波伏娃是很浪漫的一对情侣。"

我听到身后有人说话："浪漫的一对？波伏娃是个母夜叉。"

一个个子很高，但长了不少青春痘的男生，手里正拿着一本书，食指夹在书页里。他看了我一眼，眼睛盯着那双洁白的双腿，慢慢凑了过来。看得出来，这家伙非常虚荣，他看着我旁边女孩的侧脸，有一种一展胸中抱负的激昂神色。那个女孩也转头去看他，两人四目相对之际，我看到了他脸上的表情僵硬起来。

我在图书馆里转了半天，借了《性学三论》《性学报告》《手淫的危害》三本书。图书管理员是个五十来岁的老女人，看了我要借的书，脸色很不好看，直摇晃她那头发短而服帖的头。

我出了图书馆的院子，在门口抽烟，看见刚才那个哥们嘴里叼着烟，手上抱着一摞书，正在手舞足蹈地找打火机。他看见我的时候两眼放光。

"能借个火吗？"

我把打火机递过去，他迅速点燃烟，深吸了一大口。

我们站在院子门口沉默无言地吸烟。

"弗洛伊德不错。"他突然说。

"什么？"

"你手上的那本《性学三论》，弗洛伊德写的。"

我说："哦。"

"《性学报告》好像也还不错，下面那本是什么书？"

我把《手淫的危害》递给他。

"这本能先借给我吗？我用这本跟你换。"

他递过来一本《兰波诗集》。

我不太情愿换，阴沉着脸问："好看吗？"

他拍了拍胸脯说："保证好看，不比你这个差。"

"你叫什么名字？"

"王辛，你呢？"

"马吉。"

那个背影性感的女孩从我面前走过。我们盯着她远去的背影欣赏了好一会儿，之后各自施展了一番恶毒而卑劣的唇舌，我们比拼着谁的言辞更刻薄，好像是比拼什么才智似的。我和王辛就这样成了朋友。

那天晚上，我在宿舍翻开那本《兰波诗集》，内心不停地涌现出各种情感的激流。我明明看不懂写的是什么，可是待我读完之后，我的心里翻涌着巨大的波浪，让我无法自持。冲动之下我模仿这位诗人写下了一句诗，随后我的内心一片宁静。太不可思议了，我大费周章想搞弄清楚自己得的病，原来是抒情。

在很长的一段时间里，我和王辛每天都去图书馆借书，近乎废寝忘食地看。第二天我们给对方讲自己看的书的内容，这样的收获是双份的。放学后，直奔图书馆把书还掉，再借上一本。小说看腻了就看诗歌，诗歌看够了看哲学，哲学读烦了看电影评论、文学史、社会学著作，就连摄影、建筑类的也不放过。我们比拼阅读速度就像在比赛一样，每天都很亢奋。

这种追求速度浅尝辄止的阅读不过是摄取皮毛而已，它让我们变得肤浅、自大、狂妄起来。之后，许多超越年龄范畴的困惑迎面而来，简直快要撑破我们的脑袋。

除了在图书馆找书，我们也乐于在各条街上发现有好书的小书店。有时候我们也会偷书。偷书的时候大概都是学校规定必须穿校服的那天。我们目标明确，那就是我们经常光顾的那家小书店。店主人除了上面写着"名著"两个字的旧书卖得很贵，其他差不多算是贱卖。

在那间狭小的店里，我拿起了一本《南回归线》。那本书写得很花哨，但是对我的胃口。我们四处翻看，书店老板是个热心的中年人，问我们要什么书。此时需要好的配合。王辛负责把老板引到书架的另一边。我迅速地把那本亨利·米勒的小说放进我的校服里面靠近腋下的地方夹住。王辛在书店里转着圈，他看上了一本日本的摄影写真集。我便问老板，有没有高考的复习资料。老板有些迟疑地看着我，但是我装出一副醉心学习的好学生的模样，看起来绝对虔诚、人畜无害。他想了想说，我给你找找看，好像是有。王辛趁着老板进到里间，把摄影集揣进校服里。我们衣服里都有书，走起路来大摇大摆的。

快到门口时老板叫住了我们："等一下。"

我和王辛把夹着腋下的动作稍微放松，尽量显得自然。我们都有些紧张，随时准备夺路而逃。

"复习资料找到了，要吗？"老板说。

偷来的书有的会通篇读完，有的看了开头就想扔，但我们不会扔书，会把那些提不起兴趣的书积攒在一起卖掉，换了钱去买烟抽。我们会比赛偷一本书的速度，书的新旧程度不同，价钱也不一样，几乎可以做到神不知鬼不觉。有时候我认为我的天分其实在这里。我们偷过塞利纳、塞林格、乔伊斯……

我们不断地去刺激对方，都乐于把对方放在一个不利的处境，让他去施展一些花样，用这种方式在对方的身上找一点新的可能。但过于近似的阅读和学习方式使得成长就像两面镜子一样，只能照到对方的空洞和虚无。

朋友和朋友之间，需要有一个人甘愿去给对方当陪衬，否则这样的友谊无法长久，这是可以预见到的。就像我们常在街上看到的，一个长相十分漂亮的女孩，身边的那个朋友必然不是特别漂亮的姑娘，而是一个矮胖的或者长相普通的女孩。

我们模仿过许多小说人物的言谈举止，也写过模仿作家诗人的游戏之作。我们把生活完全当作了文字游戏，经常互相给对方指派任务，搞一些难登大雅之堂的恶作剧。我们劣迹斑斑，不遵守校规，上课睡觉，迟到早退，还翻墙逃课。

后来，我们之间就只剩下互相较劲，也许较劲更有意思。两个人如果对世界的看法很相似，而且对许多事情都感到厌烦，到最后又有什么能不让他们不去互相厌烦对方呢？

最后，我成了一个半吊子诗人。王辛也想成为诗人，他经常认为自己写得比我好，理由是他写诗比我早。一所学校岂能容得下两个诗人？如果王辛是诗人的话，那么我又算什么呢？

王辛说："你可以去当作家啊。"

我气愤地一掌搡在他的胸前："去你妈的，老子是诗人。"

王辛被我推得摔倒在地上。他满脸通红地爬起来，和我扭打在一起。像这样的打斗经常发生，而且我们已经断绝来往好几次了。通常来说，我们打得难分难解，很可惜诗人这个头衔并不能完全靠武力获得。打完架，我们很快就和好了，表示自己刚才动手只是诗人放荡不羁的情绪在作怪。

我躺在长满青草的公园里的土坡上抽烟，王辛在一旁专心地清理自己衣服上的脏污和草屑。一阵风吹过，我闻到浓烈的青草被阳光曝晒过的气息，不远处的湖面上微微泛着粼粼波光。我闭上眼睛，聆听着公园里人们的欢笑声，浑身流过一阵轻轻的震颤，被一种极细微的闪电击中。

我大声对王辛宣布："我一定会成为一个很好的诗人。"

王辛不以为然："你连诗人都还不是呢。"

"我说是就是。"

王辛抗议："一个人怎么能自称是诗人呢？必须要得到承认，才能够成为诗人。"

我拔起一把草放进嘴里嚼，苦涩的汁液遍布口腔："我才不管那么多，我的血液里流淌的就是诗，根本不需要谁来承认。"

没多久，一位所谓的作家来学校讲座。我和王辛都带上了自己精心誊写的自己最满意的诗，要待讲座结束后面呈这位作家，让他评判一番。谁是诗人这件事对我们来说，可能就有结果了。

这位作家一走进教室就气喘如牛，在这样热的天气里爬楼梯差点要了他的命。作家个子矮小而肥胖，穿着宽大的裤子和已经汗湿了的黑白条纹 POLO 衬衫，让他看起来像一匹被食肉动物追逐后歇息下来的肥胖斑马。王辛对我的描述嗤之以鼻，大概是这位作家写过的一本叫《黝黑的土地》的小说深深地吸引了他。这种小说尽是些描写和寡妇乱搞的痴情少年，要么就是被逼无奈嫁给一个混账丈夫的纯情少女，写来写去全是瞎编乱造。但不管怎么说，这是我第一次在生活中看到真正的作家，虽不能像诗人那样令我激动，但也有几分期待。更不用说我需要通过他来确立我诗人的身份，以至于他在我眼里已经高大了一些，也清瘦了许多。

我耐着性子倾听着这位作家的讲话，即便教室里十分安静，也听不清作家在说些什么。他的声音含糊不清，嘴里像开动着一台小型搅拌机，口腔里始终有什么在阻碍着他，而他的舌头似乎也很不服气地要去和那个不知为何物的东西殊死搏斗。那究竟是什么？作家每讲几句就要喘一口气，喘息声和作家满头大汗的样子，又让我想到草原上奔跑的肥胖斑马，接着它打了几个响鼻，开始说话。这幅画面挥之不去，我扑哧地笑出了声，而且越笑越大声。作家停下了讲话，朝我望过来，显得有些茫然。

"同学们，我很快就讲完了，大家忍受一下吧。"作家笑着说。

但谁也没笑。因为那个秃顶的教导主任端正地坐在作家旁边，虎视眈眈地扫视着我们。这位头皮光秃秃的教导主任人称"秃头"，对待学生就像对待自己的头发那样毫不留情，以体罚和言语恶毒的训斥而扬名。

秃顶一副想要杀我而后快的样子。我是学校里榜上有名的坏学生，行走在被开除的边缘。他为请到一位作家而脸上充满了光彩，那光秃秃的头顶浸润了汗水，变得闪闪发光。由于和作家近距离地接触，他本人似乎也得到了一些没有根据的升华，所以绝不能容忍有人打破教室里这份神圣的枯燥和乏味。

秃头敲了敲桌子，提醒大家："大家要珍惜来之不易的学习机会。王作家是一位杰出的作家，百忙之中抽空前来为大家讲授文学，是大家的福气，让我们有机会能和文学这样亲近。我希望大家静下心来好好学习，将来在座的同学中间有人也能成为像王作家这样了不起的作家。不要像有的人，读了两本书就不知道自己几斤几两了，连门都没入就开始张狂起来了。"

作家又开始了苍蝇般嗡嗡响的讲座，可这次我听到了他在讲些什么。那些故事里的词汇差不多都是土地、饥饿、乞讨、麦子、少女、寡妇、少年、鲜花、牛粪、猪、狗、鼠、羊。在这样一个炎热的下午，令人昏昏欲睡。王辛正陶醉在作家的讲述中，点缀着青春痘的脸上洋溢着不明来由的敬意。

"我不想成为这种作家，"我压低声音对王辛说，"真没意思。"

可能是教室里过于安静，我的声音已经传到四面八方去了。我发现许多人都纷纷扭过头盯着我看。那些热爱文学的女生目中喷射着怒火，她们对作家的态度从盲目的崇敬而后变得充满盲目的母性，她们既对作家这个称呼充满敬畏，又有点可怜这位作家，他可真不容易呀，靠着坚强的意志步入了文学神圣的殿堂。她们沉浸在这种莫名的感动中，差点就要流出眼泪来，由于我的笑声打破了这种气氛，她们纷纷向我投来不快的蔑视。

作家又一次望向我，眼神有些气恼，透露出小心翼翼的轻蔑。我被这眼神激怒了，对我来说，这并不是一个矮胖的成年人在瞪我，而是他身后的那种极为平庸的文学品位想要压制一颗年轻的心。我可不能落了下风，便狠狠地瞪着他。为了捍卫我心中纯正的文学品位，我不怕和他打上一架。以他这样的身材，身手必定是不灵活的。我有这个把握。果然，作家马上把目光移到别处，继续他那乏味而煽情的演说。

结束后，我和王辛拿着誊写了各自诗歌的稿纸站在门口等着那位作家出来。我想，这位作家必定十分记恨我。

"我们把稿子换一换怎么样？"我对王辛提议。

"为什么？"

"这样比较好玩，反正也只看作品。"

王辛说："这样更好，很公平，不会因人而废文。"

我们互相换了稿子。

作家被一群目光崇敬的学生们围着，春风满面地走出来了。我们拦住了作家，请他帮忙看看我们的作品。作家一看到我就显得很厌烦，这是可想而知的。但苦于被诸多热情洋溢的学生围住，大家都流露出期待的眼神想看看热闹。作家只接过了王辛递去的诗稿，那是我的诗。作家看完后露出客气的笑容："我不是诗人，恐怕点评不好。但看得出来，写得很不错。"

我把诗递给作家，作家假装没看见，准备走掉。我伸手抓住了作家的肥硕的手臂，那胳膊简直像棉花一样，我感觉这位作家大概是由棉絮和草料堆积而成。在场的人因为我粗鲁的举动对我侧目而视。作家本人似乎也吓了一跳。

我装出恭敬的样子："请您也看看我这个吧。"

作家瞪了我一眼，极不耐烦地接过了我递去的稿纸。

王辛看着他的诗歌停留在作家手上，讨好地问："请您帮忙看一下，谁写得更好？"

"你们在比谁写得更好？"作家饶有兴致地看着我们。

他肥胖的脸上露出貌似宽厚公道的笑容，对王辛说："虽然我不是诗人，可是也写过好几年的诗，在一些杂志上经常有发表，只是近些年钻研小说，没有了写诗的时间。我就说说我的看法吧。你给我的这个要更好一些。至于这位同学的呢，坦率地说，写得很差。"

作家有点从容起来，他大概正在头脑中努力寻找写诗的感觉和气概，试图表现出他身上的某种诗人的特质。对他来说，大胆地去下定义和判断，大概最具诗人气质。

"谁写得很差？"

作家毫不留情地盯着我，诗人的那种冲动有些明显了："你的这首。"

看得出来作家是为了杀杀我的锐气，可惜那首并不是我写的。我笑了起来："请问它差在哪里？"

"差在哪里？简直不必多浪费口水，它根本不能叫诗。"

作家的话对王辛像一道晴天霹雳。

王辛鼓起勇气问："能不能请您细说一下，它为什么不能叫诗？"

作家也斜了我一眼，操着厚此薄彼的腔调对王辛说："以我对诗的理解来看，那首实在缺乏诗意，没有诗的味道。总之，和你给我看的相比差得太远啦。小伙子，好好写。"

他还以为自己是在夸王辛呢，他越夸，王辛的脸色就越难看。

我大声问道："您说的那首写得好，那么它的作者能不能算诗人？"

作家看着那些围绕着他的目光，又盯着我看，肥胖的身躯仿佛要寻找一个和他体重相称的词汇："我这么说吧，那位同学的作品，很显然称得上是诗人，可以说是一位有潜力的校园诗人。你的这首嘛，太平庸了。"

"平庸"这个词彻底击溃了王辛。王辛羞愤交加，无处安放的双手渐渐握成了拳头，随时准备挥舞出去。王辛的拳头我是领教过的，直勾勾的，又快又狠。

我满意地说："谢谢，您夸的那位同学，就是我。他递给你的诗作正是我的作品。"

　　作家满脸惊愕，对随时可能失控的王辛假笑了一下，变得警惕起来，像一个怕狗的人遇到了一条脖子上没有拴绳的恶犬。可是已经晚了，王辛咬紧了牙根，浑身筛糠似的发抖，眼睛死死地盯着自己脚上的耐克鞋。

　　这场面让我十分得意，看到作家此刻不知所措的模样，我差点笑出声来。作家窘迫地想要离开人群，可那么多双眼睛正望着他，他们有的崇敬，有的佩服，有的愤怒，有的轻蔑。这位作家是个可怜的家伙，他还没有怎么享受过他小小的名声和影响力，或者说压根没有这样的机会，自然也没有心安理得的条件。长期籍籍无名的作家生活让他拥有一颗过度敏感的心，他在想象中对许多事情应对自如，化解过许多比较常见的尴尬，甚至可能接受过无数次媒体访谈，那个想象中的自己对着采访者侃侃而谈，幽默机智且不失深刻。可实际上，即便是在这小小的高中，他也无法以一个作家的姿态应付眼前的麻烦。他浑身流露出小心谨慎地生活的痕迹，是今天他想象中的诗人气质让他产生了想要挥斥方遒指点江山的豪情，结果呢？一个写诗的高中生竟然想揍他。

　　我又问了一次："那我算是诗人咯？"

　　作家四处张望，语速飞快地说："算算算。"

　　他看到了从教室出来的教导主任，便大声呼喊："主任。"仿佛有什么大事要与之商量似的，从眼前的境况中脱身而出，追随着教导主任的步伐匆匆离去。王辛失魂落魄地站在那里，自言自语地说："难道我写的真的不是诗吗？那我写的是什么呢？"

我对王辛说："也许他根本不懂诗。"

王辛眼里流露出一丝光亮，随后又暗淡下去："算了吧，我以后再也不写了。"

拜这位作家所赐，我成了一个小有名气的校园诗人，而王辛却再也不写诗了。这谁能想到呢？我们学校的历史中从未有过诗人，而且还是由本地作家钦点认证过的。作家摧毁了王辛对文学的热情，他转而钻研绘画和电影去了。

让我没想到的是，竟然有那么多女生对诗歌热情极大，以至于我常常深陷热爱文学的女生们的包围中。我只能挑那些长得漂亮一些的来回答她们关于诗歌的种种幼稚的疑问。

我和那些女生漫步在夜晚的操场上，赏一赏夜晚的月亮，吹一吹凉爽的晚风。月光让人变傻，借着夜晚的微风，我对那位女生的面容和身材赞赏一番，用上几个脑子里瞬间蹦出来的粗浅比喻，让那些傻呵呵的女生变得娇羞起来。

操场上黢黑一片，月光皎洁地在地上铺了一层银白的霜。草丛里蛐蛐的叫声和校外水塘里的蛙鸣此起彼伏，沾着夜晚露水的草木透着怡人的清凉。但我丝毫没有诗意迸发，这片被高高的院墙所圈起来的操场，毫无景色可言。若不是月光，我所能看到的就是乏味的橡胶跑道，足球场上铺着假草坪，操场旁边被修剪出"好好学习"字样的丑陋的花坛。月光给眼前的一切蒙上了一层虚假的纱。

我对那位面容清秀的女生说："你看这轮圆月，它像不像乳房？"

女生惊讶地望着我："什么？"

我用手在胸前比画了下："就是奶子。"

她的惊讶马上转变成愤怒，"真下流。"

我故作天真地说："乳房怎么会是下流的呢？多美啊。"

借着月光，我看到这位女生差点哭了出来："哼，我看你根本不是什么诗人，简直就是个流氓。"

看着这位女生羞愤而去，我空虚而烦躁的内心得到了一丝平静，并且乐此不疲。

我成了诗人之后，班主任余茜突然出现在了我面前。很奇怪，以前我压根看不见她，她是一个刻薄固执的女人，总是长发披肩，穿着打扮很得体，偶尔穿一件时髦的外套或者裙子。她脸上有一些浅浅的雀斑，却能和她的气质融合得很好，看起来算是锦上添花。她是出了名的严厉，脾气古怪。她离过两次婚，据说都是因为别人受不了她的脾气。她最大的热情就是教书育人，对待学生很有一套，哪些学生用什么方式去教育引导，哪些学生应该被划到哪个层级，全都在她的心里分门别类、一目了然。她按照自己的标尺去给予学生关注，哪些应该多关注，哪些应该完全忽视，不必过多地去消耗精力。我自然属于那种不仅需要忽视而且还要漠视的一类人。我独自一人坐在教室的角落里，座位挨着垃圾桶，便是她的设计。

余茜拿腔拿调地说："马吉同学，既然你坐在第一排会偷拿粉笔砸人，而且你个头高还容易挡着后排的同学，坐在靠窗的位置呢，就和窗外的学生搭讪聊天，很影响旁边同学的学习。我们教室的角落那里一年四季风光秀丽，而且活动空间大，你坐不住的时候还可以在那里做做运动舒展筋骨。"

自那之后，我便终日和垃圾桶厮守在一起。无人打扰，这个座位非常适合我。我非但不恨她，反而认为余茜算是一个因材施教的班主任。

现在我成了诗人，让她多少有些意外。余茜是出了名的看人准，她判断谁今后没有出息，那位同学迟早注定是要人生灰暗的，不管他有多努力，最终都将过上余茜提前给他们规划好的失败的、毫无希望的生活。

她有点意外，我这样的人居然还会写诗。她有点接受不了自己看人看走眼这么个事实。出于一种古怪的自尊心，她来找我谈话。

她有强烈的愿望和决心，要把我培养成一个真正的诗人。她认为这是我的出路。诗人不是一个职业，但诗人就像老鼠蟑螂，不论怎么样都可以活下去，并且还活得十分舒服。她虽然没有教育诗人的经验，但却把握十足。我不知道她从哪来的信心。

我每天的时间都花在写诗上，不管是什么课，我都在写写画画。余茜对我写诗是十分鼓励的，而且热情极大。她看我的时候目光像着了火。我根本就认不出这是那个绝不在学生身上浪费时间的班主任的形象，这样的余茜不止让我觉得陌生，她的狂热还让我有点反感。我觉得，她是不是他妈的疯了。

起初，我们并没有谈论过什么诗人诗歌之类的话题。她只是看我的诗，从来不说话。有时候为了表示她看过了，她还会在我的诗后批复一个鲜红的阅字。

那些阳光很好的日子，余茜经常差使我干这干那，我想我们还没熟悉到那个份儿上，对我颐指气使。她通常在讲台上左右为难般自言自语一番，东西太沉了，我一个人搬不动，但是又不能耽误大家写作业的时间。这时，她会咳嗽一下，望一眼教室角落，那位诗人，去搬几套书不耽误你时间吧。每次她这么说，都会引起一阵哄堂大笑。

余茜的办公桌靠窗，走近的时候有一股淡淡的荷叶清香。我扫了一眼她桌上的东西，摆得并不整齐，除了各种教材和资料，还有一个临时放置的化妆盒，和一本叶赛宁的诗集。余茜指着一摞课外练习册说，辛苦你了。

除了搬练习册，我还搬过桌椅，扛过体育器材。班上最重最累的活，全都归了我。这让我十分想不通。每次我撂挑子的时候，她便语气轻蔑地说，你这样能写好诗吗？

她从未和我谈过诗，但每次她这么说都让我十分好奇。难道我搬个他妈的桌椅，就能成为出色的诗人？也许是出于好奇，我便忍气吞声，继续当起苦力来。我倒要看看，她能玩出什么鬼把戏。倘若到时候她的那套把戏不能让我满意，我不会让她有好日子过。

不仅如此，她还喊我帮她改作业，因为她事情很多，时间不够用。我经常坐在她的办公桌前，像一名老师一样快速地在学生们的作业本上勾画，颇有些指点江山的气势。有些时候，她也要办公时，我们就一起挤在她的那张桌子前。她身上的香味不时地扩散到我的鼻子里，我们胳膊挨着胳膊，她的皮肤滑滑的，很清凉，让我的心跳突然停顿了一两秒，随后剧烈地跳动。这时她立刻把手臂挪开，我会抬头看看她，但她毫无表情。改作业的时间长了，她会坐直身体伸一个很大的懒腰，我能看到她腋下的毛发，有一次我在阳光下看是很浅的金黄色。下午办公室没人的时候她会拿出一些饼干、巧克力犒劳我。

我记得，她第一次和我谈我写的诗时，是在一个安静的下午。那天我帮她批改完作业后，她把我那天完成的一首诗递给我，让我读。我读了一遍，她没有说话。读第二遍的时候，她忽然笑了一下，很短暂的一笑，她点了点头说，还不错。

这是她第一次点评我的诗，随后她又低头忙着批改去了。

我们常常在批改完作业后安静的办公室里读诗，我读她听。她闭着眼睛仰躺在椅子上，白裙子里露出的小腿在空气中有节奏地晃荡着，看起来很悠闲也很慵懒。

有时候，她会说不错，但有时候什么话也不说。我喜欢那样的时刻，她一只手托着腮，一边听一边用另一只手忙工作，有时候她停下来呆呆地望着我。她的双眼总是会流露出好几种思绪，和她在课堂上的那种单一、呆板的目光完全不一样。那天就是这样，她离我非常近，我读完之后，她仍然在望着我。我们就这样对视了一会儿，有那么一瞬间，我感到墙上的秒针停止了走动。我向她凑近的时候，她一动不动，我的嘴唇贴到了她的嘴唇上。她的嘴唇饱满而柔软，嘴里有一股清香。她忽然如梦惊醒，慌乱地推开了我。她站了起来，声嘶力竭地朝我喊叫，滚，滚，给我滚出去。

那天以后，她不再喊我谈话，也不再喊我去搬东西。就连在教室里，也不看我。她在教室另一边来回走动，偶尔指导一两位同学的作业，但总是离我远远的。即便我在课堂上捣乱，她也毫不在意，好像我在她眼里成了一个不存在的人。

我想去办公室找她，想跟她道歉。结果她压根不理我，任由我傻站在那儿。我竟然变得多愁善感起来，而且觉得心里空落落的，让我十分瞧不起自己。可是，我做不到对她视而不见。我只好每天看着她在教室里转来转去，身上散发着我十分熟悉的味道，冷淡而恬适。她离我的距离，恰好变成了一首诗的切角，这首诗在我的脑海里渐渐成形。我拿起笔飞快地写了起来，写完之后，我感到这是一首不错的诗。我冲她扬了扬手里的诗，但她压根不看我。

出于一种小小的报复，我决定给她写一封情书，捉弄她一下。

余茜你好：

见字如面（划痕）。我实在没有勇气当面对您说这番话，也请您原谅我在这里不能称呼您为老师。我们只是平等的两个人，一个男人和一个女人，只有这样我才能勇敢地把这番话说出来。你在讲台上亲切的话语，秀长的头发，曼妙的身姿，良好的衣着品位，已经深深地印入了我的脑海。每当夜深人静之时，我总是想起你的脸，虽然上面有很多小雀斑，那也仍然是一张美丽的脸。我想说，我已经深深地爱上了你。所以，我很痛苦。因为我爱上了一个不该爱的人。

我常常责问自己，为什么会喜欢上一个比我大十二岁的女人。这是一件多么不可思议的事，我们的年龄相差那么多，而且班上漂亮的女生也不少，可我为什么偏偏喜欢上了你，让我心醉神迷无法自拔？我想大概是她们都太幼稚了，是你的成熟、优雅和从容的气质吸引了我，我就像干渴的旅行者在沙漠中遇见了一汪清泉，就像枯水季节的非洲大草原上饥饿的狒狒遇见了猴面包树。你就像行走在茫茫黑夜中迷失方向的人在旷野里看见那一颗闪亮的星，而我就是那个迷失了方向的人。

我反复思索了很久，决心给你写这封信。因为，我已忍受不了，只是想告诉你，有一个人在默默地爱着你。因为你，我喜欢上了语文这门课。虽然你上课喜欢拖堂，有时候下课铃响了很久你都充耳不闻，我连上厕所的时间都没有。但我一点也不抱怨，因为拖堂能够让我每天多看一会儿你，这就是一件美好的事。尤其是你在教室里走动的时候，你那飘逸的长发不经意地拂过我的脸，让我幸福得快要晕倒了。

当然，我并不指望能得到你的回信，因为我不会告诉你我是谁。

                                        一个痛苦地爱你的人

教室里的光线明亮，阳光从窗户外面斜射进来。

我趴在课桌上很快就写完了这封措辞拙劣的情书。我又看了一遍，确定我刻意写得歪歪扭扭的字迹不会被人认出来。

我趁着呆头呆脑的课代表收作业的时候，凑过去跟她聊了几句废话，趁机把信塞进那一堆作业里。很快，它就能到达余茜的书桌上。

一连好几天，余茜在讲台上并没什么特别之处。对我呢，还是像之前那样，就当没看见。又过了几天，我以为她大概已经忘了这件事，或者对这封信一笑了之了。

星期六早上，余茜出现在教室时穿着一身复古墨绿色碎花长裙，领口和袖口都镶有蕾丝花边，看起来青春洋溢。下午有两节语文课，她在第一节课讲了作文，第二节课其实已经没有什么可讲的了，于是大家心照不宣地写起了周末的作业。余茜在教室里转了一会儿，这看看那看看，有点闲极无聊，她忽然说，我给你们念一封情书吧，就当作文来讲，好不好？

整个教室都沸腾了，同学们眼里放射出灼人的光芒。大家都在问，谁写的以及写给谁的。余茜虚荣地说，是写给我的，不过不知道是谁写的。我没有想到她竟然要当众读出来。

我身上有点发热，感觉像是被人扒光了衣服当众展览一样。我拿出一本小说来看，假装对这场闹剧毫不关心。我的同学们难掩兴奋之情，激动地请她念一念。余茜读的时候，教室里的笑声一阵接着一阵，大家像一群猴子一样四处张望，猜测这封信的作者是谁。我听着四周的哄笑声仿佛炮弹一样轰隆作响，窥探的目光像射来的子弹。我的额头上不停地冒冷汗，仿佛被困在战壕里落单的士兵正面对着敌人密集的火力。

余茜的脸微微发红，不知道是笑得太厉害，还是兴奋得过了头。她已经读完了，请坐在教室里的年轻"评论家"们评价一下这封情书。

"评论家"们起哄说，答应他吧。

余茜的脸红得很厉害，但她马上镇定下来，使劲拍了两次讲台，桌上几支五颜六色的粉笔吓得跳到了地上。她咳了一下说，注意重点，从写作文的角度去说。

评论家们七嘴八舌地鉴赏起来，中国文学之所以是现在这样的面貌，那完全是因为……陈词滥调，幼稚可笑，酸溜溜的，太烂了，恶心……

余茜的脸色慢慢恢复平静，一副大义凛然的样子，仿佛在宣读审判词：这就是坏作文的范例，尤其是男生要以此为鉴。

如果给女生写这种毫无诚意且俗套的情书是不可能成功的。与其说这是一封情书还不如说是一封意见信，而且意见还挺大。说我拖堂虽然是事实，可惜我是不会改的。还有这句"你的头发拂过我的脸"，我想说，我的头发如果不小心打到了哪位同学，请你原谅，我的头发确实太长了点。最后，这位同学并没有署名，我也不知道你是谁，所以我只好用这种方式来回复你。谢谢你的来信，欢迎继续来信，我再读给大家听。

不得不说，余茜是个挺厉害的班主任，许多东西都能信手拈来，变成她的教育素材。但是，她为什么要公开我写的信呢？这时，余茜盯着我看了一眼，眼神里满是挑衅和得意。

可她好歹还是看了我一眼，说明写这种拙劣蹩脚的玩意还是有用的。于是，我又写了一封。

余茜你好：

我又给你写信了。我仍然是那个你不知道名字的人。我想说一说上一封信所引起的误会，让我心里难过极了。我无意冒犯你，因为我不得不写那封信，否则我一定会疯掉。我确实是真心实意地爱上了你，这一点我完全可以对天发誓，可你却当它是个恶作剧。那天我听着你在教室里指责那封信是俗套的虚情假意，说真的，我的心都碎了。那天，我是含着热泪入睡的，一连做了好几个关于你的梦。

在梦里，你依然那么美。说句你可能不喜欢听的，简直比生活中的你还要美得多。在梦里，我们一起漫步在湖边，湖风吹拂着我们，你的胳膊像七月里的冰糕那样凉爽。抬头是漫天闪耀的星星，我们一起在星星的照耀下走了好远，好像一直没有尽头。那真是一个无比幸福的梦，对我来说，没有比这样的梦更加让人心醉神迷。

另一个梦却不那么美好。我梦到在学校，因为什么事情惹怒了你，被你罚跑操场。虽然我跑了一圈又一圈，累得筋疲力尽倒在了地上。可是，我更关心的是，我到底做了什么惹你生气，那太不应该了。我提醒自己，一定不能惹你不高兴。醒来后，我还有点生自己的气。

我写这封信只是想告诉你，因为有你的存在，我想努力变成一个更好的人。我时常感到内心充满了自毁的冲动，它并不可怕，只是有点奇怪。像是一种拯救我的方式，像是释放压抑或者其他的，自我治疗？但我的内心充满了罪恶。我也可以说那是一种良心上的谴责和不安。但因为有你的存在，我感到自己有被救赎的可能。

不知道这封信你会不会再一次当着全班同学的面读出来，我并不在乎。这也是我应该承受的。不是我自己有多么勇敢，是爱让我充满了勇气。

希望你一切都好。

一个因为爱你而感到幸福的人

和上次一样，一连好几天，余茜都没有什么反应。我想着她会不会再次当着全班同学的面把我的信读出来。我已经做好了心理准备，但她没有要念情书的举动。难道是她还没有来得及看到？

我开始变得多愁善感起来，而且打不起精神。我像是个焦急的小孩，由于丢失了糖果，只想放声大哭。这滋味不好受。

　　有一天早上，我睡过了头，迟到了近四十分钟。远远的，我看到了余茜。她站在教室外面，正通过窗户检视同学们的一举一动。那模样像极了一位饲养员，查看笼子里的动物们今天的健康情况。她的出现，让原本懒散的上课氛围变得十分积极向上。有的同学常常被她这种不知不觉的出现吓一大跳，悄悄地把藏在课本下面的小说收进抽屉里。那些尚未嗅到危险气息的同学会被旁边警觉的同桌捅一捅胳膊，那位正在对着镜子挤脸上的痘痘或者黑头的同学便像喜马拉雅土拨鼠一样突然停止手上的动作，尔后缓缓地坐直身体，双手放在课桌上，目视黑板，专注的眼神里焕发出对知识无尽的渴望。这一切早已尽收余茜的眼皮，但她并不声张，只是默默地记下这些同学的名字。他们会被喊到办公室里挨上一顿骂。此刻，余茜如同阴险的老鹰，对鸡群的服帖表现出极大的满意。她今天穿着一件偏男性化的衬衣和西服裤子，头发一丝不苟地扎在脑后，看上去有点严肃、刻板，一如她今天的脸色，浑身散发出一种冷冰冰的让人不想接近的信号。

　　看着她已经从教室离开，准备上楼回她的办公室，我悄悄地靠近教室的后门。可她突然回过头来喊住了我。

　　她慢悠悠地向我走来，双手背在身后，为将我当场逮住而感到兴奋。我清楚地看到她的脸色有多么糟糕。她的整张脸都因为生气而变得微微扭曲，她很可能是早上和谁吵过架，或者被教导主任训过。看来难逃一顿责骂了。

　　她终于走过来了，她现在不仅看见我，而且走得离我非常之近，几乎要碰到我的脸。我没有想到她会离我这么近，因为近的原因，我闻到了她呼出的气息，并不好闻。很像一天到晚不说话的人，突然开口时所喷出的气味。我想我大概是她今天第一个与之交谈的人。我下意识地后退了一小步。

她的语气刻板得如同她的穿着，为什么迟到？

我说，睡过头了。

她讥讽地说，哦？那吃了午饭再来不是更好？

我说，那就是旷课了，不是迟到。

她板着那张原本就很严肃的脸，这下就接近生气了。还知道旷课？你今天已经迟到一节课了，已经算是旷课了。你自己看看，数学课都上完了。

我说，还差五分钟才下课，所以还不能算是旷课。

她皮笑肉不笑地说，真看不出来你还挺有时间观念。

她把背在身后的手放了下来，这样就失去那种刻意制造出的威严感了。我注意到她改变了姿势，改为左手手臂下垂，袖口遮住了她的手表，右手搭在下垂的胳膊上。这个站姿虽然拒人于千里之外，但不那么盛气凌人。

她用一种幸灾乐祸的语气问我，你说，我该怎么惩罚你呢？

其实她早就想好了要怎么惩罚我。

我说，要不就算了吧。

她笑了一下，但很快脸上就恢复了原本那种麻木的表情。我想这种变脸的本事应该是当老师必须具备的职业素质之一。

她突然大声吼道，门儿都没有，操场上跑圈去。

很难想象这是从她的身体里发出来的声音，而且离我这么近，一瞬间音浪震得我有点发蒙。真是个疯子。教室的同学们也被她的吼声吸引，纷纷扭头看我的洋相。

她说，跑十圈。

她嫌恶地指了指远处的操场。

我迈开步子朝草地枯黄的操场跑去。我忽然意识到这是我给余茜写的情书里描绘过的场景，她却真的用这种方式来惩罚我。这说明她看了我写的情书，并且这大概算是她对我这封情书的回应。

跑完步，我累得气喘吁吁，隔了老远我看到她站在门廊上看着我。等我走过去时，她已经走掉了。

余茜你好：

我仍然是那个你不知道名字的人。你今天早上回应我的那封信了，对吗？以彼之道还施彼身？不管怎么样，我开心得要命。那一整天，我都精神抖擞，而且在认真地学习，没有开一点小差。这真是件神奇的事，从前我热衷于那些幼稚可笑的恶作剧，但自从爱上你之后，我感到自己在慢慢地变好，而且我也愿意那样。这是一个美好的开始。

就像你今天用这样的方式回应我的信，在我看来也是一个美好的开始。

可是白天我无比确信你是在回应我，到了晚上我就开始患得患失。它让我想起你的时候，时而精神百倍，时而又情绪低落。它就是那个叫作爱情的东西。我控制不住地想，今天是你真的在回应我的信，鼓励我呢，还是说，那是你讨厌我的举动。我现在体验到了从天堂般的快乐坠落到地狱似的痛苦，而且反反复复，让我备受煎熬。

那么，你让我去操场跑圈，真的是因为讨厌我吗？

我有些气馁，不敢给你写信，怕更加招你讨厌。可是内心的爱意让我忍不住提起笔来，要告诉你我的心情。我此刻有点胆战心惊，又有点瞧不起自己的这种脆弱的心境。它太丢人了。

如果你真的不讨厌我，或者是在回应我。那么请你明天上课时穿一件你曾经穿过但平时很少穿的那条墨绿色长裙吧，那是一件很好看的裙子，而且非常衬你的气质。

如果你确实讨厌我的话，那就不要穿裙子，我就明白了。以后也绝不会再打扰你了。

一个爱你的人

今天只有一节语文课，是在下午。余茜早上照例要来检查早自习，看我们有没有迟到和其他不守规矩的行为。她没穿绿色长裙，而是穿着蓝色衬衣和长裤，头发也整整齐齐地盘在脑后。这下我就明白了，她确实是讨厌我。

她今天情绪并不算差，一来教室就和大家热情地互动了一番，开了几位同学的玩笑，但并没有看我。

我也不去看她，趴在课桌上睡觉。上午两节英语课，一节数学，一节物理，都在我的睡梦中度过了。期间，余茜来看过我们两次。英语课时，她站在教室外面盯着教室的情况。大家都坐得端端正正的，只有我在酣睡。有人捅我的腰，提醒我余茜在瞪着我呢。数学课也是一样，数学老师是个爱记仇的小人，爱向余茜打小报告。余茜在教室外面查看我们这些动物的状况的时候，趁着大家解题的时间，数学老师出去向余茜报告我在睡觉。坐在靠近门口的同学马上朝我扔粉笔，提醒我数学老师在告状。但我并不理睬。余茜大概也没搭理他，事后也并没有找我谈话。

这个上午就这么过去了，下午仍然昏昏欲睡，我想是不是因为今天天气特别好的原因？

上语文课时，余茜竟然穿上了那条绿色的长裙，看得我目瞪口呆。班上的其他同学也被吓坏了，问她是不是要去约会。余茜淡然地说，中午吃饭时汤洒在身上了，只好回去换了件衣服。

而且，她似乎还化了很淡的妆。她穿上了我在信里提到的裙子，兴致高昂，不时地瞥我一眼。

余茜讲了大半节课的小说，便从讲台上下来走动。她一直在教室里打转，有时候从我位于角落的座位旁边经过时，我闻到她身上清新的香味。

后来，她大概讲得累了，就在我的座位前面停下。她确实按照我信里所写的那样，穿上那条墨绿色裙子，随后还很短暂地半坐在我的课桌边沿，似乎是为了让我看得更清楚一些。

那天之后，我们又恢复了在一起读诗的习惯。

"你要学会驾驭它，那股冲动如果只是粗浅的表达，你会一无所获。你必须要驾驭住内心的渴望，把它转化为诗。那样你才能成为诗人，否则，你和那些随时随地交配的动物有什么区别？不会有任何长进。你要记住，你是要成为诗人的人，要耐得住寂寞。不要迷恋眼前小小欲望的小糖果，它们都是迷雾，你要从中穿过去。记住了吗？诗人。"

她很坚决地警告我，如果胆敢再冒犯她，她永远也不会再搭理我，因为这说明我不是个可造之才。而我，也不可能再写得好诗了。我遵守了这一约定。

我的诗写得越来越好了。那些情窦初开的女生们开始传抄我的诗句，在她们的眼里，我不再是个流氓诗人。我的诗甚至传出了学校，长上了翅膀，飞到另外几所学校去了。想到那里的学生们在讨论我的诗，我就发自心底地感到愉快。

我仍然每天写诗，写完之后就去读给余茜听。有时候，她点点头，有时候摇摇头。摇头的时候，就让我站到她的身旁，指着一个句子。我离她非常近，仿佛已经挨在了一起，但是那里始终有一道缝隙。当我的汗毛轻轻地碰到她的之后，她便马上把手拿开。我闻得到她身上淡淡的香水味，有时候是荷叶，有时候是花。有时候我嗅不出来，最后发现那原来是她自己的味道，一股微微发甜而馥郁的气味，直钻我的脑门。我马上就明白了，这句被她指出来的诗句是多么的空洞乏味。

她告诉我，我的诗大有进步。我问她，如果我还想写得更好，有什么办法吗？我非常愿意试一试。她只是望着我笑，露出整齐而白的牙齿。我感到自己对知识的渴求是那么强烈，我上进而好学。我飞快地站在她的身旁，但小心翼翼地保持着距离。我尽量在不碰到她的同时，身体靠在了她的椅子上，我们分享着同一只椅子的扶手，她的手臂在椅子里面，我的在椅子外面。

她声音清脆，有一点点嘶哑，但听来悦耳。不知为什么，我差不多完全没有听到她在说些什么，她迟缓地有耐心地讲述着。我的身体靠着椅子的扶手，一只手扶着椅背，将身体尽可能地向她倾斜过去，这样看起来，很像是我用胳膊将她环住。我环抱中的空气，看起来也很像是属于我的，而她就是坐在我的怀抱里一样。我低头去看稿纸，可是，我只能看到她今天穿的浅蓝色衣裙，像无边无际的大海，比我后来见过的所有的海都要浩瀚。我的眼睛完全迷失了方向，像是掉进了深渊中，我在惊涛骇浪中奋力向前游去，嘴里呛了许多海水，怎么也挣脱不出来。我越是想要把目光转移到稿纸上，就越是困难，用多大的力气也没用。我的呼吸开始变得急促起来，粗重的呼吸将热气喷到了她的脸颊上。她难以察觉地笑了一下，嘴角微微动了动，用手背擦了擦被我的热气喷到的地方，提高声调继续自顾自地说着。

我的心脏剧烈地跳动起来，那动静真大，好像一只喇叭发出来的音量。我深吸着她身上发出的阵阵幽香。我低下头，越发感觉到那一阵幽香是从她的胸口散发出来的。我感觉自己快要喘不过气来了。

这时，她忽然拍了拍桌子，就像她拍讲桌那样，说完了，听明白了吗？

回到宿舍，我像发烧了一般，脑子像燃烧的油桶。那种喷薄而出的强烈激情使我坐立不安。我只好拿起笔，伏在桌前，疯狂地写起来。我的笔力透纸背，在纸上横冲直撞。我看到了诗，它是一匹奔跑的马，我跨了上去，在广袤的大地上奔驰。写着写着，我感觉到我的笔燃烧起来了，发烫了，最后爆炸了。

我的诗写得越来越好了，这几乎成了有目共睹的事，可我越来越难以驾驭那股冲动。它强烈得让我的诗也跟着变形了，我由此觉得自己压根不是个诗人。

我在狂风暴雨中胡乱地走着，眼前的建筑全都倒挂过来，像要压在我身上似的。我的身体在发烫，我从下雨开始走，一直走到雨已经停了，可我仍然像发烧了一样，浑身滚烫得不行。我被自己的诗给烧着了，没有什么可以浇灭我身上的火。我大概会被烧成灰烬，一个被诗歌烧死的人，这死法一定十分新奇。

直到我看见余茜在远处冲我招手，她喜形于色，手上拿着一本书。

"你怎么淋成了落汤鸡？"

我想我身上的雨水也在变得滚烫起来。

她手上拿的那本书，是一本诗歌杂志，上面刊登了我的诗。她躺在床上，满脸担忧地说："现在，你是个诗人了。这一点千真万确。但是，你恐怕再也写不好诗了。"

"为什么？"

她没有说，只是露出满脸的愁容。

就像她判断她曾经教过的学生，哪些最终将一事无成者一样，她也看到了我的未来。我不能相信。我对诗歌充满了热情，诗歌就像我的命一样，我不可能写不好诗的。我有这个天分，不是吗？

"不过，好在你现在是个诗人了，你会无所不能的。知道吗？只要你是个诗人，你就不会被饿死。"

那把火又燃烧起来，盛大而炽热，几乎随时随地都可以烈焰万丈。这火焰烧了一整夜，燎天铄地，光焰万丈。

那天之后，余茜便离开了学校，据说是调到了别的学校。我后来再也没有见过她。但是我已经摸清楚了教育的本质。

我来这所学校之前，在我父亲眼中差不多是个街头混混。但从这所学校出来时，我已经成了一个诗人。如果说到教育的话，我想没有人比余茜更成功。这其中的变化，常常让我感到不可思议。

我这个年纪本该在街头斗殴挥霍过剩的荷尔蒙，浑身文满龙虎豹一类的东西。但我现在有了许多选择。我感觉自己很像是一块海绵。我还想起了武术学校，想起许多人。我什么都不抗拒。我是一个感受体，在感受着命运的安排。也许，这样说有点狂妄。但我真的就是这么想的。上天造出了我，我走任何一条道路都是合理的。我并不在意我的未来，有诗陪着我就够了。诗，就是上天给我的语言。它让我来言说他造出的世界。因此，我想尽量多看看这个世界。去经历多一些，这个世界的各个角落，任何陌生的地方，都对我构成诱惑。

第十章

在学校待着着实在是浪费时间，当我离开学校的时候，我很激动。终于盼到这一天了。

前一分钟，我豪情万丈，觉得自己是个诗人，无所不能，甚至可以变成一只鸟。等我出了学校的大门，我就什么都不是了。一想到父母，我的勇气全泄了，胆量犹如阴囊紧缩成一团。阳光热烈地照射着我，让我睁不开眼睛。我觉得自己是做了一场梦，如今这梦醒了。我不知道该如何面对他们，学费和寄宿费那么贵，我们的蛋糕店生意又那么差，他们完全是在勒紧裤腰带过日子。为了让我安心学习，父亲头一次赊账买奶油和果酱，这是他以前想都不敢想的事。他们为了我操碎了心，对我寄予了极大的希望。我却在喝他们的血。

天已经黑透了。妈在店里忙活，正在把那些蛋糕盘子往里面搬，准备关门。她的腰快直不起来了，连蛋糕盘子都端不稳。他们已经知道我被开除的事，父亲去学校接我去了，但是没有接到，现在他又出去找我去了。

妈见到我，气得眼泪直掉："这么说，你真的不上学了吗？你爸爸快疯了，等下他回来看你怎么办。我的腿也疼得受不了。我们怎么办呐。"

我把手上那本刊物递给妈，告诉她我成了诗人。妈反复翻看我写的那些诗。她一句也看不懂，一直用手在纸上摩挲："诗人靠什么生活呢？"

我们回家的时候，我才知道我们搬了家。现在，我们住在一栋平房里，里面还有一层阁楼，房租非常便宜，差不多没有比这更便宜的地方了。我们住在郊区的边缘，屋后面是无尽的田野。四周的房屋都很低矮，夜晚的空气沁凉，让人感到心慌。

搬家是上个月的事，他们压根没告诉我，怕影响我的学习。妈刚把饭菜做好，父亲就回来了。他一进门，我就看见他头上有了几缕白头发。

妈赶紧把我的诗递给父亲："他现在会写诗了，还发表了！你看看，写得可好了。搞不好他真的能成诗人呢。"

父亲接过去翻了好一会儿。

妈问："学校是怎么说的？"

父亲疲惫地说："怎么说的？长期迟到，早退，旷课，逃学，打架。他就不是个上学的料。"

他没有冲我发脾气，也没有骂我，他呆呆地坐在饭桌边。我和妈都有点紧张地看着他。父亲说："先吃饭吧。"

晚饭后，父亲决定开一个家庭会议，安排我们接下来的生活。

他想让我去学门手艺："这是实打实的东西，有手艺就饿不到。"

我说："写诗就是手艺啊。"

父亲说："屁话，写诗算什么手艺？只能当爱好。除了写诗，你还想干什么？"

"我只想写诗。"

父亲烦躁地说："我说过了，除了写诗以外的。你再好好想想。"

过一会儿，他对妈说："我决定，蛋糕店就不开了。我出去开货车挣钱，你呢，就随便找个班上。他呢，找个地方学艺。这样一来，以后我们就有三份收入了。"

但妈不同意："我们现在正好是三个劳动力，完全可以把生意做起来。换个地方，再试试看。"

父亲激动起来："我们换了多少地方？数都数不过来，生意好了吗？他妈的，好不了。为什么非要盯着这个狗屁生意？"

这次家庭会议没有任何成果可言，以他俩大吼大叫而告终。

有一天，妈回家说现在鳝鱼的价钱快赶上黄金了，根本吃不起。她挑起话头，想引起父亲的注意："干脆，我们不做蛋糕了，去下鳝鱼吧。我们把蛋糕店转让出去，买一辆二手的面包车，再买点篓子，就可以开始了。现在正是下鳝鱼的好时候呀。"

我们住的地方后面可是一大片的田野、鱼塘什么的，沟渠众多。可以先赚一点钱，然后再商量做什么。如果到时候我们仍然没有什么好的生意可做，那么父亲想要去开货车，就由他的便。

父亲听到可以不做蛋糕了，他的心情好了很多："我早就觉得不该再开这个狗屁蛋糕店了。"

父亲身上有一种不切实际的气质，一点点的变化，就足以让他精神振奋。父亲陷入了对年轻时下鳝鱼的回忆之中："那会儿鳝鱼才值几个钱，没想到现在这么贵。更何况，这个行当没有任何竞争，城里的人不会为了钱去干这种事，也干不来。"

父亲反复确认："说好了，不管怎么样，下完鳝鱼我肯定是要去开货车的。"

妈说："一言为定。"

父亲非常高兴："那我们就赶紧开始吧。"

舅舅听说我们要买车，他把自己那辆水红色旧三菱车半卖半送地给了我们。这辆车非常破，雨刮器坏了一只，方向盘沉得像磨盘，稍一转动就发出吱吱嘎嘎的声响。父亲修了好几天，才让车况稍微强了那么一些。我的舅舅对于我们的新事业非常支持，他开玩笑说，整个江城都没有什么人干这个，你们这可是垄断行业啊。

我们托人从乡下买来了一堆篓子，做工很精美。篓子是一种捕鳝鱼用的渔具，用竹篾编成一个可口可乐大瓶那么粗的圆柱，长度有两三个大瓶连起来那么长。一头是有倒刺的圆锥形漏斗，里面得放蚯蚓作诱饵。鳝鱼从圆漏斗溜进去吃蚯蚓，之后就很难再出来了。父亲为了多点收获，还买了几十米长的丝网、捕小龙虾的地笼，在门口铺了一地。我们一家三口坐在香樟树荫下籴蚯蚓。蚯蚓不断蜷曲自己滑腻的身躯来避开铁丝的穿刺，但被铁丝贯穿后就成了有铁脊椎的小东西，动弹不得。

父亲很擅长干这些，籴得又快又好。他穿着一双断了半截的凉拖鞋，嘴上叼着烟，斜着脑袋不让烟熏到眼睛。他看上去很像一个准备下地的农民，整个人显得很松弛，自鸣得意，还有闲心嘲笑我和妈，不停地给我们做正确的示范。父亲一边抽烟一点清点着篓子的数量，把那些籴上蚯蚓的篓子装进蛇皮袋。下午的阳光一点点地在地上移动，像潮水缓慢地冲到父亲那双破烂的拖鞋上。

一切准备妥当，我们就把东西都放到那辆车上。这辆车在马路上等红绿灯的时候，车身会不住地抖动，很像是坐在拖拉机上面。

我们很快就驶到了更加偏远的地方，四周全是大片的田野。父亲对这一带很熟悉，他以前在超市送货的时候经常来这。国道两旁坐着许多挑担子卖西瓜的人，刚从地里摘上来的西瓜身上还裹着一层薄薄的粉，上面依稀可见光滑的手掌印。荷塘在向远处后撤，鸟在田野上空盘旋。

车拐到一条颠簸的石子小路上，两边是高大参天的水杉树，茂密的树荫遮挡住了阳光，光线一下子暗下来了。天擦黑时，父亲将车停在树林旁的小河边，河面很窄，几乎可以说是一条宽一点的水沟，岸边长满了灌木。水面上漂浮着绿色浮萍和肥厚的水花生，使小河看起来深浅难辨。四周安静无声，只是偶尔有几声鸟叫，让流向不明的河水多了几分诡异。

父亲停下车，熄了火说，这里看着还不错。

妈有点晕车，已经睡着了。我和父亲把成堆的装在蛇皮袋里的篓子从车上拖下来，一人扛了一把铁锹。父亲说，我教你怎么放篓子。

下到水边，父亲用锹砍开岸边的灌木，在水里往岸上挖出一个斜坑。篓子的入口处对着水底，将篓子伪装成一个天然形成的洞口。父亲说鳝鱼喜欢沿着岸边觅食，而且篓口要逆着水流的方向。再用泥土将篓子压住，以免涨水的时候被冲走。

父亲看着河水的流向，满意地点了一根烟，又指了指两蛇皮袋的篓子问我，看明白了吗？

我说，看明白了。

父亲指了指两个鼓鼓囊囊的蛇皮袋对我说，这里面的篓子都是你的。

说完他就走了，黑色的长筒雨鞋踩在枯枝败叶上发出咔哒咔哒的响声。

我提起那两袋东西，沿着岸边走。每走大约二十步放一个篓子。像父亲那样，我也开始用铁锹挖起来，用铁锹劈开岸上的野草和藤蔓，挖开一个小坑。淤泥散发出一阵新鲜的腥臭味。我用脚把坑踩深一点，让水倒灌进来，然后把一只篓子沉在挖好的水坑里，再用泥土盖在上面，在篓口周围糊上泥巴。水边的蚊子多得像雨点，咬得我浑身都是包，痒得要命。弄完一个，我已经汗流浃背了。

慢慢的，我发现自己适应了这样的劳动。接下来就容易多了，我快速地把篓子一个个按进水里。差不多放了十几个篓子，我身上全都是蚊子咬的包，衣服也湿透了。

天越来越黑，眼前变得模糊起来，我想我得加快速度。我闻到了空气中烧柴火的味道，也许是有人在做饭，但不知道是在什么地方。我抬头望去，田野尽头的一排房屋已经点亮了灯火。

我打开了套在脑袋上的头灯，它射出来的光很直，在暮色中像一根白晃晃的柱子。我四下里照了照，水面很平静，从水面上漂浮的枯树叶大约可以辨认出水在缓慢地流动。

每放一个篓子，我就在岸边用铁锹画出一个"X"作为标记，方便来收的时候辨认。两个蛇皮袋慢慢空了。天彻底黑下来的时候，我坐在岸边，身上一股淤泥的腥臭味。我关掉了头灯。远处的田野黢黑一片，更远处可以看到树林的剪影，和树林背后天空黯淡的灰光。我听到河里突然响起了什么声音，像是鱼从水里跃起，又像是水鸟掠过水面。

我走到车边的时候，看见不远处有一堆火。妈在火堆旁坐着，旁边插着父亲的铁锹，上面挂着一只野兔。父亲光着上身的背影看起来像个狂野的印第安人。妈心情愉快，拿着父亲的衣服和裤子在火边烘烤，你爸为了捉鱼，掉水里了。

我走过去坐在火边上。父亲只穿着一条短裤，在烤着一条不小的鲫鱼。

妈指着身旁的野兔说，你爸刚回来的时候顺手打到的，看着不错吧。

我说，看着还挺大的。

父亲问我，都弄好了？

我点了点头。

妈是有备而来的。我看到了她旁边的调料、油壶，还有盐罐。鱼烤得很香，比我吃过的都要鲜美。在我的印象中，父亲从来没有下过厨房，这样的味道让我感到非常恍惚。现在父亲正在剥兔子皮，干得很熟练。他嘴里叼着一支烟，嘴巴张得很开，微微歪着脑袋，避免被烟熏到眼睛。

从我的角度看过去，猩红的烟头快速地明灭，他沾着血腥的手握着一把匕首在敏捷地晃动。父亲用油、盐在剥了皮的兔子身上抹匀，放在火上烤。

我躺在垫子上，头顶是漫天的郊区的星星，银河在流动。有一阵我睡着了。睡醒后，身上盖着一条毯子。四周是此起彼伏的虫鸣和蛙声，旁边的火堆已经熄灭，只剩一团暗红色的火光在微微跳动。妈从火堆里扒出几个焖熟的土豆递给我。过了一会儿，父亲戴着头灯，问我要不要去捉青蛙。这也是我们的产业之一。

夜晚有了一丝凉意，我和父亲走在河边的田埂上。碧绿的豌豆苗还很小，青蛙们就藏在地里。父亲用头灯照在青蛙身上，俯下身去，像拾一块石头一样，很轻易地捉到一只，放进手边的蛇皮袋子里。父亲说，你来试试。轮到我去捉的时候，就没有那么容易了，总是让它们突然蹦走，紧接着发出一声扑通的落水声。

父亲用灯照着青蛙的眼睛让我去捉。

父亲说，这东西很笨。

凌晨一点，到了篓子收获的时刻了。父亲喊醒了我。我们下到车外，打开头灯，各自拖上一只蛇皮袋子去找傍晚放下去的篓子。

夜色让我有点不辨方向，我拿着手电筒四处乱晃，才看见草地上用铁锹做的"X"标记。顺着"X"下到河边，抓住篓子身上可以透气的渔网袋，把篓子提了起来。里面什么都没有，只有几条小泥鳅。我很失望地把篓子放进蛇皮袋子里，继续往前寻找"X"标记。我小心地下到水边，使劲地将第二只篓子提起来。这时，我听到篓子里面一阵活蹦乱跳的动静，而且感觉还挺沉的。用灯往篓子里面照了照，三条比大拇指稍粗的鳝鱼在里面惊慌失措地挣扎着。我忍不住喊出了声。接着，我往下一个"X"跑去，里面又有那种蹦蹦跳跳的撞击感。我找篓子的速度越来越快，在凌晨幽静的河面上溅起一大片水花。

回到车上，父亲还没回来。妈看着我背回来的篓子和里面的鳝鱼，赞叹地说，真不少啊。

凌晨两点，父亲终于回来了。我和妈都盯着父亲的脸看。他的表情什么都看不出来，只是没有以往那种烦躁不安的神色。他背着几个蛇皮袋，一只手还拖着地笼，还有上面挂着不少小鱼小虾的丝网。父亲一个人连拖带拽地把这些东西带了回来。

等我们接过父亲背上的袋子时，我们都被那份沉甸甸的重量压得欢呼雀跃。父亲露出狡黠的微笑。

我一直睡到下午。起来才知道父母一大早就把我们昨天收获的鱼虾换成了钱。妈兴冲冲地跑到我的床跟前，冲我挤眉弄眼，猜猜卖了多少？

是个相当不错的成绩，一个好开头。妈开始算账，如果每天都是这样，一个月下来是多少？这比别的生意省事，没有什么成本，也没那么累。她的腿疼有一段时间了，现在不用每天站着，她感觉好多了。

这对我们是个巨大的鼓舞，而且天才刚刚开始热起来，我们有几乎整整一个夏天的时间。

在下鳝鱼这件事上，父亲总揽全局，发号施令，异常认真。他经过一段时间的实践分析得出，我们的业务虽然广泛，然而也很杂乱，必须要砍去丝网和地笼等业务，因为它们用料贵，且丝网经常被刮破，有的地方甚至不具备下网的条件。总体来说，不如鳝鱼那么划算。他精打细算，出谋划策。

我们的车通常在太阳快要落山之际出发，父亲不停地在分析地点，我和妈对此一窍不通。太阳落山时，我们找到了一处地方，马路上都是卖葡萄的，路边的水渠被茂密的植被覆盖着，远处还有一方一方的池塘，荷花开得正好。

我和父亲下完篓子，天已经黑透了。我们浑身沾满泥巴回到车上，手上满是河水的腥臭味，抓着筷子往嘴里扒饭。吃完饭，有时候和妈一起，我们仨打牌斗地主。之后我和父亲会睡上一小会儿。

我们的车停在一条长满杂草的路上，那路面挺宽，可供两台车并排行驶。父亲叫醒我说，听到什么动静了没有？

我仔细听了听，黑暗中只有青蛙、蛐蛐和狗的叫声，以及远处马路上驶过的货车声。

我说，什么都没听见。

父亲说，听见狗叫了吗？

我说，听见了。

父亲说，想不想吃葡萄？

我说，哪里有葡萄？

父亲说，狗叫声很密集的地方，就是一个葡萄园。

我忽然间对父亲有了一种奇怪的钦佩，想不到他还有通过狗叫声判断出那里有葡萄园的本事。

我问父亲，光听声音就能听出来？

父亲笑着说，我下篓子的时候看见的。

我们都笑了。

妈劝我们不要去了，那么多狼狗的叫声，听起来就很瘆人。

父亲有些犹豫地看着我。他变得有些胆大妄为，这让我刮目相看。我没有想到他竟然会提议去偷葡萄。我没有任何不去的理由。

我和父亲下了车才发现外面月光明亮，皎洁的月光照在夜晚的小路上，人的视力可以看出去很远。我和父亲来到月光里，不知道出于什么样的原因，我们同时抬起头盯着月亮看了一会儿。父亲让我拿上一只蛇皮袋子，我们就拐上了一条青草覆盖的小路，跨过一条小水沟，往田野上走。

月光使得我和父亲走起路来速度飞快，不至于担心掉到什么坑里或者踩在什么东西上。但同时月光下的树木既清晰又模糊，看起来影影绰绰，像是有人站在远处看着我们，我不时地被远处的一株颇似人形的果树吓一大跳。

田野那头的葡萄园用铁丝网围了起来，铁丝网极粗糙，也很破烂，随便就可以钻过去。里面有一排小房子，其中一间房子亮着灯。

我们从一处铁丝网的缺口走进去，没几步就响起一阵凶猛激烈的狗吠声，先是不远处的狗叫起来，然后离我们近约十几米的地方也响起了狗吠声，像是长城的烽火台一样，此起彼伏。

父亲示意我不要紧张，他从小就对狗的习性非常了解，让我跟在他身后，尽量使自己的动作看起来是匀速的运动。等我们走到葡萄架跟前时，狗吠声慢慢减弱了。父亲摘了几颗葡萄递给我，我紧张得顾不上擦洗就丢进嘴里，很甜。父亲压低声音说，快点摘。

我们把一捧一捧的葡萄摘下放进蛇皮袋子里，没多久就已经有了半袋子。我有点拖不动，感到非常慌张。我说，够了吧，爸。父亲毫无反应，伸手够得着的葡萄已经不能入他的眼了。他爬到了葡萄架上，从上面把葡萄一大串一大串地递给我。他简直有点贪心不足。父亲爬上藤架，这使他能够很轻松地把葡萄扔给我，同时可以看到四周的情况。

忽然间，父亲说，快走。

他从架子上跳下来，见我很吃力地拖着大半蛇皮袋的葡萄，就一把抢过来扛在肩上，那模样真像漫画中的小偷。我跟在父亲后面，狗吠声再次响起，这次的狗叫声更加激烈，那声音层层叠叠，好像这一带的狗都醒来了。

我们在田野上狂奔，父亲扛着那一袋葡萄，跑起来速度飞快。

越过田野，我和父亲跳进了一条干涸的沟渠，远远地可以听见人的咒骂和狗吠。几只灯光在田野上扫射，像是一道网朝我们扑过来。我们一动也不动地伏在沟渠边上，气喘如牛，浑身汗湿，脸上身上全都沾满了泥土。

没过多久，那些灯光就渐次熄灭。人声也消失了，狗吠也停止了，好像一切都没有发生过一样，田野上浸润着白沙似的月光。我和父亲坐在沟里，等到我们的呼吸都喘匀了，就扛起葡萄往回走。我们扛着那袋葡萄回到车里。父亲跟妈讲了我们的遭遇，他惊魂不定，添油加醋地吹起牛来，说我们差点被人抓住，非常惊险。妈感到后怕。没过多久妈就开始用市价计算着这袋葡萄可以换多少钱，这又是一笔额外的收入。

我们每天都辗转各处，打一枪换一个地方。虽然我们的收获时多时少，比如说屠宰场附近的水沟，就让我们几乎一无所获。也有在鱼塘旁边的沟里，有过几只篓子里挤满了鳝鱼的辉煌战绩。但卖的钱始终没有超过第一天。鳝鱼的价钱在逐渐下跌，鳝鱼贩子也不再用那种离谱的价钱收我们的鳝鱼了。我的父母面对每天下跌的价钱，感到非常恐慌。总有一天，鳝鱼的价钱要跌回到原来的水平。我们得抓紧时间，多弄一些。根据父亲的分析，附近的地方可能不大行了，我们要去远一点的地方。那意味着要烧更多的油，花更多的时间。

　　有一天，我们的车开到了广阔的田野上，一望无际。田地里种着各色的瓜果蔬菜，以及大片大片绿油油的麦地。傍晚吹着凉爽的风，这地方让我们心潮澎湃。父亲觉得这里很像我们的老家，也这样开阔，也这样种满了果蔬。我们都坚信今天会有一个大大的收获，我们是开了几十公里路来到这里的。我们早早就出发了，一路上这里看看，那里看看。我父亲每到一个地方，就下车察看水质，如果有污染、化肥农药的包装袋什么的，就赶紧换地方。父亲对水质的要求很高，得是那种水要看着黝黑，淤泥肥厚，但是又不能有臭味的水沟。

　　我们晚上停在河边，那里有一排房屋沿河而建，一字排开，和我们乡下的房子也大差不差。我们就在门前的河边下鳝鱼篓子。天色微微发灰时，我在河边闻到一阵阵柴火燃烧的味道，还有炒菜的味道。那种味道，只能是油菜籽压榨出来的香油或者是猪油才会有的浓郁的香味。

　　下完篓子，我回到车上。父亲过了很久才回来，他看到了一栋房子，和爷爷乡下的房子差不多一模一样。天色灰黑，我们在车上吃完了饭，打算四处逛一逛，去看看父亲说的那栋房子。屋顶上的青黑色瓦片，门口木制的大门，连门口停的拖拉机，还有发黄的春联，就连墙边结的丝瓜藤都差不多和老家一样。我们站在那栋房子跟前看了很久，后来下起了雨。父母回到车上去了。我继续在雨中漫步。我听到路上有一个苍老的声音在喊一个孩子的名字，叫他回家吃饭。那声音一直传出去很远，和空气中飘荡的牛粪气味混合在了一起。

　　爷爷的房子是长条形的，进门是一间堂屋，里面摆着红色的八仙桌和四条长凳，靠角落有个鸡笼，每天傍晚，那些鸡就从外面回来钻进去睡觉。清晨四五点起来打鸣。墙上挂着一张我爷爷父亲的遗像。正对着大门的墙上是一幅祝寿的画，上面有寿桃和玩耍的孩童，以及福寿绵延的字样。堂屋两边各有一间房。左边的一间是我太奶奶住的，她是我爷爷的母亲。她是个矮小的老太太，满头的银发用一根发箍别在脑后。她对我非常严厉，不许我到处乱跑，一到晚上没有看见我她就在门口喊我的名字。她从村这头一直喊到那头，直到我听到她的喊声。每天睡前，她都要调她的机械手表。她在油田领一份退休金，是个富裕的乡下老太太。油田里还能榨出油来，从那些被承包的棉花田和炼钢厂，沿着柏油路一直往北走，远远地就能看到几个不停地点头的钻井机器。继续北上，路面越来越破，两旁都是高大的水杉。到了油田，马路十分平整宽阔，房子都有六七层高，刷着明亮的黄色，但已经层层剥蚀。那里的小孩穿着打扮都很洋气，说一种口音软糯的普通话。太奶奶的房间里摆着酒红色的柜子和桌子，床脚处有个帘子遮住的小门，里面的房间里供奉着观音菩萨，案前的香火永远都不熄灭，看上去阴森可怕。供菩萨的香案下方有一只很大的罐子，里面放着过年时做的米糖饼。每次我去拿米糖饼吃，都要盯着菩萨看，迅速地掏出一两块饼，飞快地逃出去。我太奶奶供奉观音菩萨的原因，是因为她就是本地的"菩萨"，能替人消灾驱邪。她有一项绝技，能引鬼上身。那场景十分吓人，就在那间狭小的供奉观音菩萨的小房间里给人作法。有一家的媳妇夜夜做噩梦，像是被鬼拍了脑袋，求太奶奶给她驱邪。那家的媳妇是村里的恶妇，不仅打老公，还揍自己的婆婆，在外面勾三搭四。我太奶奶自然不愿意替她驱邪。但她声泪俱下地求太奶奶，说恶鬼天天上门，如果不救她，她要活不下去的。我太奶奶勉强答应了。太奶奶恭敬地给菩萨上了香后，点燃一张薄薄的黄纸，快要烧完时扔进一碗清水里。太奶奶手上抓着几根筷子，放在那碗水里，开始招魂，嘴里念念有词："南来的北往的，请问您是不是张老汉？是的话，请您站一站哟。"她松开握着筷子的手，筷子倒了。张老汉是这家媳妇的爸，已经过世好几年了。"请问您是不是刘公爹？是的话，请您站一站哟。"筷子又倒了，也不是刘公爹。这是媳妇婆家的老祖宗。"请问您是不是刘老汉？是的话，请您站一站哟。"几根筷子稳稳当当地立在了碗里。那个"摸"了媳妇头的，原来是她的公公。我太奶奶又烧了一道纸钱，开始请死去的刘老汉上身。在那间供奉室里，只有微弱的烛光照亮了太奶奶的脸。突然间，她浑身颤抖，发出一阵凄厉的声音，叫人毛骨悚然："个砍老壳的，剁八块的，家门不幸哪，娶了这么个恶婆娘。我死了以后，她就好吃懒做，懒得抽筋，气得婆婆要跳河，她还勾三搭四，叫老公做王八。老子做了鬼也要回来掐死她，每天晚上都要来找她……"她在痛骂那个遭鬼"摸了头"的媳妇，骂得刻薄极了。这可不是她在骂，是她身体里的那个鬼魂在骂。那家的媳妇跪在观音面前，面如死灰，使劲地磕头，嘴里念叨着："我会改的，我会改的。"一直骂到上气不接下气，太奶奶才停下来。她恢复了自己声音，烧了一叠黄纸，气喘吁吁地对那个媳妇说："可以了，把你的公公送走了，他怨气太大了。我叫他不要再来了。"那媳妇回去之后，人也醒事多了，就再也没有被鬼"摸"了。右边的一间房，原本是我父母住的，现在他们都不在家，变成了叔叔婶婶住。我叔叔是村里著名的赌徒，小赌怡情的高手。他就是有那样的本事，永远只玩那么小，几块十几块钱，但极富激情，每次坐在牌桌上，都像是在赌身家性命一般。爷爷管教很严，即便他已经成年了，仍然会当众训斥他，但他总是有办法过得舒舒服服的。相反，我父亲就不行，常常被爷爷呵斥得噤若寒蝉。婶婶长得很漂亮，她的眼睛和所有人的都不一样，是淡蓝色的。她父亲是一个贩粮油的商贩。她还处在没有"看穿"我叔叔不可救药这一本质，对他言听计从，对生活也尚且感到满意的阶段。从堂屋往里走，有一个常年没有灯的漆黑的小房间，那里修了一个有半人高的巨大池子，用厚厚的木板盖住。上面堆放着谷风车、犁、锹、铲子、锄头一类的农具。再往里走，走廊两边没有砖瓦，左边种着一棵非常大的葡萄树，把四方的狭小天空遮住了，大家都在葡萄树下刷牙洗脸。葡萄种得并不好，每年结出来的葡萄都很少，味道也很酸。右边稍微宽敞一些，靠墙角有一棵粗大的水杉树，还有一具被盖住的空棺材，不知道是为谁准备的。最里面是厨房，这是整个家里最大的一间房。靠门口的地方，有一只茶缸，里面一年四季灌满了三皮灌叶子煮的茶，红褐色的茶水略有甘甜。茶缸再右边一点，是爷爷奶奶的卧房，从窗户那里能看到外面的那具被盖住的棺材。厨房左边是一个铁质的洗脸架，上面摆着印了"囍"字的陈旧的脸盆，再左边一点是修起来的一个大池子，里面高高地堆满了棉花梗，用来烧饭。角落里是砖头搭起来的灶台，灶台上有好几个洞，一个大洞上放着非常大的用来炒菜的铁锅，顺着灶台里火的大小，里面还有几个洞上放着烧开水的锅。厨房正中央摆着一只矮小的四方桌，红色的油漆已经剥落，露出原本木头的

颜色，渐渐被油污覆盖，已经看不出来是什么颜色。我的爷爷
常常坐在东边，让我坐在他身旁。他脾气很暴躁，饭桌上的规
矩很多。我吃饭的时候，右手拿筷子，左手要扶着碗，如果不
扶着碗，也必须放在桌子上。如果我把手放在桌子下面，他就
发脾气，眉毛倒竖，露出嘴里的一两颗金牙。每到过年前，我
的父母也回来了。我穿上他们给我买的那种踩在地上就会发出
各种颜色的光的新鞋子，在房子里跑来跑去。在爷爷的带领下，
全家人都在忙活。他们做鱼糕，把鱼肉捣成糊状，切成一块块
的，盖上湿麻布，放在锅里蒸。出锅后的鱼糕香味四溢。卤的
鸡鸭鱼肉冒出来的蒸汽把整个厨房搞得起了雾。邻居和亲戚们
在大雾里若隐若现，进来又出去。奶奶头上包着头巾，用筷子
在肉上戳孔。他们抬来一块圆形的有凹槽的石头，那凹槽十分
圆润，把锅里蒸好的糯米倒进凹槽里，用一根光滑的木棍捣起
来，每个人都争先恐后地去抢那根木棍，要在那石槽里杵上几
下。糯米变成了粘连的一团，捣好了以后，捞出来放在桌子上，
等它慢慢变硬。切开后，就成了一块块的糍粑。熬糖稀的时候，
灶台旁边围满了小孩。满满一锅煮沸的糖水慢慢变成半锅糖浆。
用筷子搅上一团，那丝可以拉到一人高。小孩子们人人有份，
一人手里拿着一根筷子，舔上面的热乎乎的糖稀，比着从嘴里
拉出的丝的长短。锅里炒着大米，等米一粒粒膨胀起来，便盛
在一个簸箕里。大人们在桌上摆好一块块长条形的木板，里面
凹陷了大约一两厘米深，他们把炒好的米倒在里面，然后淋上
浓稠得像胶水的糖浆，而后再用一块同样大小的木板使劲按压。
最后，将糖浆和炒米按压后形成的长条形糖米饼倒在案板上，
用刀切成一块块的。厨房最角落处有一扇小门。开门出去，外

面是泥地，左边一个砖瓦搭建的小棚子，里面放的全是稻草和棉花梗，用来引火和喂牛。右边有一个猪圈，围墙上的水泥已经变得灰黑，上面覆盖了青苔，砖缝里长了不少蕨类植物。猪圈里头也搭着一个小房檐，用来给猪遮风避雨，吃饱了喝足了，它们就在那屋檐底下睡觉。再后面就是一个茅坑，圆形的，边缘上还修了三个蹲坑。屎尿堆积了大概有数十年了，气味浓郁，是浇灌菜地的好肥料。再后面就是菜园，在一小片竹林的掩映之中围着一道用竹子编织的围栏，和别人家的一道，连绵不绝。打开一个用木棍和竹子混合制作的小门后，后面就是一望无际的菜地。一望无际的菜地后面是几栋荒废的厂房和宿舍楼，还有一家炼铁厂。菜地被柏油路隔成两半，另一半有一摞摞的小土堆，那是村里的坟地。大年三十，吃过年夜饭，便走到路边的商店里买鞭炮和纸钱蜡烛，三五成群地走到坟堆去。带着满身的酒气，去拜上一拜，再磕几个头，放上几串鞭炮，在轰鸣声和弥漫的硝烟中穿过菜地回家来。爷爷田地很多，除了种点萝卜白菜和豆角的田，走上堤坝，外面一大片也是爷爷的田地。夏天种西瓜、油菜，也种绿油油的麦子。在门前，有一个小棚子，里面养着一头牛，它撒起尿来没完没了，可以尿上一整天。门前的那条路十分宽阔，因为都是各家的晒谷场，都是泥巴地，但每天早上都会用竹枝编成的扫把清扫，十分平整干净。不过一下雨就变成了一地的烂泥巴，有车驶过时压得泥泞不堪。一到天气放晴，地面又恢复了平整和干净。门前经常有一些卖橘子的拖拉机经过，那时各家各户门前都晒着稻谷，便用稻谷换苹果和橘子。还有一些骑马照相的人，他们骑着一匹黑色的高头大马，从门前经过，吆喝一阵。把小孩放到马背上，照一张相片五块钱，但很少有人愿意出这个钱。每到农闲时，村头必定有戏班来搭台唱戏。那儿挺热闹，他们在空地上搭起台子。到了日子，各个村里的老少云集于此。我的姥姥是个铁杆戏迷，每次都带着我去看戏。我们一人提着一只小板凳，去空地上看戏。她对我极为严格，等到了戏台跟前，她便完全对我不管不顾了。戏台上除了打斗的场景，其他那些哭哭啼啼的部分难以吸引住我。我和那群小孩在人群里钻来钻去，去找外面卖棉花糖的、卖橘子汽水的和卖甘蔗的。爷爷经营着一家大米加工厂，就在河对面。每天早晨六点不到，就有人在窗户前喊他。外面的人不是骑着三轮车，就是推着板车，上面堆着满满一车用蛇皮袋子装着的稻谷。稻谷倒进加工厂一人多高的机器里，过一会儿，就变成白花花的大米，淅淅沥沥地落到蛇皮袋里。大米厂里常年弥漫着谷壳粉碎后的灰尘，有时候阳光照射进来，那些飘飘荡荡的谷壳粉末就变得纷纷扬扬，落到地上黄褐色的厚厚一层。爷爷的打米厂不收钱，大多数时候都是用那些稻谷壳来抵，稻谷壳在打米厂的另一边，被继续研磨，变成粉末，成了糠，可以喂猪，也可以拿去肥田。那个铁皮色的旧机器换成了新的高大得多的打米机器，差不多要顶到房顶了。新机器里有几个红黄色的小球，机器抖动的时候，小球就在里面跳舞。打米厂对面是一家理发店，小小的一个屋子，里面有两把椅子。那原先是一个老头开的，后来换成了他带的一个女徒弟，大家都叫她旭伢子。旭伢子长相秀气，剃头手艺很好。她原本喜欢我的赌徒叔叔，我叔叔呢，对她还是感兴趣的，主要是为了省点剃头的费用。时间长了，我叔叔并没有想娶她的意思。有心人便替她做媒，寻一个靠谱的男人，找了一个在村里和我叔叔打过架的男人，剃头姑娘不喜欢那个男人。我的叔叔听说那个下三烂都不要她，为了争口气，他也不要。后来，她嫁给了一个老实巴交的年轻人，据说过上了幸福美满的生活。我爷爷总让我和他剃一样的发型，就是小平头。每到天热时，爷爷就拽着我进理发店。我爷爷不理发的时候，就去刮胡子。他躺在椅子上睡上一觉，旭伢子熟练地刮去他脸上的泡沫，睡觉睡醒了，胡子也刮完了。以前，理发店的墙上光溜溜的，旭伢子接下店子后，墙上开始贴上一些新奇的留着染烫发型的美女图片。店里的业务也越发广泛起来，除了剪头发、刮胡子，她还带着几个小女孩，都是她的徒弟。店里生意越来越好，店面也越扩越大，可旭伢子并不满足，想去外面再学点手艺回来。店面关了两个月，可是两个月后，店门还没有开。村里人过年的时候都很想念她的手艺，女人们都要体体面面地烫个头发过年。可是，理发店关了门，大家只好去镇上做头发。直到第二年开春，她才顶着一头波浪形的卷发回来，据说这就是城里最新潮的发型。她是回来和她的男人离婚的。大家都非常惊讶，觉得她完全变了一个人。别人问她手艺学得怎么样啦，理发店什么时候回来开张呀？旭伢子只是笑呵呵地说，她在城里要学的太多了，而且，她打算多学点东西，在城里开一家店。大家路过桥边那家门头已经开始长草的理发店时，总是会说起她的手艺和她那个老实巴交的男人。桥的另一边有两家商店。原先只有一家商店，在柏油马路对面。暮色降临时，爷爷坐在门口乘凉，常常差遣我去给他买烟，芙蓉牌香烟，三块五一包。他只抽这一种。后来，马路这边的一户人家也开起了商店，而且生意越来越兴隆。这家的女儿嫁给了一个外来的泥瓦匠，准确地说是泥瓦匠嫁给了这家的女儿。这泥瓦匠是个跛子，长相却很秀气，不怎么爱说话，对于别人的玩笑他只会露出灿烂的微笑。泥瓦匠是个娶不到老婆的光棍。那家人把自己胖胖的，在村里嫁不出去的女儿嫁给了他。泥瓦匠十分感动，一心想为他们家盖一座新房。那是一件挺轰动的事，那家人马上就把原本破破烂烂的房子给扒了。原先的院子里有一棵高大的桑树，夏天上面挂满了桑葚，小孩们常常爬上去采桑果，现在也给锯掉了。他们用拆来的砖去给女婿盖新房。相当长的一段时间里，他们住在门前搭在河边的帐篷里，但也有一台电视机。在他家，收看电视节目完全民主，由多数人的意见决定，而且以孩子们为主。因为那家胖胖的女儿现在怀了孕，原本就喜欢和小孩玩耍，现在就更喜欢了。那里成了小孩们的乐园，一到晚上，挤满了看动画片的孩子们。他们的帐篷搭了很久，因为盖房子的钱不够，便一点点地盖，先是打了地基，然后是砌梁。起初大家都认为这很可笑，每次路过时便纷纷笑道："你们的房子什么时候盖好呀，孩子快生了吧，孩子出生之前能盖好吗？"泥瓦匠总是笑呵呵地说："能。"但孩子生了以后，房子还没个雏形。砖头只是一个劲地往上堆，几乎全是他一个人在那忙碌，有时候会有几个亲戚熟人帮着忙活一阵，差不多用完了拖拉机拖来的几堆砖头后，大家便四散而去。钱用完了，工程就又停工了。大家便纷纷打趣："你家的房子什么时候盖好呀？孩子都出生了，学会走路了能在新房子里玩吗？"泥瓦匠还是乐呵呵地说："能。"在他们的孩子刚会走路不久，房子终于盖上了瓦。房子里面空空的，墙上地上都只糊上了半边的水泥。这位女婿不仅盖了楼房，还盖了一间车库。大家都不知道这是干什么用的，每次路过时都七嘴八舌地议论。有人说是这牛棚，但是离家太近了，人和牛住在一起，太可笑了。有人觉得是猪圈，但到时候家里气味一定十分难闻。后来，当女婿说是车库时，大家都嘲笑他说，那你的车呢？没有车要车库做什么用呢？泥瓦匠只觉得他从前做的房子就是这样，别人都有车库，他们也得有。他们家紧挨着柏油马路，便突发奇想地开始卖几样小东西。慢慢的，因为他们一家人和和气气，而且价廉物美，生意慢慢也就做了起来。泥瓦匠把商店交给胖女人打理，自己仍然四处去盖房子，做着泥瓦匠的活儿。他们家旁边的柏油路边总是堆放着几块大石头。我经常蹲在那些石头上，眺望从国道上下来的人。我的姥姥经常在暮色中喊我回家。

雨越下越大。等我回到车上的时候，父母已经睡着了，打着很轻微的鼾声。树梢背后的天空不时划过一道道闪电。

这场雨下起来没个完，一连下了半个多月，每天都下个不停。雨水让我们的鳝鱼事业受到了巨大的打击，一个晚上下来，连油钱都不够。有时候雨下得太大了，我们就干脆不出门，在家里待着。我们住的地方，头顶上的瓦片也不严实，总是漏水。我们还得在地上摆上盆和桶去接水。一整夜，盆和桶都发出叮叮咚咚的声响。连绵的雨水把月光下被照亮的气氛冲刷得荡然无存，我们又回到冰冷的现实中来了。这时候，父亲烦躁不安："这样下去不是办法。我们不能一直这样等雨停。"

外面下着大雨，父亲执意要我们出发。他把车开到一个很偏远的地方，这里比我们平时去的地方要远得多。我们早早地就出发了，但几乎到天快黑时才在路边停了下来。借着车灯，我看到路边有成片的池塘和水沟，雨水在公路上溅射着水花。

父亲下车举着手电筒四处看了看，抖了抖雨衣，满意地说，就是这里了。

我问，这是哪？

父亲也说不上来，我也没来过。

我们把工具从车上搬下来，一人拎了几蛇皮袋子的篓子，分头行动。在雨水中提着那一堆篓子，感觉非常的沉重，而且很冷。我花了很大的力气才挨个把它们下到路边的水沟里，只是由于在下雨，放起篓子来就没那么容易了。等我回去的时候，父亲早早就等在车里。四周黢黑一片，是那种真正意义上的黑，只听得到雨水的声音在响。我们的车停在马路边上，熄了火，好半天，黑暗中才有过往的车辆冒出一丝光亮。

父亲烦躁不安，他总想把这些天的损失给补回来。他不甘心在这里白白等着，把车开到江边的一处平坦的草地上，就从车上下去了。过了很久，父亲回来了，你来给我帮个忙。

我问是什么忙？

父亲说，江里有渔网。

我赶紧跟着父亲往江边去，用手电筒扫过去，江面上有一排红色漂浮物。父亲说，看到了吧，这是用船下的渔网，专门捞江里的鱼。你用手电筒帮我照着，我下去看看。

父亲脱得只剩一条内裤，下到水里，顺着那一排红色的漂浮物往中间走。越走越远的时候，父亲消失在了江面上。过了一会儿，父亲浮出水面，他压低声音冲我喊，有鱼，很大一条。他冲我喊，拉网。我蹲下来，抓住绳索把渔网往岸上拉，但网实在太重了，花了很大力气才只拉动一点。妈也从车上下来了，帮着我拉。

父亲发出一声奇怪的吼叫，他被渔网上的钩子钩住了脚。父亲上下浮沉的样子真像是一只被网住的什么动物。我用手电筒帮父亲照亮，雨水击打着江面，像天空上射来的密集子弹。父亲专心地挣脱，一个猛子扎到水里。过了好一会儿，才又浮出水面。他手上抱着一条青黑色的大鱼，从露出水面的部分大致可以猜出那条鱼相当大。

我们三人一起使劲，让渔网向岸边缓慢移动，这样才让那条大鱼随着渔网来到水浅的地方。那是一条非常大的江鲢，被鱼钩钩住了。父亲抱着江鲢，它几乎和父亲身材一般粗壮，挣扎起来让父亲显得很吃力，如果不是被钩住了，恐怕父亲也拿它没办法。我帮着把钩子从它身上取下。父亲兴奋地把鱼扔到岸上，自己也坐了下来，他的脚还在不停地往外冒血。

父亲带着欢呼的语气说，有了这条鱼，今天晚上就算值了。

凌晨一点，我和父亲从车上下来，去找各自的篓子。我提议帮他去收，父亲说不用，说完他就一瘸一拐地走了。

我到了地方，发现水已经漫过了水沟，我下的篓子全都不见了。我伸手去摸，只摸到一把新鲜的碎泥。我打着手电筒找了很久，最后总算找到两个。回到车上，我以为父亲会骂我。等了很久，父亲也没有回来。

我拿着手电筒去找父亲。四下里黑黢黢的，湿滑的草地和湿透的裤子让我感到特别冷。远远的，我打着手电筒发现了父亲，他就坐在河边。父亲沮丧地抱着一个篓子，浑身湿透了，头上身上沾满了污泥和水草，他肯定是跳到河里摸篓子了。涨水涨得太厉害，我们的篓子被水冲走了。我过去扶他，父亲瘫软成一团，怎么也拉不起来。

第十一章

我们下鳝鱼的事业完蛋了。现在，我们差不多破产了，但我父亲很快就从沮丧中恢复过来了。他是一个挺神奇的人，似乎没有什么能够将他击垮，他很快就发现，这样也没什么不好，因为他终于可以出去开货车了。

"我们再换一个生意做，肯定是能够赚到钱的。"妈对此充满信心。

父亲暴躁地吼道："当时是怎么说的？说好了没有什么好的生意做，我就出去开货车。这话是谁说的，嗯？"

但妈似乎并不想认账，并且还决定叫她的兄弟姐妹们来帮忙说服父亲。

我父亲知道那么多人要来劝阻他，气得浑身发抖："他妈的，你又来这套，是不是？又他妈的来这套。他们来干什么？这是我们自己的事啊，用不着别人操心。"

他恨不得把妈痛打一顿，但他不敢动手。妈的兄弟姐妹们这几天就会杀到，到时候若是看到妈被揍得鼻青脸肿，父亲自己肯定是要遭殃的。他骂骂咧咧："操他妈的，为什么要别人来商量我们家的事？你到底和谁是一家？嗯？你脑子有问题，他妈的，我去开个货车还需要商量？简直是笑话。"

"那是因为你没有自己的想法。"

"我没有自己的想法？"

"你有什么想法，你说说看？"

我父亲激动得喷射口水："难道开货车……"

他还没说完呢，妈就轻蔑地哼了一声。父亲极其憎恨妈轻蔑地哼那么一声，那简直叫他五内俱焚。父亲拿起一个暖水壶使劲朝墙角砸去，水壶炸开，热水飞溅。他发了狂，抢起拳头四处乱砸。但妈不为所动，她知道自己赢了，而且父亲绝不敢朝她动手。

那一天还是来了，各路亲戚齐聚我们家，除了舅伯、小姨、舅舅，还有诸葛叔叔和其他人。他们兴师动众，大兵压境，把我们现在狭小的房子挤占得水泄不通，对我父亲形成合围之势。有的人根本没有落脚的地方，只好站在门口，或者坐在门外的椅子上抽烟。

妈忙坏了，她到处去拿板凳和椅子，让人有个坐的地方，但凳子还是不够，她挖空心思地把水桶倒扣过来，在上面垫上干净的纸壳，才勉强让每个屁股都有了归宿。妈很兴奋，因为大家为了我们的事情全都来了。她喜欢家庭聚会，希望别人经常来我们家玩，大家聚在一起是一件多么愉快的事。妈本质上是个喜爱热闹的人。她关心亲戚们的婚丧嫁娶，关心小孩们的学习，操心别人的婚姻和事业，为别人的幸福和幸运而激动，不仅仅只是礼数周到而已。如果我们的日子不是过得这样差，大家也会经常来我们家串门的，像当初我们还在超市送货时那样。可是后来，我们到处搬来搬去的，有的人甚至都不知道我们现在住在哪里。

我们的亲戚聚集在家里，即便连坐的地方都没有，他们也能说出点溢美之词："这里环境真不错啊，门口还有一条河。"

这算他妈的哪门子的不错呢？我想不通。

大家七嘴八舌地提出各种各样的建议，五花八门，每一样都会给我们带来转机。

比如舅舅就提议："为什么不去试试学做窗帘呢？那也是门不错的手艺。"

小姨反驳说："应该做点简单的事，他们年纪大了。"

接着大家就开始举出各种成功的例子，谁谁谁做这个赚了大钱，谁谁谁做那个买了好几套房。

所谓众人拾柴火焰高，一时之间，我们的选择太多了。妈被这些突如其来的好点子弄得晕头转向，她很感激这些亲朋好友为我们出主意。她乐观的精神被激发得越发高昂。

但父亲丝毫不为所动。他早就厌烦了，每一样听起来都很有前途，每一样都通向成功，可最后都是差不多的结局。他恨别人来干涉我们的家事，每个人的好意只会让他恼火。可是，他在别人面前从来不表达自己的想法。由于我们的境况不好，因此父亲说话的声音很小，含混不清。他很少在外人面前表达自己的观点，每当别人提议一番之后。我父亲总是含糊地说："哦，我再想想，我再想想。"

他们全都是妈招徕的，妈让渡出了一部分尊严，来换取别人的帮助。而这正是我父亲恨她的地方。

在这个过程中，舅伯一言不发。他双臂抱在胸前，看看这里看看那里，听听这个说再听听那个说。他显得很从容。我们听说，他又要发财了。

舅伯终于开腔了："这个年纪去开货车？不是一个好想法。你年轻的时候注意力都不够集中，还把车开翻过一次。现在这把年纪再出去有个什么意外，他们母子俩怎么办呢？眼下机会这样多，又何必非要去开货车呢？"

在他们的想象中，我父亲已经车祸身死，而我和妈只能流落街头。一个完整的家庭再怎么样都谈不上悲惨，日子总能过得下去。如果一个家庭破碎，将会给每个人带来麻烦。他们搞不懂我的父亲脑子里在想些什么东西，连最浅显的道理都不明白。

"你想不想去炼黄金啊？"我的舅伯终于开口了。

这瞬间，房子里的所有人都发出了一声："啊？"

虽然舅伯的声音并不大，可站在外面抽烟的人也一下子钻进屋里来。

"去山上炼黄金。"舅伯说。

我父亲的脸上浮现出了笑意："黄金？"

我知道父亲笑不是因为他有多么高兴，而是"黄金"这两个字本身让他不由自主地做出了这个表情。父亲原本心怀怒火，嫌弃他们多管闲事，打算顽抗到底，坚决要去开货车，谁都阻拦不了他。

现在，他被突如其来的黄金打了个措手不及。

"是啊，去学炼黄金。从矿石中提炼黄金，这是一门技术。天天和黄金打交道。工资待遇这个我说了算，绝不会亏待你们。如果黄金产量高，还能有提成，年底还有分红。"

我父亲只看得见实在的东西，比如说技术。开货车就是看得见摸得着的技术，炼黄金也是如此。只要是技术，对父亲来说就是稳定的饭碗，是靠谱踏实的事。在所有的技术门类中，炼黄金大概是最特殊的那一种了吧。

就在此时，许多亲戚纷纷围住了舅伯，责怪他是如此偏心，有这样的好事，却不想着他们。

"还没开始呢。"我的舅伯说。

而且，其中的原因有许多。舅伯的那位合伙人让他放心不下。配方已经有了，钱也已经到位了，现在就差慢慢试验，直至炼出黄金。

"等到时候炼出来了，你们都可以加入进来。"

这个时代就是这样，有无数的机遇，但只有那些站在高处的人才看得到。

舅伯拍了拍我父亲的后背："你以后可以天天和黄金打交道。你们有多久没有见过黄金了？"

妈的首饰全都抵押出去了，我们家里连一根黄金毛都没有。

大家全都笑了起来。在那间逼仄的房子里，每一个人都在笑，笑得快要合不拢嘴了。就连我父亲，一想到他的工作是每天和黄金打交道，他郁闷发愁的脸上就仿佛被金灿灿的光芒照亮，接着他露出了比黄金还要灿烂的笑容。我感觉我们那破烂的小房子，一下子被某种光亮照射得热烈且灼人。每个人都笑得停不下来。

至于我，他们另有安排。我的叔叔听说我曾经做过车床工，想要我去跟着他混。我们一家人就这样分散了。

差不多三个月后，我的父母就回来了。听说我父亲炼出了黄金。当我回家时，看到我的父母惊魂不定，犹如惊弓之鸟。

事情看来并不简单。

炼黄金的地方在山上。那里有挺难得的一块平整地，矗立着一座厂房，旁边有一排搭建的平房。这是原先的一帮人在这里干了几年后留下来的。从山上看下去，小镇就在脚下，远处的城市变成了沙盘模型。这里用水很不方便，菜也要从山下带上来。

舅伯带他们去的时候，跨越好几个省，才来到这里。小朱总像一只猴子一样，蹦蹦跳跳地跑来迎接。他早一天来，喂了一夜蚊子，身上全是红点。他满脸疲惫，但精神饱满。他是舅伯的合伙人，还不到三十岁，很想干出一番事业。他个子很高，为人谦虚、和善。他是含着"金汤匙"出生的，受过很好的教育，没吃过什么苦。他做过一些项目，但都没有做成，有一种极其想要证明自己的干劲。他非常冲动，我的舅伯只是稍微提议了一番，他就马上拿出了一笔钱，愿意去学这门技术。速度之快，让舅伯感到很惊讶。舅伯觉得事情没有这么容易，他还得思虑周全，才好开展。但小朱总催促他，做事不能瞻前顾后，思来想去，最后什么也干不了。我的舅伯被他的热情搞得哭笑不得。

事情就这样迅速开展了。舅伯认识懂炼金技术的人，负责炼黄金的外围工作，包括审批手续。小朱总去学技术，并且拿到了配方。才学了几天，他就声称自己学会了。他信心满满，立刻买好了设备，又让我的舅伯大吃一惊。我的父母刚去，设备就送来了。这套设备价格不菲，对于像小朱总这样的人来说，钱不是问题。

小朱总志得意满，要把控各个方面。白天，他说起话来滔滔不绝，畅想未来，气势宏大。这里天气恶劣，搞不好就会下一阵雨，但缺水洗澡和晚上刮风吹得屋顶上叮叮当当，却让他胆战心惊。小朱总娇生惯养，他在晚上的那副胆小的样子，和白天那种睥睨一切的傲气形成了巨大的反差。啊，这个小朱总，真是个混蛋。他明明是在装可怜，博得我父母的同情。可我的父母却一点也没看出来。就因为他长着一张天真无邪的脸，和他优越的出身。他一旦变得软弱，马上就激起了我父母的同情。可他们又有什么资格同情别人？

他的房顶被风刮走了，我父亲竟然在大半夜冒着大雨给他补房顶。他只需要表现出一副十分感激的样子，就让我的父母感动得不得了，觉得他心地善良，觉得他知恩图报。呸！在那样恶劣的环境中，他倒是挺懂生存的策略。只需要扮出一副什么都不会，什么都很困难的样子。我的父母就立刻愿意为他排忧解难，他们为自己能帮到他感到非常快乐。他们说自己这样做，是因为小朱总人很年轻，总是让他们想到我。想到有一天我出门在外，遇到了难处，也希望会有人这样帮我。他们可真是糊涂得不行，这个世界可不会对穷人的儿子这么友好。

我的父母多么贴心哪，他想吃什么妈就尽量换着花样给他做，即便买菜是那么困难。我父亲对他更是少见地亲切，因为他很依赖父亲。这使我父亲感到非常自豪，他觉得有钱人也没有什么了不起的，到了这样的地方，甚至像个婴儿一样。他对待自己的儿子有没有这般贴心？这究竟是个什么样颠倒的奇怪世界？乱七八糟，一坨狗屎。

小朱总肩不能扛，手不能提，什么粗活儿都干不了。他对这地方估计不足，以为马上就能炼出黄金，之后，他就可以远远地站在那里，看着工人们去干活了。可是，遇到像洗澡都不方便这样的小事，他的精神就要垮掉了。他不能忍受自己蓬头垢面的样子，身上有味道更是叫他恼火得不行。他是跟着我父亲学会往肩膀上扛东西的，觉得非常有趣，这可比提着抱着靠谱，连连感慨劳动人民的智慧。这说明小朱总是一位懂得生活疾苦的人，愿意亲自做一些下贱的力气活儿，品行那是没得说。那一袋东西可真不轻哪！

白天他们开车去买碎矿石，一袋袋地用车运回来。可是，黄金却一点也没有炼出来。矿石在倒入硝酸和一堆配方之后，水里浓烟翻滚，让人直流鼻涕眼泪。待反应过后，再去查看，一粒金子也没有。反复试验了几天，还是一无所获。啊，我们可怜的小朱总陷入了沮丧的情绪。

每天晚上，外面刮着山风，屋顶发出隆隆的声音，小朱总就吓得不轻。他的命是那么金贵，比黄金要金贵一万倍。如果再像之前那样，差点被屋顶砸到，可如何是好？他可不想死在这样一个鬼地方，更不想以这样的方式死掉。他爱惜自己的生命，稍稍有什么危险的活儿，就让我父亲去。我父亲倒是很乐意替他跑腿。他对待我父亲，那叫一个客气、礼貌、亲热。在那样的环境中，人想要活得舒服，真是什么话都舍得说。我父亲沉浸在一种顶天立地的自我幻想之中，巴不得为他当牛做马呢！

妈呢，她还总结了小朱总身上的优点，认为这是有钱人家培养出来的气质，是一种优秀的标志。她觉得我也应该向这种气质靠拢，去学习进步。倘若我也能像小朱总一般，那她就可以省不少心。她见过的世面不多，每每看到优秀的人，就要让我见贤思齐。

黄金炼不出来。小朱总容颜憔悴，彻夜不眠。一个有志气有雄心的人，就应该是这副模样。我的父母甚至还夸他，即便这样，他也没有放弃。啊，他们简直对小朱总有一副慈爱之心。小朱总见我父亲每天喝了酒呼呼睡去，就给我父亲买了好几箱酒，自己也学着我父亲那样喝起酒来。他这样担惊受怕下去，可不是办法。山下没有什么好酒，想花钱都没地方花。他只好跟我父亲喝一样的，喝完倒头就睡。我父亲对于小朱总跟他一样十几块钱一瓶的白酒，感到他是多么的节省而低调。

小朱总断定是配方出了问题，他匆匆赶去学技术的地方。那里肯定不承认是他们的技术有问题，明明东西都一样，为什么却没有炼出来。如果继续学，还得交一笔学费。小朱总很爽快地掏了钱。

他回来的时候，成为了一名专家，对什么东西的使用都要称一称，严格配比。他还带回来几件白色防护服、防毒面具、手套、鞋套。

我的父母整天受他的指示，一会儿要多倒点矿石，一会儿要少一点水。硝酸这类化学物品，一大桶一大桶的，他提都提不动，而且也很危险，就让我父亲去扛起来倒。他站在旁边像个交警，指挥一切。倒！停！继续！停！倒！好！

在那座山上，小朱总双手不住地挥舞，我的父母跟随着他的手势和喊声，跑东跑西，忙得团团转。但我的父母毫无怨言，因为小朱总是那样的亲切，让他们甘愿听从他的指示。他们觉得他像个孩子一样。

有一天，浓烟滚滚之后，小朱总欢呼起来，他宣布自己炼出了黄金。像粉末一样，极其细微，也极其稀薄。他喊来我的父母，但他们都没有看见黄金。妈眼睛没那么好，看不出个所以然。我父亲不置可否，他先说没有，后来他看了看小朱总说，好像是有。他不确定。小朱总言之凿凿，必是黄金无疑。但这显然和我的父母想象出来的黄金的样子大相径庭。他们看不明白，但也非常高兴。

他们迅速通知了我的舅伯。我的舅伯在电话那头也相当激动，他马上赶来。但那也得一天时间。小朱总封存好了那一桶水。接着，他们加紧继续炼起来。即便忙活了一晚上，仍然没有像之前那样的结果。小朱总略有遗憾。但我的父母仍然看不出来有什么差异。

小朱总决定放一天假。在等待舅伯的时间，小朱总决定带我的父母四处去看看。他们自打来了这里，还没有好好看一看周围的风景。四周风景可称得上秀丽，小朱总给我的父母讲喀斯特地貌，讲他去过的风景胜地。他滔滔不绝，见多识广，很乐意把他自己的见闻讲给我的父母听。

我的舅伯看了，他也有点拿不准。但他的双眼已经发光了，他相信他们马上就能炼出黄金了。舅伯给大家带来了好酒，小朱总迅速地喝醉了。

我的舅伯把父亲叫到山崖旁边，山风很大，脚下是万丈深渊，远处的城市灯火迷人。舅伯十分激动，压低声音询问父亲炼金的整个流程和配方都记住了吗？我父亲很得意，这活儿一点也不神秘。

舅伯让我父亲盯紧小朱总，看看有没有什么秘方没有让我父亲知道的。我父亲断定，绝无可能，每天的流程都很固定。

我的舅伯对于炼黄金另有计划，倘若炼出了黄金，他决定把小朱总踢出去，他们换一个地方去炼金。像这样的地方，还有几处。他有一些朋友听说舅伯炼出了黄金，全都想要入股。之前，没有黄金是一回事。现在有了黄金，如果能够肉眼看到，那就完美了，我的舅伯就有了主导权。舅伯在和小朱总的分配比例中占比是很低的。要是他自己另起炉灶，一切就完全不一样子，这里面的学问很大。我父亲完全听不明白，只是茫然地听着，很担心山风把他们刮下去。

舅伯的生意遇到了麻烦，如果黄金炼成了，许多问题就会迎刃而解。他的思维早已超出炼金这件事。他们甚至都不需要炼出来多少，只要有黄金，能够看得见摸得着，那么钱就会源源不绝地流过来。没有人会拒绝黄金。他需要解决燃眉之急，他说到了他的儿子，小学还没毕业，他们打算初中就把他送出去留学。他自己就是吃了没有文化的亏，否则他绝不只是现在这个样子。他面容憔悴。我的父亲头一次看到舅伯为难的神色。他岂止是为难，他陷入了巨大的债务困境。黄金成了他的指望。原本，他觉得炼黄金只是个天马行空的臆想，他没有多么认真。没想到真的炼出来了。

他对我的父母可真好啊，没影的事，却把他们先弄到山上来替他打头阵。父亲并没有全听明白，但他至少明白了炼黄金是怎么一回事。风越刮越大，我父亲怕被风刮下万丈深渊，他惊恐地听着舅伯低哑的声音，但什么都听不清。最后，舅伯提到小朱总的时候，我父亲听清了。舅伯说，小朱总不是个做事的人，太毛糙了。你们就当是来陪他玩的，让他玩高兴就行，我看他对你们很满意嘛。他投的那点钱对他来说，连根毛都不算。

至于我父亲，以后可以占技术股，成为舅伯新团队的核心人物。他什么都不用干，只需要在放配方的时候出一下手，这个技术不能让那些工人知道，然后就可以安心去睡觉啦。

这背后满满的算盘，打得我父亲胆战心惊。我父亲从未像那个晚上那样，站在比许多人都高的山上，在风口被山风吹拂得浑身颤抖。

过了好些天，黄金了无踪影。小朱总感到自己被那帮教人炼黄金的给骗了，肯定是哪里出了问题。他每天闷闷不乐，茶饭不思，睡也睡不好。他变得像我父亲一样暴躁，我父亲反而非常平静。

小朱总再次杀奔教炼黄金技术的地方，可是那里已经人去楼空。他这才明白，自己是被人骗了。小朱总面色苍白，无比气愤。可是他不甘心，又试了两天，还是什么都没有。他感到精疲力竭，决定下山去休养几天，在山上他根本睡不着觉。他要好好想想，想清楚该怎么办。

我父亲想回去，既然炼不出黄金，那么大家就各自回家算了，他不想再在此地浪费时间。但是小朱总请他一定帮忙看着设备，他过几天就上山来。如果到时候仍然炼不出来，他自会送我的父母下山。我的父母就留在了山上。没有了小朱总，他们没了主心骨，对山上的一切都充满了恐惧。一闲下来，他们就要吵架。没办法，他们得等小朱总回来。白天，他们闲得发慌。妈鼓励父亲动手炼一炼，反正是炼不出来，试一试嘛。没有了小朱总的指挥，他们的活儿干得十分笨拙，父亲不停地埋怨。他凭着记忆往里面倒化学物品，倒到一半他拍了拍脑袋，问妈这个我倒过吗，刚才？

妈哪里记得呢。父亲骂骂咧咧的，后悔自己动手炼黄金，可是事情已经干了一半，他只能硬着头皮继续。

等他们准备把矿石倒进容器里的时候，父亲看着手上落满灰尘的蛇皮袋子，充满疑虑："不对啊，这半袋矿石哪来的？这不是我们买的啊。"

妈说是在房间里找的，还剩下半袋。她以为是没用完存放在那的。

父亲暴跳如雷："他妈的，什么石头都能随便拿吗？妈的，万一爆炸了怎么办？万一设备搞坏了怎么办？我们赔得起吗？他妈的，你要害死我们啊。"

他们都尽量离得远远的，躲到远处的房间里，透过窗户往外看。浓烟升腾而起，比以往更加迅猛，简直像要爆炸。我父亲嘴里念叨着："完了，完了，完了。"他冷汗直冒，激动得快要晕倒，祈祷千万别爆炸。那一堆设备可不便宜，我们根本赔不起。炼不出黄金也就罢了，现如今还要赔上一大笔钱。

浓烟翻滚之后，一切回归平静。我的父母不敢上前，又等了半个小时，父亲才小心翼翼地凑上前去。妈看到父亲站在过滤桶跟前大声尖叫。她以为父亲出事了，连滚带爬地跑过去，连手指都磕破了。他们看到泡在水里的矿石之间流动着丝丝缕缕金黄的沙粒，缓慢地往桶里流去。它们在我父亲的描述中完全变成了另一副样子，那些金黄的颗粒自己会发光，金灿灿的，光芒耀眼，刺得他们睁不开眼睛。它们不断地往前流淌，源源不断，仿佛黄河之水，泥沙俱下，奔腾不息，汇聚成黄金的河流，流到另一个桶里的时候，又成了金黄的瀑布。最后，足足有小半桶黄金！我的父母狂喜不已，电话告知小朱总，让他那张郁闷得像茄子一样的脸沾一沾这金黄的喜气。小朱总在电话那头发狂了，大喊大叫，简直快要疯了。

他们又通知了舅伯。舅伯在电话那头简直难以置信，他也叫喊起来，声音大得快要把手机震碎。

黄金在天上舞蹈，命令我们尖叫。

舅伯马上冷静下来，询问父母当时的情况。父亲完全变成了一个结巴，声音颤抖，兴奋得喉咙发紧，说起话来磕磕绊绊，一句正常的话被他讲得像梦呓。我的舅伯很恼火，让妈来说。可我妈也说不出个所以然来。舅伯强压着怒火，耐着性子让他们用支离破碎的语言拼凑出完整的经过。

这么说，黄金是你炼出来的？

我父亲激动地说，嗯啊嗯啊，是的是的，是。

我的舅伯急匆匆地赶来，和小朱总进行了一场不可能达成一致的谈判。舅伯目的很明确，要和小朱总分道扬镳。小朱总气愤极了，眼泛泪光，对我的父母大声咆哮，他妈的，你们就是为了骗那个配方的吧。我他妈怎么一开始没看出来呢？他妈的，你们可真他妈的会伪装啊，他妈的，我真是个傻逼。我对你们不好吗，你们为什么这样对我？你们这家人可真不是东西。

我的父母心都要碎了。被人骂成这样，妈哭了起来。我父亲简直想找个地缝钻进去。舅伯把我的父母接走了。他们走的时候，小朱总正在摔东西，他骂骂咧咧的："妈的，老子自己一样可以炼出来，快给我滚，妈的，滚！"妈用来做饭的锅被砸了个稀巴烂，父亲的白酒被摔了一地，舅伯的车也让他砸了好几个凹坑，挡风玻璃也裂开了。小朱总最后坐在地上号啕大哭，像个孩子一样鼻涕眼泪一大把。我的父母很担心小朱总，他一个人在这里怎么生活呢？

他们辗转去到南方的另一个省，同样是在山上。条件可比之前那个山头好多了，他们租下了一座大厂房，住宿吃饭用水用电都十分方便。苦熬了半个多月，我的父亲怎么也炼不出黄金来。他自己心里很明白，他炼出黄金根本就是个意外，走了狗屎运。让他重新再来一次，他根本没可能炼出来。他毫无头绪，整个人都陷入了狂躁的情绪中。大家全都指望他呢，许多钱已经来到了舅伯的手上，更多的投资正在赶来的路上。所有人都心急如焚，火烧火燎。我父亲惊恐万状，整夜整夜地失眠。他无法承受眼前的一切。虽然他成了团队的技术核心，成了所有人的指望，每个人都拿他当神一样供着哄着伺候着。我父亲的称呼已经从师傅变成了总，这些张总陈总都管我父亲叫马总。但他一点都享受不起来，感到非常害怕。他没日没夜地想黄金，双眼里全是血丝，走路都摇摇晃晃，看着就要被黄金压垮了。他精神恍惚，说话颠三倒四，口齿不清，看到人就感到慌张。

妈不忍心看到我父亲这样，再这样下去，我父亲会死的。他请舅伯让我们回去，可是那么多人的钱都捏在舅伯手里，怎么能这样轻易放手。那些人也不肯就此罢休，他们鼓励父亲再试试，继续试一试呀，说不定马上就能成功呢，就差一步了，就像当初那样，加油呀，伙计！他们鼓励的眼神和急切的语气让我父亲直冒冷汗，浑身打战。

我父亲是在一个下雨的深夜彻底垮掉的。那天晚上，那些老板们恭敬殷切地向我父亲敬酒。我父亲已经快喝醉了。他们说起小朱总，说他喝酒开车出了意外，掉到山下去了，生死不明。我父亲听到这个消息，变得狂躁起来。他大口大口地拼命喝酒，一个人咕嘟咕嘟地喝了大半瓶白酒。之后，他把酒瓶子摔在了地上。他掀翻了饭桌，狂吼乱叫，喷射着口水，操这个的妈，操那个的妈。大家都慌张地问他想干什么。他大声号叫："我想死，我想死啊。"

他冲出房间，往山崖边上跑去。大家怕他掉到山下去，纷纷上去追他。我父亲身手挺灵活，谁也追不上他。父亲像猴子一样，四处乱窜。最后，他在准备翻越山崖边上的围栏时，被众人捉住，按在了地上。

第十二章

我父亲回家之后，变得非常狂躁。虽然，我们几次三番地告诉他，小朱总其实并没掉下山崖，他只是喝多了撞到旁边的树，人一点事也没有。但我父亲不为所动。

他坚决要出去开货车。妈建议父亲在家休息，找机会做点小生意。我父亲一听到小生意就怒火攻心："妈了个逼的，老子就算是死也不做生意，他妈的，别再跟老子提什么狗屁生意。"

他完全发疯了，把家里折腾得鸡飞狗跳，东西被他砸得没有一件是好的。他十天里只有一天是正常的，每天都怒火中烧。他听不得一点点动静，谁要是吵到他睡觉，他就暴跳如雷。他恨这个，也恨那个，恨不得烧了租来的破房子，恨不得打死我和妈。

他觉得所有人都居心不良，想要来害他。

他把妈的头往墙上撞，对她拳打脚踢。我再也忍不了了，朝他的脸捣了一拳。父亲毫无防备，摔倒在地上。他变得清醒了一点，愣了好一会儿才缓慢地爬起来："唉哟，婊子养的，你敢打老子？"

我一定要杀了他。

父亲朝我扑过来，他想捉住我，但我挣脱了，右手冲拳，砸在他的眼睛上。我又朝他的肚子猛踹了一脚。父亲痛苦地倒在地上打滚。妈赶紧过来拉住我，哭得声嘶力竭："啊啊啊，小狗卵，快停手，停手。你怎么能打他？他是你爸爸呀。"

父亲并不甘心被我打倒在地，他捂着眼睛站了起来，脸上有一丝诡异的笑容："刚才是老子没有防备，再来啊，小崽子。"

我和父亲扭打起来。房间里的东西让我们砸了个干净，家具也东倒西歪，床也翻了。房子都快要被我们打塌了。邻居们纷纷跑来拉开我们。

我从家里跑了出来，但没地方可去，只能四处游荡。我们的亲戚得到消息，纷纷赶来，欲杀我而后快。丧心病狂，竟敢打自己的父亲，还是人吗？我们的亲戚对我展开了大追捕行动，一旦落网，他们就要把我大卸八块。他们安慰我的父母，就当我已经死了，就当他们没有生过这个儿子。

我鼻青脸肿，躲到一处公园，那里树木茂密，还有一个荒废的游乐场。当时我并不觉得疼，但躺到椅子上时浑身疼得要命，就连呼吸都像是在往喉咙里倒辣椒粉。我用身上仅有的一点钱买了一盒止疼药。

我在一家餐厅里端了一个月的盘子，那里管吃管住。老板看我年纪小，做事也勤快，对我挺照顾。只是他发工资的时候十分抠门，要压一个月的工资。我找了个理由预支了几百块钱就走掉了。

我回到家的时候，发现我的父母已经搬走了。肯定是因为我和父亲的打斗把房子砸了个稀巴烂，房东不愿意再租给他们了。暮色中，我隔着窗户看见里面住着一家三口，男的三十来岁，打着赤膊在喝啤酒；女的二十多，穿着睡衣，还有一个扎羊角辫的小女孩。两个大人在说话，小女孩想要加入，但没有成功，只好发出尖叫来引起注意。在我们住过的每天都阴云密布疾风暴雨一般的房子里，竟然也会有这样风平浪静的生活。

可我的父母搬到哪儿去了？我们的家在哪呢？

我给妈打了电话，才找到我们新搬的地方，家里只有她一个人。

"你爸出去开货车去了。"

"那你呢？"

她找了一份工作，在附近一家酒店给人家洗床单。父亲出去之后，她一个人什么生意也做不了，只好找个班上。

每天她要把那些床单、被套扔进洗衣机，之后再吃力地从洗衣机里拽出来拧干。妈工作的地方很阴冷，大冬天的，手指泡在水里冻得生疼。她的手上总是贴着膏药。一个人端那么一大盆床单，让她原先腰疼的毛病又发作了。她总是要干一会儿活，歇上一会儿。她气喘吁吁地端着一大盆床单，把它们晾晒到酒店后面的空地上。一大片雪白的床单在她身后飘荡。

有一段时间我和妈相依为命。她在酒店洗床单，我就待在家里写诗。我写诗很快，一天能写好多首。我信心百倍，打算挣一些稿费补贴家用。可惜，我投出去的稿子全都石沉大海。

妈忧心忡忡："你也不小了，这样下去是不行的，以后靠什么生活呢？我和你爸没有本事，你只能靠自己。写诗是好事，但是不能当饭吃呀，不管怎么样，你要找一份工作。写诗，可以当作爱好嘛。"

我每天一大早就出门找工作。坐着公交车四处看啊找啊，有什么工作是适合我的呢？像我这样一个没有学历，没有一技之长的人，只能干点体力活，比如服务员、保安之类的。不管怎么样，到最后我都会逛到书店或者图书馆里去，在那里消磨一整天的时间。我每天都假装自己在认真找工作，最后却总是充满愧疚地放下书架上的书，从书店里走出来。妈很高兴我每天都在找事情做，她替我操碎了心："你应该去学一门技术，你想学什么？"

我什么都不想学。

我是在街上碰到的李林，多年没见，我还是一眼就认出他来了。他那种好像和所有人都特别友好的劲儿还在。如今，他身穿一身名牌，上衣是阿玛尼的外套，腰上扎着蔻驰的金色皮带扣，看上去精神抖擞，一副年少有为的样子。我是在游戏厅里碰到他的，他的游戏仍然打得很好。我冲他笑了笑，他马上就过来拍我的肩膀："马吉！"

原来他早就认出我来了，只是不敢和我打招呼，担心我不认他这个朋友。

李林问我是不是还在念书，他早已被学校开除，现在在外面做事。我说，我也被学校开除了。李林有点激动："他妈的，我还以为你变成了那种好学生呢！操。没事，早点出来做事，比在学校混日子强。"

他问我现在在干些什么。我说没工作，瞎晃荡。李林说瞎晃荡可不行，一定要做事，不然人容易荒废。他问我为什么不找份工作。我说，不知道干什么好。

李林犹豫了一会儿，神色严肃地问我："你现在是不是那种正经人？"

"去他妈的正经人。"

李林的戒备彻底没了："你果然没变哪。我这有份工作，不知道你想不想干？"

"什么工作？"

"怎么说呢，就像演戏一样。"

我对李林肃然起敬，他竟然在搞艺术："拍电影吗？"

"差不多吧，比拍电影刺激多了。"

李林带我去的是一间毫不起眼的隐藏在居民楼里的工作室，门上贴满了小广告。楼道昏暗，到处都是油烟熏出的黑色污迹。工作室里有好几台电脑，几个染了头发的小青年坐在电脑跟前噼啪敲击键盘，烟灰洒得到处都是。

他问我："会打字吗？"

"会。"

"会就行。"

我的工作就是假扮成女人在网上勾搭那些色欲熏心的男人，这工作挺有意思。老板是个四十岁上下的中年男人，大家都喊他老柳。他的人生经历挺丰富，各种各样的事情全都干过。他精明强干，有着极其旺盛的精力。他强调要以已婚男人为主，这样的男人即便是知道自己上当受骗了，也不敢报警找我们的麻烦，否则他回家怎么跟老婆交代呢？

"不是我们在骗他们，是他们被自己的色心害了，自己走到了弯路上，"老板是个深谙心理学的大师，"你说是不是这样？如果不是他们自己主动勾搭女孩子，又怎么会吃亏呢？这就是人性的弱点，这里头学问深得很。你还小，跟着我好好学，你如果能像我一样懂得人性，我保管你这辈子都不愁发不了财。

这才是这个世界上最高级的发财路。你要明白，我们靠什么挣钱。我们靠什么挣钱啊？"

他用鼓励地眼神看着我。

"靠骗。"

老柳哈哈大笑："他妈的，糊涂！我们怎么能叫骗人呢？我们靠的是人性的弱点。你换个角度想，我们是在为他们的老婆惩罚他们。一个结了婚的男人，家里好好的老婆不搞，却想搞别的女人，这样做对吗？我看不上这种人，还想家里红旗不倒，外头彩旗飘飘？哈哈，以为自己是刘德华？觉得自己风度迷人？可笑得很。我们也算是替天行道了吧。好让他们吃亏了，不敢再在外面乱采花。这是一件大功德。"

他整天胡说八道，自吹自擂，把黑的说成白的，白的说成黑的。他一面鄙视这类人，另一方面做得比任何人都过火，我们的那几个女演员，就是那些出去应付上钩男人的人，烦他烦得要命。他自诩懂得人性，但他确实没什么魅力。他长得有点丑，嘴唇肥厚，性欲旺盛，逮到机会就要去突袭她们。大多数时候都没得逞，她们对他十分鄙视，清楚地知道他的德性，没有人愿意跟他睡觉。通常他喝了酒之后，兽性大发，在女孩们的化妆间里上演一番追逐戏，摸她们的大腿和屁股，桌椅翻倒，化妆品洒了一地。那些女人也不是好惹的，她们虽然穿着暴露，但一个个都像披了盔甲似的，英勇善战，抓着手包和手边上的东西往他的头上砸，对他大肆辱骂。

"不要脸的东西，"她们小心警惕地一边化妆一边瞪着他，"滚蛋。喝了点猫尿就撒野？再他妈闹，老娘不干了。"

他不敢真的霸王硬上弓，之前他吓到了一个女孩，那个女孩就把他的脸抓花了，第二天再也没来。这行招人并不容易，更何况是那种机灵的，能说会道，能言善辩，能装会演，对付男人有一手的，更是稀缺。他缺人手，所以开玩笑的时候还是有一些分寸的，这就是为什么他能成为一个老板。但他很难抑制住自己的冲动，他觉得自己妻妾成群，她们全都是他的后宫，他可以像皇帝一样，宠幸这个宠幸那个。他的那种作风，就好像自己是纣王似的，游荡在酒池肉林。

对此，他也有一番歪理邪说："又有哪个男人不想这样呢？"

他了解她们。他当面和她们打闹，这是他和她们搞好关系的方式，也是他放松的方式。他招她们的目的就是为了对付男人，如果她们是那种任人摆布的人，他的生意就没法做了。每当他闹得精疲力尽之后，就倒在沙发上或者地上呼呼大睡。那些女人也都不是省油的灯，她们知道他想要耍酒疯，常常和他打闹一通，趁他睡熟了把他身上的钱摸出来瓜分干净。那些女演员对我印象还不错，偶尔抽两张红钞票塞给我："拿着，不拿白不拿。"

她们管这叫"见者有份"。

对于她们掏他的钱这件事，老柳从不生气，好像是专门揣着钱来奖励给她们的，让他体验一把帝王般的享受。这是他的方式，要搞出一点派头。

一开始，我不太会和人聊天。我没有这种天分，老板告诉我，这是一份工作，把自己当成女人，女人的优势是什么呀？得会撒娇，要让那些男的心痒难耐，觉得自己特别幽默特别有魅力，好像光芒四射似的。

"好的聊天是什么？就是要直击对方的要害，要明白他想要什么。但是,你不能轻易让他们得逞,不能说他想要什么,你就得答应。人都不是傻子,答应太快对方马上就明白这个事情不简单,你可能就被人拆穿了。你不能答应得太快,也不能太慢,要巧妙,设置一点障碍,让他们觉得你可以搞到手,又不能马上搞到手。这样就能上钩了,很简单的。"

关于我们这个行业,他很有洞见:"你想想,你陪他们聊那么久,把他们夸成了他妈的花一样,让他们感觉自己简直是个了不起的人,难道不需要收费?看心理医生多少钱一个小时?我收的费用也不比心理医生贵多少嘛。哈哈哈,你说对吗?"

他可真是会胡说八道。

很快,我就领悟了其中的奥义,只要你一直夸对方有魅力,对方就会一直滔滔不绝地说起来。我还会不失时机地夸他事业好,人品佳,有才华,重情义,懂生活,能说会道,有气质,有本事,身份地位高,总之魅力十足,极具内涵。

我每天不停地敲键盘,和那些色欲熏心的人在网上周旋。但是,每成功一个,我都有提成。只是我年纪小,老板每个月给我发的工资只够日常的花销,他替我把钱存着,等到过年的时候再一起给我:"你年纪还小,有了钱也攒不住。在我这里,你吃住都不花钱,你的工资我给你攒着,到时候风风光光地回家去过年,交一部分钱给你妈,给你爸买条烟买件好衣裳,也算是混得有模有样了。跟着我干,肯定不会让你吃亏的。"

在这方面他确实没有骗我,我要买衣服鞋子什么的,他从来不吝啬,虽然这也是我的钱,他会扣除这部分的支出。他在这方面挺精打细算的。但他不让我手上有多的钱,觉得那样我迟早要养成乱花钱的坏习惯，还可能沾染上不良嗜好。我们这行钱来得快去得也快，工作室里的那几个染了头发的小子，工资很高，但每到月底都要借钱度日。老柳不希望我也变成那样的人。我问过李林，老柳当初也是那样对他的。差不多有大半年，他都替他攒着钱。这是在他这里干活的规矩。

我把那些被我聊得欲火焚身、欲罢不能的蠢蛋们引到我们设局的咖啡馆和酒吧。我常常拿着一张写满了聊天重点的纸，跑休息室去交给那些女孩。她们负责去接待那些倒霉蛋，和他们把酒言欢，让他们乱点一些没有标价的酒水饮料。等到要买单时，原本几百块的东西，瞬间价格翻番，变成好几千块。那些人意识到自己上了当，但是为时已晚。我们的服务员都是些混混，凶神恶煞地将他团团围住。那些人大多数老实巴交，只能哑巴吃黄连，乖乖付钱走人。

我工作很认真，也很细心周到。我会把聊天中的重点标记出来，比如对方的兴趣爱好和那些我们的女孩出去应付时一旦提及对方便能会心一笑的字句。不像那几个黄毛，随随便便把人勾引来了之后，就叫我们的女孩去接待。结果没多久，女孩们就气呼呼地回来了。她们被识破了，因为聊天的语气和见面时说话的语气太不一样了。许多聊天内容女孩们压根不知道，被对方一问，就露了馅。那样的情况下，谁也不会是傻子，根本不会到咖啡馆里去。

我和休息室的女孩们混熟以后，常常模仿她们的腔调和那些人聊天，让她们去见面时不会和网上聊天时差别太大，起码不会被人立马识破，有时候还会让对方喜出望外。我聊天的时候耐心十足，倾听那些色鬼，适时地加以鼓励和夸赞一番。有一个包工头因为和我聊得十分投缘，等到我们的女孩去和他见面时，他差不多已经爱上了我们休息室的女孩，还一连去了好几次咖啡馆。

这件事让我在休息室很受欢迎。她们都叫我导演，因为我懂得为她们量身打造角色形象。她们不用像以前那样，只是随便坐在那，简单地点几杯茶水饮料，骗个茶水钱之后，再匆匆去会下一个上钩的客人，一晚上赶上好几场，但始终赚得不多。现在，她们一次收到的钱，是以前的好几倍，甚至是十几倍。这让她们不需要一天接好几单，只需要接上一单，甚至几天一单就已经足够了，而且更有意思。

她们挺配合我，提前认真地看我写的重点信息，注意要用什么表情，哪几句话要反复地说，什么样的身份需要搭配什么样的衣服。之前，她的衣服全都非常暴露，脸上的妆也特别浓厚，夜场气息浓厚。现在，她们也会化点淡妆，穿上居家的长裙，虽然看上去有点不伦不类，但整个形象显得和聊天内容相符合，因此看上去比较真实。尽管她们不是很愿意，但赚得确实比以前多了。

大家的收入都水涨船高，但我始终没有见到过钱。我身上揣的零钱，一直没有超过 20 块。只有在我需要花钱的时候，老板才从他鼓鼓囊囊的钱包里抽出几张零钱递给我。他斜靠在办公桌上，用笔写下支出的数目。我一直没有问他我挣了多少，对我来说那是一串数字，但我感觉到那是一大笔钱，它在我的脑子里有很大一摞。到时候我想给自己印一本诗集。我写了那么多诗，少说也有上百首了。如果能拥有一本诗集，那么我就是真正的诗人了。

休息室的女孩们对我很关照，每次我去休息室，她们都会朝我大呼小叫，因为我能帮她们赚到钱。加上我年纪小，她们都爱跟我开玩笑。她们见我的目光总是盯着她们圆滚滚的乳房，还有浑圆的臀部、光洁修长的大腿，就调侃我是个小处男。她们豪爽得不得了，把我的脑袋按在她们软绵绵的胸部上，闷得我喘不过气来。

她们跟娇弱一点都扯不上关系，力气都很大，有一次她们把我按在沙发上扒我的裤子。我原以为是件享受的事，但她们差点把我拉成两半。我又气又恼，最后落荒而逃。尽管我已经到了性欲蓬勃的年纪，但这些女孩让我提不起兴趣，她们实在是太粗野、太豪迈了一些。

我每天在网上愚弄那些色鬼，感觉比挣钱还开心。这些人模狗样的家伙，道貌岸然的家伙，都有着体面的工作，豪华的住宅，有的还有受人尊敬的地位。一想到这些成年人被我耍得团团转，我就兴奋得要命。

我聊天的时候什么人都会遇到。有一次碰到一个大学教授，是个教古典文化的，现在叫国学。在知道我是个十几岁的处女之后，他显得格外激动，表示要教我保护好自己，免得被人骗了。现在外面那些男人坏得很哪，他们一个个为了和小姑娘睡觉简直不择手段。他知识渊博，说起话来旁征博引，引经据典。既然这样，你就得激发他的那种保护欲，或者说，一种像老板说的那样，我必须要先给他一个投入到故事里的机会。这就是一个小圈套。我编了一个故事，说有一个男孩对我穷追猛打，但我觉得他十分幼稚，看不上他，可是呢，他长得又有点帅气，我很难拒绝他。教授听闻之后，苦苦地劝我一定要和那个男孩子保持距离，一定要守住自己的底线，应该把第一次留给值得的人。他上当了。言下之意，他可能是那个值得的人。在这个过程中，你得继续诱敌深入，勾起他的欲火，表现出对他的儒雅和风度十分着迷。接着，得设置一个小波折。我是这样设计的：当我告诉教授，那个男孩子亲了我，教授气得不行。他发来一大串的文字，说我自甘堕落。

我抽着烟，扣着脚皮，手指猛敲键盘回复教授，表示我认识到了错误，意识到那个男孩是个小骗子，衷心希望教授能帮助我认识自己，我想学好，想变得更好，我想找到自我。

教授果然大段大段地引述过去那些贞洁烈女的种种事迹，告诉我，我只是犯了一点小错，知错能改善莫大焉，以后可不能再见那个男孩了，一定要洁身自好。教授那心急如焚的语气，仿佛我是他的女儿一般。他完全走进了我编造的小故事，这可真他妈的有意思呀。我向教授保证，我以后绝对不会再理那个男孩了，连看都不会再看他一眼。

事情必须要继续向前发展，我对教授说，我又没忍住和那个男孩见面了，他还摸了我馒头一样大的胸部。教授气坏了，他头一次毫无风度地辱骂我是个小荡妇，不知羞耻。我弹了弹烟灰，抠了抠鼻屎，把鼻屎揉成一个球弹出窗外。我酝酿了一下情绪，在键盘上敲击，啊，我是个渴望爱情的人，我渴望一个成熟的男人的指引之类的屁话。我从小没有父亲，我渴望遇见一个父亲般的男人，他风趣幽默、知识渊博。可惜，我只能生活在那些没有文化的人群里，犹如深陷泥淖，无法自拔。

教授表示如果我愿意的话，他可以亲自教导我，指引我，做我精神上的父亲。我不太明白什么是精神上的父亲，大概就是凭空而来的爹。我还是个未成年人，多么需要一个视野开阔的人来为她指出人生的方向。我本以为这位教授除了能解答我的困惑之外，并不会像别的男人那样猥琐卑劣。教授崇拜女性，更加崇拜少女，说她们是造物的奇迹，是天生的预言家，他认为少女是"永恒的"。

要敢于去冒险，去犯错，成长就是这样。我认为他说得非常对，有时候我完全丢掉了自己在扮演的角色。我有许多问题需要这位教授解答，他也十分乐意帮我答疑解惑。教授上知天文，下知地理，古今中外的名人事迹和传说故事信手拈来。只是每次，他都要关心我的身体，比如我的脚是否娇小可爱，我的屁股的形状更像蜜桃还是苹果。不仅如此，教授对我胸部的尺寸和柔软程度十分关注，他反复地询问我："像馒头那样大，也像馒头那么软吗？"

我让教授亲自来感受一番，自己动手摸一摸，是否娇小可爱，是像桃子还是苹果，是和馒头一样软，还是比馒头更软。

我对这位教授产生了很大的好奇，我把教授关注的点写在纸上，交给休息室的女孩。我告诉她，教授买单的时候，别忘了告诉他一句话。这次，我很想去咖啡馆见一见这位教授。

我坐在离教授的座位不远的地方。夜色降临之后，教授终于出现了。他身材高大，风度翩翩，满头银发，戴着一副银框眼镜。年纪却不过五十。他看起来严肃、刻板，充满了学究气。他有些紧张，这洞穴一样幽深、艳俗而且昏暗的环境让他深感不安。教授的眼睛似乎很难适应这样的环境。他不停地四处张望，充满戒备，随时准备抽身而去。

我看到他转了几下，惊慌失措地退回到门口。之后，他又一次鼓起勇气走了进来。等到他终于作出了决定，已经过了将近十分钟。我感到非常好笑，他那副样子，真是獐头鼠目。我们的教授在门口逡巡徘徊，最后才终于坐到了我们的女孩对面。从我的座位看过去，他整个人非常惶恐不安，一点也没有了那种高谈阔论的架势。

教授没有对他眼前这个涂脂抹粉的女孩产生很大的疑问，因为她符合我在聊天中设计出来的形象。一个无依无靠，用尽方法和手段全力去生活的人，身上都会带有冷漠、疏离、倔强，而且看上去比实际年龄要大上许多。我们的女孩，无一例外全都具备这些特质。大家得挣钱，得拼命地挣钱，才能活下去。与其说是我设计的角色形象说服了教授，还不如说是生活本身的粗粝和捶打说服了他。

我们的教授对这种力量一无所知。这样的环境，让教授没有心情想奶子的事。我们的女孩占据了主动。教授对眼前的女孩产生了浓厚的兴趣，开始注意倾听从她们喑哑粗俗的嗓门里迸发出来的声音。我们的女孩则在桌子底下使坏，脱了鞋子，用那只穿着丝袜的脚撩拨教授。果然，教授胃口大开。我们的女孩要喝酒，教授就点了许多酒。他进入了一种观察者的模式，开始认真打量眼前的女孩。她的身上有他非常匮乏的野性和那种直截了当的劲头。教授兴奋起来了。我偷偷地看他的脸，也许是性的冲动，也许是某种发现的惊喜让他双眼放光，或者两者兼而有之。在听女孩说话的时候，他还试图去模仿女孩的表情，那种狠劲，在他自己的职业生涯中可能派得上用场的轻蔑和愤恨的眼神。

不过，几杯酒下肚之后，情况开始发生变化。酒精让教授开始逐渐适应环境。他的坐姿放松下来，随后他掌控住了局面。我们的女孩在知识层面上哪里是教授的对手？面对着数百名听众，教授都不会怯场，更何况只是一个女孩。现在，他开始谈笑风生，风度翩翩起来。我们的女孩也很聪明，马上装作很崇拜的样子，因为教授点的酒越来越多，是金钱而非知识让她高兴起来。这让教授信心大振，越来越有气派。

教授开始变得从容起来，有心情关心起奶子的问题了。他的眼神不断地流连在女孩的身上。我们的女孩挺上道，建议教授坐到她的旁边来，因为店里的音乐声太大，她听不清教授带有磁性的声音。

这样一来，教授终于可以亲自体会到那是怎么样的一双乳房啦。他颤抖的手就这样摸到了那对奶子。

我们的女孩像我教的那样问教授，像馒头吗？

教授诗意迸发，像棉花糖或者是云朵。

我们的女孩像我教的那样，把手伸到自己的内衣里，拿出里面的胸贴，一只一只地摔在教授的脸上，一共摔了六只。现在，我们的女孩向教授展示了一番她平坦的胸部，就走掉了。教授完全看呆了，愣了好半天。

我在座椅上笑得上气不接下气，这可真是太有意思了。

我成了老柳的得力干将，一个人的业绩抵得上别人三个。他也和那些女孩们一样讨好地叫我导演。他送了一辆摩托车给我，作为奖励，好让我踏实地为他卖力。虽然如此，可他还是没有给我发工资，坚持要给我攒着。只是我想预支一点的时候，他比以前出手要大方。我暗示过他好几次，想知道我到底挣了多少钱。老柳一直都不肯透露，只是说不少。我的每一笔提成，他都记得很清楚。他要等到年底再给我。那应该是很厚的一沓钱。

可是，有时候我会对这份工作感到有点怀疑，尤其是当我看到那些老实巴交的人，穿着打扮很朴素的人，言谈举止很木讷的人，被我们的人逼着给钱的时候那满脸通红十分惊恐的脸时，我感到心里像被什么扎了一下。

深夜我躺在床上的时候，内心充满了罪恶感，那一张张脸不断地浮现。可是，明明是那些人不对呀，我不过是替他们的家人惩罚他们罢了。

半年时间眼看就要到了，我马上就可以拿到我的钱，然后回家。我想带妈去医院看看她的腿，她总是舍不得花钱去医院。

一天，我和李林正在窗户边上抽烟。

李林问我："马上要拿到钱了，准备去干什么？"

"回家。"我说。

"回什么家啊导演，你在这里干得这么好，老板又很器重你。再干几年，攒一大笔钱，想买车就买车，想买房子都可以啊。"

我说："我没想那么多，够我带我妈去看病，够我出本诗集就行啦。"

李林突然示意我不要出声。他往下指了指，楼下有好几个人影在走动。那条巷子整个就像垃圾场，是街坊邻居们抛撒垃圾的地方，也是我和李林丢烟头的地方。巷子里臭气熏天，常年没什么人走动。一下子来了这么多人，让李林很警惕。

李林压低声音说："注意听动静，如果有人敲门，我们马上就跳下去，绝对不要犹豫。"

我和李林飞快地蹲在窗台上，下面全是沤烂的蔬菜叶子，臭味弥漫，令人作呕。我们在研究怎么从二楼跳下去。

果然，响起了一阵敲门声。李林毫不犹豫地跳进了那一堆沤烂的蔬菜堆，像跳进水里一样，激起一摊恶心的烂菜汁液。他几乎是头也不回地往迷宫一样的巷子里跑。我这才反应过来，也跳了下去。落地的一瞬间，我浑身全是烂叶子，差点被臭味熏得晕过去。我马上跟着李林的脚步，往巷子里窜。拐了几个弯后，我发现李林不见了。他跑得实在太快了。

我一直跑到江边才停下。在冰冷的江水里泡了一会儿，洗干净身上臭得要命的垃圾味。我冻得浑身发抖，两排牙齿不停地打架。他妈的，这叫什么事？我记得我和李林跑出来之前，老柳他们在另一个房间开会。我们来不及通知任何人，就这样跑掉了。老柳被抓了，他给我攒的钱自然也没办法要回来了，那可是一大笔钱哪。不知道为什么，我反而松了一大口气。

我找了一栋烂尾楼，在里面睡了一觉。那一整夜，我觉得自己差不多要冻死了。

第十三章

　　我回家没几天，亲戚们就杀到了家里。他们要把我从家里赶出去，像送走一尊瘟神，免得我再继续待在家里祸害妈，她的日子已经这样艰难了。我是个连自己的父亲都敢揍的小恶棍，没有廉耻和感恩之心。任由我继续下去，再大个一两岁，很难说我会不会养成吃喝嫖赌的恶习，到时候父母会被我折腾得活不下去。亲戚们个个都有先见之明，旁征博引，说这家的孩子是怎么被惯成杀人犯的，那家的孩子是怎么逼得自己父母去跳河的。我们的结局将是家破人亡啊，这差不多是板上钉钉的事。

　　舅舅觉得我有点怪，但他觉得可以理解我。外甥随舅嘛，我身上多少流淌着和他相似的血。舅舅认识许许多多奇奇怪怪的人，三教九流。他始终觉得人有许多条路，正所谓羊有羊的路，马有马的路。他想让我去学点本事。舅舅提到我的品行时，感到很头疼，他硬着头皮说我虽然品行不怎么样，"但是好在年纪还小，才十七岁，是可以救得回来的。"

　　我感到舅舅说出这番话时很没有底气，他不敢保证我以后不会做出什么伤天害理的事。他说我还没坏透，已经是对我的褒奖啦，不能再奢求他把我说得再好一点。

　　舅舅认识一位大师。这位大师来头不小，在气功盛行的时候就已经靠着气功修为名声大噪，他发起功来可以治病救人，甚至隔空取物。他精通天文地理，还会趋吉避凶。后来卖保健品发了家，还办了一家杂志社。那本杂志大家都听说过，其影响力曾经与某著名情感杂志不相上下。

舅舅为我们描述这位大师："人家可不轻易出手，值得他出手的那起码都得是省部级。我还是托了朋友的福，让大师给我看好了颈椎。看病的时候我都没开口，就简单地跟我聊一聊，马上就知道是什么毛病。在我肩膀上，还有头上，还有胳膊上，敲打了一刻钟，我顿时就觉得呼吸顺畅，神清气爽。后来再也没犯过。人家还是搞文化的。我们家里最缺什么？缺的就是文化。哪怕让他去给人家端茶递水，拎包扫地，都能学到很多东西。何况，大师交往的人都不是一般人，去长长见识也是好的。要是头脑机灵，也不见得就没有机会出人头地。"

舅舅把大师说得神乎其神，大家都感觉自己一身的毛病需要去找这位大师瞧一瞧。

大师总是独来独往。我舅舅看出了大师生活上的不便。舅舅很善于观察，头脑精明，他打算见缝插针地把我送到大师身边去学习，如果我能留在大师的身边，那是一定能够出人头地的。

我和舅舅坐了一夜的火车，才终于到达了大师所在的省会城市。这里绵延着古老的城墙，一派古意。我们拎着送给大师的土特产，一路上累得气喘如牛，浑身湿透。希望大师能够感受到我们的诚意。

大师的杂志社在一片老房子中间，如果不是舅舅指出来的话，根本看不出来这里是一家杂志社。舅舅带我登门拜访的时候，大师正在打电话。大师身材高大，体态匀称，穿着休闲的衬衣，光着一双大脚走来走去。大师有着和这副身材不相称的阴柔的嗓音，听起来显得有点怪异。他看起来正准备回绝我们，可是电话一个接一个，一直打了将近两个小时。我和舅舅只好坐在隔壁的办公室里不停地喝水，不停地去厕所。厕所里肮脏不堪，水管往外冒着水，到处都是茶叶和污迹，还散落着几本被撕扯得乱七八糟的书。舅舅带着我蹲在污迹斑斑的厕所里修水管，还把厕所里打扫了一番，弄得洁净如新。

我看到办公楼里到处都堆着书，密密麻麻的，什么样的书都有，书架上全都摆满了。有的地方摞起来一直从地上接到天花板，感觉随时都可能引发一场雪崩。那些书名看起来都很可笑，像什么《喝水就能治好的病》，还有姊妹篇《吃黄豆就能治好的病》。

大师打完了电话，疲惫不堪地坐在椅子上。他在养精蓄锐，陷入短暂的沉默。舅舅向大师推荐我，说我品行端正，肯吃苦，爱学习，把我夸得像朵花一样。大师显得有点不耐烦。

我的舅舅使出浑身解数，还让我表演了一段太极拳。

我打完太极拳之后，大师这才有了一点兴致："你在哪学的这套太极？和我看过的太极都不一样。"

"我在武术学校学的。"

大师"哦"了一下："打得不错嘛。"

我见大师有点兴致，赶紧询问《喝水》和《黄豆》这两本书的作者是谁。我溜须拍马地说："写得真是太神奇了。"

大师似乎有点勉强地应答着："是我的著作。当初这都是书店里的畅销书，可惜后来被人诋毁。"

"竟然还会有人诋毁这样好的作品？"

大师笑了一下："你觉得好？"

我说："是，不仅是好，是非常好。"

大师饶有兴致地问："哦？那你说说，它好在哪里？"

"不是每个人都吃得起药，也不是每个人都能看得好病。我认为这本书里有普度众生的智慧，因为水是生命之源，多喝水对身体总是好的。起码，有很多人生病就是因为喝水喝少了。"

大师板着脸说："驴唇不对马嘴。你不相信喝水真的能治好病？"

我说："我相信。我小时候就有一次生病是喝水喝好的。"

大师笑了起来，扭头对舅舅说："你这个外甥挺机灵。"

舅舅赶紧接话："所以，我想让他……"

他的话还没说完，就被大师打断了："不过，这都是过去的作品了，我不想再提。"

但我分明看到他的桌子上和书柜里塞满了这两本书。

大师开始说起这家杂志社的前世今生。我从大师的口中得知，这本杂志社曾经风靡全国，发行量巨大。这里曾经挤满了办公的人，光编辑就有十几个，现如今哪怕多一个员工，都让大师感到头疼。人越少，大师的职务就越多，他身兼老板、主编、总编辑、编辑部主任等等十几个职位。

这番话说下来，半个小时就过去了。

我的舅舅趁大师短暂停顿的工夫斩钉截铁地说："大师，这孩子非常好学，就让他跟在您身边学习吧。不需要开工资，大师。让他在您这里学习已经是天大的福气了。这里到处都是书，等他把这些书都看完了，出去社会上怎么也不会饿死。您不要他的学费都是好的。"

大师满意地笑了起来："我也不是不给他开，要看他以后的表现。对了，你叫什么名字？"

虽然大师没有给我开工资，但他给了我一个编辑的职位。

我很快就发现我们的《炎黄医典》上发的全是些乱七八糟的狗屁文章，比如如何用水果根治脚气，香灰吞服可治感冒，倒立能否治脑出血，露水熬药是不是比自来水效果更好之类的各种研究。

大师按每篇文章的字数收费，一个字从几块钱到几十上百块不等。一篇豆腐块大小的文章，就可以赚上大几百块。这样一来，我们每一期的印刷费用就给抵消了，不需要再额外花钱。大师来者不拒，谁给钱就让谁发表，谁给的钱多就让他优先发表。

我的活儿很轻松，只需要认字就行。

大师从来不看稿子，他看见那些文字就头疼，而且年纪大了视力很差，根本就没法校对。我们的校对工作都交给了印刷厂，只要没有错别字即可。《炎黄医典》曾经在业界名声赫赫，虽然它现在几乎没有发行量了，但名气仍然让一些散落在各处的医学爱好者为之癫狂。

即便现在江河日下，但我们收到的稿件实在是太多了，多得不得了。那些雪片般涌来的投稿，就是雪花般飘来的钱哪！这些稿件大师连碰都懒得碰，更不用说把它们归置妥当。我们有一个杂物间专门用来放那些寄来的稿件，堆积如山，把房间塞得满满当当。这么多稿件要发表出来，差不多几十年都发不完。但是大师已经收了作者们的钱，他是一定要给作者刊发的，只是有早有晚。他把发表文章的费用收到了十年之后，让许多翘首以盼的作者等得头发都白了。有些老头还没等到文章发表就已经撒手人寰。大师感到很欣慰："又省了不少版面哪！"

　　每个月出刊，对我来说就是一场灾难。我要爬到房间里去翻那些陈年旧稿，稍不留神就会引发一场雪崩，被那些高高的雪堆一样的来稿给埋在里面。往往我在里面辛辛苦苦地找上一整天，都很难找齐他要的稿子。我汗流浃背，身上全是灰，还要被那些从顶上滑落下来的大片稿件砸中脑袋。但大师执意要找出他说的那份稿子。

　　他大发脾气，说我不够用心。

　　"大师，我已经很努力地在找了，就是找不着啊。"

　　大师在办公室里使劲拍着桌子，大喊大叫："这是你的事！别他妈跟我说找不到，我不想听见这样的话！连这都做不好，你能做什么？"

　　"大师，你确定有这份稿子吗？"

　　"百分之百，我虽然年纪大了，记忆力好得很。这个作者我有印象，你好好找。没找到之前别来烦我，我忙着呢！"

　　他纯粹是在胡说八道，其实他一点印象也没有。只是因为作者给他寄来了一大坛野生灵芝泡的酒和一条野猪肉火腿，还有一封信，信里措辞恳切地说，他的稿件已经压了三年了，十分想要发表出来。大师感到那位作者是个虔诚善良的好人，他的文章一定要发出来。大师就是这样，随心所欲，从来不考虑我的工作量，往往我历尽千辛万苦找齐稿子后，由于这样那样的原因又要重新钻到稿纸堆里翻找。

不管我找稿件找得多么难，大师只用跷着二郎腿坐在办公室的真皮座椅上，喝着价格昂贵的珍品茶叶和他的新作进行斗争。我偶尔瞥一眼，发现他面前总是白纸一张。大师写《喝水》《黄豆》的水平如此低下，他能写出什么像样的东西来呢？反正，他就是爱摆出一副装模作样写东西的架势，不许任何人来烦他。

我们杂志社的大门长期紧闭，上面还上着锁。因为大师喜欢清净，许多压了很久的文章作者等得不耐烦了，前来杂志社问个缘由。大师对这些上门的作者十分痛恨："这些蠢货就不能有一丁点儿的耐心？"

等这些人走后，大师就脏话连篇，把气都撒在我身上："我不是告诉过你别让这些蠢货上来吗？"

我分身乏术："我得找稿子啊，大师。"

"那就给我把大门锁了。妈的，别让任何人来烦我！"

大门锁上了，我和大师每天上班只能从后门进出。那是一个很隐秘的出口，紧挨着一家餐厅的后门，那里堆满了泔水桶，油烟像乌贼的墨汁一样喷出来。大师每次进出都要狂打喷嚏。每天都有作者前来讨要说法，使劲地摇晃我们楼下的铁门，又踢又踹的。但我们的铁门非常结实，固若金汤。作者们踹上半天，实在体力不支了才骂骂咧咧地离开。

可是，事情总有意外。有一天，一个壮汉悄无声息地出现在杂志社，手上拿着一根铁钎子，把我吓了一大跳。我们的大门已经上了锁，别人根本不知道我们有后门。他是从哪进来的？

大师闭门不出，他假装自己不在。那个人拿着那根铁钎使劲地砸大师办公室的门锁，眼看就要砸开了。我很担心他真的把大师的门砸开，那样大师肯定要吃亏。

我谨慎小心地问他："有什么事吗？"

壮汉膀大腰圆，络腮胡子，声音洪亮，但说起话来却颠三倒四，疯疯癫癫的。他说自己的伟大作品不能发表出来，是对他的侮辱。他对大师大加辱骂，骂得真是难听啊，祖宗三代骂了个遍。加上手上握着的那根铁钎，狂乱地挥舞着。

我心惊胆战地问他写的那篇文章是什么内容。壮汉马上来了兴趣，脸上浮现出了亢奋的表情，他写的是由哥德巴赫猜想结合唐玄宗的身世之谜，借助了尼采主义、新康德主义和《文心雕龙》《本草纲目》来论证世界医药的源头在中国。

壮汉认为大师心胸狭窄，纯粹是出于嫉妒，所以才不让他的作品发表。他越说越激动，手上的铁钎把我们的沙发扎了好几个洞。这个人完全是个疯子，一边说着一边冲我挥舞着铁钎。我很怕他一钎子戳在我身上。

我灵机一动，陪他一起骂起了大师。我骂人骂得相当恶毒："他妈的，他哪里是什么狗屁大师，他就是个婊子养的……"

我越骂越起劲，真是痛快得不得了。我辛辛苦苦地给大师干活那么久，却一分钱都没有，大师对我动辄打骂，拳打脚踢。我瞅准了他思维混乱，被我说得目瞪口呆之际，继续添油加醋。为了震慑壮汉，我还提到大师的气功，随便一掌过来，就打得我口吐鲜血。大师的气功实在是太厉害了，可是怎么能随便用在普通人身上呢？

壮汉慌张起来："他的气功真的有那么厉害？"

壮汉充满疑虑，手里的铁钎子不由自主、信马由缰、漫无目的地戳着我们的会客沙发，看样子打算戳出个太极图或者别的什么。我赶紧问了壮汉的姓名，告诉他，我对他的名字印象深刻，大师认为他写得好极了，之所以要让他等这么久，完全是因为我们的稿件太多了。众所周知，我们是一家极其严肃的医学刊物。那篇相当优秀的文章，大师喜爱有加，不知道提了多少次。现在，文章马上就要发表出来了，就在下一期，切莫着急坏了事。

壮汉如梦初醒，那双浑浊的眼睛顿时炯炯有神，想不到大师一直都记着他呢。他对大师感激涕零，为自己以小人之心度了大师的君子之腹而无比惭愧。他称赞起了大师眼光独到、提携后进等种种美德。

壮汉走后，大师才风度翩翩地从办公室出来，看得出来他对我的表现有几分满意。但大师对我骂他的那些话却耿耿于怀："你是不是对我没有给你发工资心怀不满，嗯？要说实话。"

"没有的事，大师。我是为了糊弄那个疯子，全都是胡说八道。"

大师将信将疑地点头："不过，你怎么能替我作决定，下一期就发表他的文章呢？你已经想要替我当家了？"

"大师，我这都是急中生智。您也听见了，当时的情况实在是太紧急了。"

大师"哼"了一声，脸上浮现出满意的神色："既然你已经答应了，那就这么办吧。不过，下不为例。你去把他的文章找出来。还有，记得把我的门修一修，锁也要换掉，质量太差了。"

他给了我两张钞票，我只用一张就搞定了，另一张我塞进了自己的口袋里。

虽然我们每天都锁着门，但《炎黄医典》每一期都在正常出刊。印刷完成之后，我得把当期的寄出去。我们的刊物印得不多，差不多也就三四捆，主要是寄给那些作者们，他们等着看到印着自己姓名的一堆铅字呢。

我很快就发现，除了寄给那些作者，我们的杂志压根就没有销路，一本也卖不出去。

晚上我睡在库房旁边的小间里，那里只有一张床。我任劳任怨，也很喜欢和书籍杂志打交道，每天晚上都捧着一本书入睡。

大概是因为我挡住壮汉那件事上表现不错，大师决定把他身上的诸多职位分给我一个。

"我打算升你做编辑部主任。"

"编辑部主任都做些什么呢？"

"做什么？什么都要做，整个编辑部的日常事务都归你管。"

我就这样成了杂志社的编辑部主任。不过，大师还是没和我谈工资的事。不管怎么说，编辑部主任这个职务使我浮想联翩，充满动力。每天一大早，我就把整个杂志社打扫一遍，连地板都要拖上两遍。

原先大师对那些边边角角并不在意。但是，现在他开始吹毛求疵。

大师板着面孔，大声叫喊："主任，你来一下，这张桌子上面的灰尘都不擦的吗？"

我赶紧拿上抹布去擦洗干净。

除此之外，他特意交代我每天都要擦他和那些名人合影的相框，一定要纤尘不染。这是大师曾经辉煌的记录。他大概是想告诉我，他是一个多么了不起的人，让我发自内心地崇敬他。

可是，那些名人们现在也都已销声匿迹，偶尔冒出个新闻，不是死了，就是做了一些晚节不保的荒唐事。

大师拍着我的肩膀："在所有一流杂志社的编辑部主任里面，你肯定是最年轻的那一个。加油干小伙子，前途无量啊。"

大师让我继续努力，有朝一日我兴许能成为主编。那可是不得了的身份象征，在社会上也是得到认可和尊重的。像我这样一个连高中都没有念完的人，只有在大师这里才可能受人尊敬。

上班有忙不完的杂事，下班之后，我就完全自由了。整个杂志社在夜晚全都属于我，我在杂志社里四处寻觅那种激动人心的书来读。虽然好书不多，但是只要找，总是能找到一两本《春宫图赏》《金瓶梅》之类的书。大多数晚上，我因为肚子饿，像老鼠一样在杂志社的角落里翻翻找找。在那些没有上锁的杂物间，有时候能找到一些吃的，比如风干的野猪肉，或者是巧克力。这些都是作者们送给大师的，大师不爱吃的随手就丢在了一旁。

很快，我就对杂志社的物件了如指掌。有时候，我会拿一两捆书出去卖掉换钱。既然我是掌管编辑部的主任，这点权力还是有的，我也得吃饭哪。舅舅留给我的钱，我早就花得七七八八了。况且大师从来不问我吃了没有，反正一到饭点他就消失。再次出现时红光满面，嘴唇边上泛着油光。这个时候，我是多么痛恨大师嘴里喷出的酒气和蒜味。

每到月底，大师都会发脾气："这期就挣了这么点？一期比一期少。再这样下去，我们通通都得饿死。"

　　我说："大师，作者只有那么多，给得起钱的作者那就更少了。"

　　大师大吼大叫："我们的杂志办得这样好，居然快要连饭都吃不上。那些狗屁杂志却可以活得滋润无比，真是没有天理。"

　　我很好奇："可是，为什么他们可以活得很滋润呢？"

　　大师很少见地面露妒意："因为他们被他妈的包养啦，他们是一群二奶。我们的这些同行从来他妈的不用担心生存问题，哪里至于要从作者身上捞钱哪？寒碜！这群二奶每年的经费取之不尽，用之不竭，好酒好肉好吃好喝。每天的工作就是喝酒吃饭，他们谈天说地，搞一搞针灸，精油开背，足底按摩，美女药浴。而我，却要操心怎么样让我们的《炎黄医典》活下去。一家中医理论杂志居然要靠自己艰难谋生，岂不让人笑掉大牙？那帮狗娘养的根本不需要销量也不需要广告，哪怕一本都卖不出去，也能活得脑满肠肥。你捉住他们其中一个人，放在火上烤一烤，保管能接好几桶油。"

　　"他们是被谁包养的呢？"我问。

　　"理论协会。"

　　我说："大师，我们为什么不能被包养呢？"

　　大师一脸诧异地望着我："你说的什么屁话，我还需要他们养着？你给我出去。"

　　我出了办公室，不明白大师为什么要发脾气。

　　过了一会儿，大师又在办公室里喊我。

　　大师语重心长地说："你刚才的话说得很粗俗，理论协会可不是什么包二奶，那可是中医药界的殿堂。你刚才说我们为什么不加入理论协会？以前，我哪里看得上他们。不过今时不同往日，试一试嘛。想一想，协会里那么多的会员，恐怕有上十万。如果每人订一本我们的杂志，我们的销路就不愁了。"

大师把钥匙递给我，让我打开走廊尽头那扇常年上了锁的门。一推开门，我就惊呆了。这是一个挺大的库房，里面全是各种珍藏的酒、补品、人参、鹿茸、虎骨，琳琅满目，看得我眼睛都花了。

我听大师的指示，这里拿一盒，那里提一盒，抱了一大摞出来。大师把我手上的钥匙拿过去锁了门，小心地把钥匙揣进兜里，又拧了拧门把手。

一个果真如大师所形容的脑满肠肥的中年人来到我们杂志社，他装模作样地四处查看，最后才坐在大师的对面："大师，我听说你想加入我们协会？当初我们协会邀请你加入的时候，你可是好一顿嘲讽，说我们是什么来着，茅坑？怎么现如今想不开，也想跳茅坑啦？"

大师满脸堆笑："谁不知道贵协会是殿堂一样的地方，我怎么会说出那种话呢？"

肥肠先生说："大师啊大师，谁不知道你的脾气臭，傲慢得不得了，你这个人吃亏就吃亏在口无遮拦。殊不知，风水轮流转，也有你求人的时候。可是，你得罪的人太多了，现在要加入，就算是我想帮忙，别人也很难答应啊。"

大师恳切地说："我是真的诚心诚意地想要加入协会，只有加入协会才能进步，才能够像鸟儿一样有一个窝啊。我应该怎么办才能加入呢？"

肥肠先生显然被大师打动了："那么，你就应该让人看到你的诚意。"

大师让我拿出许多珍藏的药酒，还有一些珍奇的补品，送给了这位肥肠先生。

肥肠先生提议，由他做东，把那些当初被大师嘲讽过的，甚至辱骂过的人，全都宴请一遍。

我原本以为吃个一两顿饭，事情就可以解决了。可是，大师得罪的人实在是太多了。以至于，我们有很长一段时间都是在酒局上度过的，一个酒局接着一个酒局。我们拿出杂志社所剩不多的积蓄请客吃饭。

大师说："你最近都在哪里吃饭？"

我很感动，大师终于记起了我是需要吃饭的。

"我知道你吃得很差。不是我不关心你，这都是我的安排。从今天开始，你陪我一起出去吃饭。"

大师自己滴酒不沾，陪人喝酒的任务就落在我身上。我就是在这个时候才知道自己其实挺能喝的，什么白酒、红酒、啤酒，通通能应付。我每天都在和人拼命地喝，喝得烂醉如泥，睡在杂志社打呼噜。我白天不需要上班，到了晚上就开始喝酒，喝多少都没关系，因为这是我的工作。真是醉生梦死。我从来没有喝过那么多的酒，还是那么好的酒。

大师让我给在座的客人们表演功夫，可是我已经喝得醉醺醺的了。我就醉醺醺地为那些有头有脸的人打太极拳，表演各种拳法，博得一片喝彩。他们都管我这叫醉拳。

大师有时候也会露个一两手，变几个戏法，什么空桶变活鳖之类的。搞得酒桌上的气氛无比热烈。

不仅如此，很少替人看病的大师，在酒桌上还替他们中的人做过足底按摩。

"你的这个肾还是要注意保养啊。"大师一边捏着臭烘烘的脚丫子，一边说。

"那么大师，要怎么保养呢？"

"你问对人了，我这里正好有个方子，你照这个方子抓药，保管一个星期就见效。"

很难想象像大师这个年纪的人，还能在酒桌上上蹿下跳。他身轻如燕，一跃而起，引起一阵惊呼。大家全被他吸引住了。

大师此刻完全是一副小丑模样，我可不想陪着他一起丢人现眼。我转身就要走开，但大师坚决不让我出去，我得配合他表演呢！他的那些绝招，没了我可不行。我是他的道具师，身上藏着各种各样的小玩意。

每次我和大师在酒局上表演完了回到杂志社，大师都要对我大加指责，他要总结一天的工作。"你今天的表现真是差劲得很！露个笑脸对你来说很难吗？我这么大的年纪都能拉得下脸面，你在那干什么？嗯？要搞清楚别人的身份都是很尊贵的，资深的老中医，中医理论界的发言人，你呢，是个连高中都没念完的毛头小子。别他妈的坏了我的事！还有，我变隔空取物的时候，你为什么往门口走，害我差点穿帮！你要长点记性，这已经不是第一次了！"

我们终于迎来了机会。

肥肠先生告诉我们："中医药理论协会马上要来考察《炎

黄医典》，就是走个过场，不出意外的话，就能通过了。大师，这段时间，你不能再惹麻烦了。多少人想要加入协会而不得呀，多少双眼睛现在都盯着你呢。你要知道，协会最看重的就是不惹麻烦，不生事端，只要你不惹麻烦，什么问题都好解决，你明白我的意思了吗？"

只要加入协会，我们就有钱了。

大师激动得不得了，命令我每天必须要把杂志社打扫两遍。地要擦得光可鉴人，四处散落的书全都要归置妥当，摆放整齐。各个杂物间里也要摆上绿色植物，开窗通风。大师热情洋溢地对杂志社重新布置了一番，走廊的墙上挂着一众名医画像，诸如张仲景、李时珍等等，一直挂到厕所门口，由神医扁鹊为我们镇守厕所。

大师很严肃地对我说："加入协会可不是件容易的事，可以说机不可失，毕竟肉少狼多啊。我们千万不能出乱子。"

我们一万个小心谨慎，可是一夜之间，谣言四起，妒恨大师的人纷纷造谣我们的杂志社出了各种各样的问题，马上就要完蛋了。那些作者不知道从哪里知道了我们的后门，纷纷涌向杂志社。大师只能躲在家里，由我来应付。那么多人挤满了走廊，一下子把我团团围住，个个满面怒容，恨不得把我生吞活剥。不管我如何向他们保证，我们的杂志社好得不得了，积压的稿子一定能发表。但他们压根就不相信我这个年纪轻轻的编辑部主任，他们已经失去了耐心。

他们在杂志社里横冲直撞，威胁我要是多管闲事的话就把我扔到楼下去。他们在杂志社里翻箱倒柜，把能拿的都扛在肩上，不值钱的东西全都乱丢一气。走廊尽头房间里珍藏的补品和药酒，全都被哄抢一空。桌椅板凳饮水机书柜连同那些堆积如山的书和大师那一捆捆的《喝水就能治好的病》和《吃黄豆就能治好的病》全都被他们瓜分干净装车拉走。一时之间，杂志社里乱成一团，有的作者为了争抢一本绝版《金瓶梅》打得头破血流。我站在那眼睁睁地看着他们把我们的杂志社搞得像个垃圾堆。大师的办公室也让他们砸开了，办公室里稍微值钱的东西，也都被搬空了。

那真是一个神奇的下午，我在杂志社看着作者们为了大师坐过的椅子、用过的钢笔和稿纸、喝过的茶叶以及墙上的合影的归属权互相之间撕扯殴斗起来，心情好多了。真是一出好戏。

大师来的时候，杂志社里什么都没有了，连说话都有回音。大师看着眼前的景象，差一点晕过去。

他发誓要找出造谣生事的人："是什么样蛇蝎心肠、丧心病狂的人才会这样对我？这是抢劫！居然敢在光天化日之下来抢劫我的杂志社。我要杀了他们！要他们的命！必须拿他们的狗命来赔偿！你看清楚了是谁抢了我们的东西吗？你都记得吗？我要让他们付出代价，他们这辈子也别想在我这里发表东西了，乘人之危、忘恩负义的东西！"

"大师，有上百号人啊，我怎么可能记得住。"

经过这些作者这么一闹，我们加入协会的事也黄了。我们已经沦为笑柄，杂志社空空如也，哪还能来考察呢！

杂志社的积蓄全都用来为加入协会吃吃喝喝送礼去了，加上所有的东西都被作者一搬而空。办公室里什么都没有，这怎么正常办公呢？印刷厂听说我们出了事，要求我们把拖欠的编辑、校对、设计、装订、排版、印刷等等费用全部结清，否则就不再替我们印刷杂志。

我们差不多穷途末路了。

"他妈的，全是些落井下石之辈！无耻之徒！我会拖欠他们的费用不给吗？居然敢来威胁我！世态炎凉啊。你看到了吧，人心就是这样的。"

但情况就是如此。我们必须搞到钱，不然的话我们的《炎黄医典》就没法正常出刊了。

大师是绝不允许发生这种事的，即便是砸锅卖铁我们也得想方设法弄来钱。

大师就是大师，为了熬过眼前的难关，什么办法都用上了，真是无所不用其极。他手上有一本正在写作的书，名字叫做《中国病人》。这本书耗去了大师很多的精力，起初他指望用一年时间写完，然后拿到丰厚的版税让我们的杂志渡过难关，起码撑个好几年是没问题的。可惜，这本书越写越让大师感到自己写的是一本伟大著作，他惜字如金，抓耳挠腮，痛苦万分，写了好几年也没写完。

大师决定用这本未完稿的书，去换一点钱，以解我们的燃眉之急。大师的《喝水》《黄豆》两本书曾经销量非常好。大师四处给出版社打电话，花言巧语，让他们先汇来一点定金。大师的口才多么了得啊，他太知道别人都想要听什么了。他能把真的说成假的，死的说成活的，在一瞬间就能编出好几个不重样的故事，尤其是隔着电话，更是滔滔不绝。那些出版社的负责人断定大师在写一本超级畅销书，而且马上就要完稿了。这本书听起来如此吸引人，不少出版社纷纷砸来定金。大师照例来者不拒。为了显示对大师的尊重和诚意，连合同都没有签。

我们用这笔钱结清了拖欠印刷厂的费用，重新购置了大批办公用品。我们又顽强地活了过来，《炎黄医典》开始正常出刊了。

那些洗劫过我们的作者又跪倒在我们的脚下，希望我们能发表他们的惊世之作。大师装模作样地问我："这些人居然还有脸求我，你觉得我们还能发表他们的那些垃圾玩意吗？"

"不管怎么说，那都是钱哪。"

大师怒气冲天："你居然是这种见钱眼开的人？我还真是没发现呢！你的骨气呢，嗯？我就是这么教你的吗？真是让我刮目相看哪！你和那些抢劫我们的作者有什么分别？他妈的，居然说出'都是钱哪'这种话来！我不在乎他们这点钱，他们的脏钱我一分都不想要！"

大师把我好一顿骂，过了一会儿，他让我去他办公室谈话。

他看起来心情平静多了："不管怎么说，现在我们的情况很困难，苍蝇腿也是一块肉。你觉得这些人令人作呕，肯定是这样。不过，我认为还是应该不计前嫌，不管有什么深仇大恨，杂志社永远是为作者和读者服务的，这一点不会变。但是，我们也不是好欺负的，我们要把发稿的费用提高，只有那些真正有才华的好人才能在我们的杂志上发表文章。你同意我的观点吗？"

"我同意，大师。"

只是，大师的这本书迟迟没能完稿，出版社纷纷打电话来催促。他们也不容易啊，行业是这样的不景气，加上给大师的定金，简直雪上加霜，濒临倒闭。有的人已经倾家荡产、妻离子散。

但大师不在乎这些："你的阅历还很少，你不明白这个世界的规则是留给那些一无是处的人的。当你有很大本事，你就明白了，这个世界上的规则都是狗屁。真正有本事的人一直都凌驾在这些规则上了。你还年轻，看不懂这些。我写的是一本伟大作品，能像他们那样着急吗？显然不能。要有耐心啊！耐心，我的朋友哟！我的这本书可以帮助人们认识自己，认识生活，认识这个时代，这个世界。这是多么大的功德，是他们赚了再多钱也买不来的。他们中的谁，会像我这样虔诚地对待一部作品？我敢说没有，没有一个人会这样。他们和书打交道，却不会像我这样为它呕心沥血，他们只是想要钱！损失一点钱不算什么，日子总会过得下去，生活总是能继续。以他们的那种行事方式，他们的钱不给我，迟早也会给别人。事情总是这个样子。"

这本尚未完稿的书已经榨干了它应得的和不应得的油水。可即便如此，我们的杂志社仍然撑不了多久。我们必须不停地去弄钱。

大师向我宣布，他打算停止新书的写作，要为杂志社赚一笔钱。只有当我们的杂志社存在，中医理论才能发扬光大，甚至在全世界产生巨大的影响。我们的杂志社是一处阵地，切不可失守了。

大师派我去一条马路之隔的《药神》杂志社看看情况。这是大师非常鄙视的杂志。大师一提到这家杂志社就露出嫌恶的表情，双臂在胸前挥舞，好似在赶苍蝇。

《药神》杂志看上去和药厂的宣传广告单没什么差别。他们由各大医药公司和药厂养活，钱多得花不完，兵强马壮，本省所有杂志的员工加起来都没有他们多。不管多么离谱的新药开售会、发布会，都会有他们的身影，还邀请许多专家前去站台助阵。阵仗极大，各种耳熟能详的明星、名流教授，你番唱罢我登场。他们宣传的药差不多全都出过问题，什么药酒包治百病，草根粉预防一切癌症，都是他们的拿手好戏。正如大师所说，他们拿人命开玩笑，言必称他们下三烂："他们的杂志给我擦屁股都嫌脏。"

　　"大师，您派我去那种杂志社看看，是什么意思？"

　　大师模棱两可："就是去看看嘛。"

　　"你要和他们合作？"

　　大师疲惫地揉着自己的太阳穴："年轻人，不要有这样的抵触情绪。你要明白，世上的事情不能一概而论。要思辨地看问题，动态地看，一分为二地看，他们必然有过人之处，是不是？我们也不是非要合作，就是让你去看看别的杂志是怎么回事，开阔眼界，增长见识。"

　　《药神》杂志确实让我大开眼界。他们的杂志社非常有钱，自己盖了一栋十多层的大楼，比起我们那真是气派了不知道多少。得知我是《炎黄医典》的编辑部主任，他们的那位四十岁出头的社长居然十分热情地把我迎进他的办公室。社长姓马，人称马总。他对我极尽恭维："真是年轻有为，年纪轻轻就成了编辑部主任，不得了啊。看来大师就是大师，用人果然不拘一格。我有个问题，希望您不要介意。您成年了吗？"

　　第二天，他就来到了我们的杂志社，和大师而侃侃而谈了。

马总说话开门见山："我说句不好听的，《炎黄医典》行将就木，垮了也就垮了，一点不可惜。但是大师您本人，那就是无价之宝。从您的年龄来说，可以算得上是德高望重；从面相上看，睿智宽厚；从您的谈吐而言，博学随性、风度极佳。所谓大师风范，也不过如此。您想过没有，为什么我们这些人一看到您，就忍不住喊您'大师'。"

大师被他说得心花怒放。

马总又说："您想想没有，'大师'这个称号，是非常有市场价值的，就像明星。"

他们有钱，而大师有名。倘若大师与他们合作，那就是天作之合。在如今市面上的杂志社全都如此艰难的情形下，大家更应该同舟共济。何况，他们有非常出色的团队，能够重新让大师成为全国范围内响当当的人物。在这方面，他们是有过成功范例的。让大师上电视，给大师做宣传，他们的包装方式层出不穷。

总而言之，大师会被他们包装成中医药的代言人。大师只需要替他们介绍介绍新出的药品，就可以名利双收。

马总走后，大师把我喊到办公室："你听懂他说的意思了吗？这是想让我去给他们打工哪，小王八蛋们，想得挺美！你觉得我还需要包装？还让我全国知名？我出名的时候，他们还在地上捡鸡屎吃呢！见他们的鬼去。"

可当天晚上，大师一直耗在办公室里，迟迟不愿离开。他将我喊到办公室。他整个人因为兴奋，手舞足蹈。他的脸色阴晴不定，语气忽高忽低，让人捉摸不透："不管怎么说，这是个机会。只要杂志社能够活下去，让我干什么都可以。"

我们很快就和《药神》杂志建立了合作。他们确实很专业，各种各样的团队一应俱全，而且很快就联系了记者上门采访。大师面对采访时，引经据典，侃侃而谈。让围观之人频频喝彩。大师是有这个本事的。他常常为自己语出惊人而赞叹，若不是被人采访，平日里也难得说出这般精彩的言论来。这样的言论需要急中生智，反应迅速和很强的表演天赋。

大师对我说："上一次我接受这么多采访，那还是在几十年前呢。刚才这位记者提的问题：'大师为什么你沉寂多年，现在却忽然出现在大家的面前，您的目的是什么呢？'你瞧瞧，多刁钻的问题。但是，你看我回答的：'现在是个快速变革的时代，就好比说我们的过去是一潭清水，现在一下子被大浪搅得浑浊不堪，泥沙俱起，让人们看不清楚眼前的东西，失去了判断力，每个人都失魂落魄，惶惶不安。但这没有关系，你需要抓住那一块沉在潭底的石头，就不会被浪冲到别的地方去，慢慢地那潭浑浊的水就会逐渐清澈下来，你的人生就会有意义有价值。那块石头就是我们的定心丸，是我们的根，但怎么样找到那块石头和抓住那块石头，就需要智慧的双眼和睿智的头脑。我已年近花甲，有一些人生浮沉，看了无数起高楼，楼塌了，我的那潭水已经逐渐清澈了。所以我很愿和大家一起来找一找那块石头，抓住心里那块石头。唯其如此，我们才能在这个时代找到安身立命之所。否则，你就会随波逐流，你的人生就会暗淡无光。'这回答怎么样，嗯？是不是相当精彩？只要你跟着我好好学，总有一天，你也会像我一样，坐在这里接受记者采访，你也能成为大师。"

"我也可以成大师？"

"当然了，你知道为什么吗？"

我不知道。

大师那对修过的眉毛和那双可以上电视的眼睛盯着我："因为你笨！在这个世界上只有两种人可以成为大师。一种当然是像我这样头脑聪明的人咯，还有一种就是像你这样的笨蛋。唯笨人能一往无前，你好好悟吧。"

大师朝我喷射着口水，兴奋得不得了，陷入了一种狂乱的思绪中。但他没有时间停下来，采访完了还有别的安排。我们的编辑部从没像现在这样忙碌，因为大师不喜外出，他们便把一间闲置的会议室改造成了摄影棚。那些人来来往往，有扛摄像器材的，有为大师定做服装的，有给大师化妆的，还有那些制药厂家送来各种各样的药品。杂志社里"大师，大师"的喊声不绝于耳。每个人都要问大师的意见，请大师做决定。这让大师觉得自己变年轻了，精神奕奕，神采飞扬，得意洋洋。整个人都很亢奋，而且飘飘然。

大师整天都被一堆人围着，一天到晚都在接受各种各样的服务和安排，排场和阵仗不输电影明星。那些人对大师毕恭毕敬，像哄孩子一样。大师享受别人对他的敬重，谁敬重他谁就是好人，谁特别敬重他，谁就是大好人。他天生就喜欢被别人的目光聚焦，在这种注视之下风度翩翩、游刃有余。

他想起在医药理论协会遭受的事情就来气，那些人拿他当小丑。《药神》杂志的人却拿他当神一样供着。

现在，大师的办公室堆满了各类"神药"，有膏药，药酒；有喝的，吞的，抹的，闻的，种类繁多。但那些样品全都包装古怪，像是土法炮制。大师正在把玩一颗人参，他在为这颗人参想一些故事和说辞。

我很担忧大师为那些来历不明的药做宣传："大师，这些药你是不是要好好挑选一下，有的连个生产日期都没有。"

大师刚开始还会仔细询问药的来源、药效和副作用。对方恭恭敬敬地向大师保证，他们的药绝对没有问题，请大师一定要好好介绍一番。他们不仅给我们的酬劳多，而且还能为我们的杂志社提供许多便利和支持。

"如果我要举办活动，你们能够提供场地和资金支持吗？"

对方信誓旦旦："如果广告效果好，那都是小问题。"

每当对方提到可以为杂志社带来诸多好处，大师就非常为难。

我劝大师慎重。

大师一听这话就大发雷霆："就你是个明白人，嗯？我难道是为了自己？别来烦我了！"

我觉得大师变了，我想着这些药物要是卖到别人手上，八成是要出事的。和我们收作者的钱相比，这可是要命的事啊。

忽然之间，我感到大师并不是我想象的那个德高望重的人，他现在的模样，完全是个江湖骗子。

大师现在频频在电视上露面，上了许多报纸和杂志。不过，他那些高谈阔论，引经据典的镜头全都被剪掉啦，剩下的只有热情洋溢地为那些狗皮膏药打广告做担保的镜头。他看上去不仅没有名流风采，完全像是个夸夸其谈的骗子。

我想，不管多大年纪的人，只要他的虚荣心得到满足，都会飘到天上去。

有一天，大师大声喊我去办公室。他兴奋地宣布："我决定开办培训班，培训出一批货真价实的医药理论人才。到时候我们专门拿出一整期的版面来刊发这些理论作者的文章。另外，我还要设立一个以我们杂志命名的'炎黄医典奖'，只要参加培训班，就能够参加评奖。这可是我们杂志社破天荒设立的第一个奖项，虽然我们一直以来在读者和作者群中影响很大，但是如果设立这个奖，会让我们的影响力更大，说不定可以重振昔日的辉煌。"

　　我问："那么，钱从哪来呢？"

　　大师兴奋地瞪着我："猜猜看？"

　　"猜不出来。"

　　"当然是药厂出钱啊，我做的那些广告没有白费，他们的药销量好得不得了。"

　　一想到那些乱七八糟的药卖得那么好，我就感到一阵后怕。

　　大师继续高谈阔论："没有人不喜欢得奖，不管什么狗屁奖都会让人心潮澎湃，更何况是我们杂志社含金量这么高的。好几家药厂都很愿意为我提供活动场地和资金，互相之间还竞争起了活动的冠名权。他们的药材原产地山清水秀，遍地珍奇。你跟我去好好挑一挑，看到底哪里适合我们举办这个奖。"

　　我们租了一辆车，在各个地方辗转考察。我们所到之处，都有人细心安排宴席和住宿。大师终于选中了一处"福地"。

　　就在一处山林里。树林掩映下，有几栋气派豪华的酒店别墅。酒店大堂金碧辉煌，雕龙画凤，金光闪闪。推开窗户，四周一派郁郁葱葱，树荫之下光影斑驳。

　　大师很满意："在这样的环境里举办活动，简直是一件赏心悦目的乐事啊。"

我们开办培训班和设立"炎黄医典奖"的消息刚一公布，就引起了很大的反响。许多电话纷纷打来办公室，我每天应接不暇，口干舌燥地喊："大师，电话。"

想要参加培训班的人不计其数，对我们的"炎黄医典奖"趋之若鹜。许多在电视上露过面的医药名流和各地有名望的老中医也纷纷打来电话。他们热切地询问我们，还需不需要专家评委？

大师在办公室里哼起了小曲："如果每年都能得到那些药厂的资金支持，那么我出去抛头露面又有什么关系？这是值得的。我们的'炎黄医典奖'要是办好了，那就是一块金字招牌，杂志社就永远不会消失，我也不会。"

我们的活动搞得声势浩大。即便是精中选优，人也实在是太多了。许多的专家教授、学术精英、媒体记者，还有学员们，把几栋别墅挤得满满当当。

专家们身着长袍长衫，在树林里漫步。到处都是名贵药材，秀丽宜人的风光，让人身心舒畅。大家探讨着治疗各种疑难杂症的经验，一切都很宁静祥和。

言谈之间，他们都挺感谢大师给了他们这样的一个环境。许多医药大家们，指着随处可见的药材讲解药理。

在为期一周的培训中，大师完全飘飘欲仙了。人人都亲切地称呼他为"大师"，听起来完全是自然而然的。

大师志得意满地对我说："怎么样？这次活动很成功吧。"

我说："明天还有一天呢。"

大师说，"明天的活动结束之后，你应该可以想象一下，我们杂志的名声会传遍全国，重新走上辉煌的道路。那种卖狗皮膏药的事，我是绝对不会再干了。"

然而问题就出在这最后一天。

当评奖一经宣布，整个大厅里立刻乱作一团。人人都觉得自己的作品应该获奖，学员和学员，学员和专家们互相争执起来，场面十分混乱。没获奖的学员拿着铲子四处挖掘药材，恨不得把树连根拔起。大家对自己专业领域内的东西热情高涨，既然没有获奖，岂能空手而归？

在这场乱哄哄的斗殴和争抢药材的时刻，有个学员不知怎么就晕倒了。这下所有人都停下了手。大家全都是医生，充满了职业道德，看见晕倒的学员满眼发光，仿佛饿狼见了可怜的羔羊。

记者们的闪光灯对准了学员，这可是新闻哪。闪光灯和摄像机彻底点燃了大家的热情，为了在镜头面前争夺这个学员的救治权，场面又失控了，开始互相推搡斗殴起来。

大师感到很头疼，因为镜头正对着他。他可不能失了风度，只好让大家排队来救治学员，一个一个来。

一位满头银发的资深专家缓缓走了过来，他经常在电视上宣传自己的医术。大家对这位专家充满敬畏，纷纷让开一条道。只见专家蹲在晕倒的学员面前，掐了半天人中，毫无反应。场面又乱了起来。这时，又来了一位专家，出过许多本专著，只见他拿出几根银针扎在学员的脸上，一边扎，一边缓缓地旋动银针。可晕倒的学员仍然没有醒过来。这时，又来了一位专家，他以医治跌打损伤而出名，认为这位学员肯定是和人打斗之后晕倒的，这是他的强项。他拿出一个气味难闻的小瓶，倒出里面棕色的液体，放在学员的鼻子跟前，接着他开始替学员按摩手腕和额头。过了好几分钟，人还是没有醒来。

此时，我们可怜的学员的呼吸已经变得有些微弱了。

我向大师提议："我们赶紧把人送到医院去吧。"

但是在场的所有人都表示反对："那怎么行，在场的全是医药名家，怎么可能治不好一个晕倒的病人，传出去岂不让人笑话。"

大师命我背上学员去送医。但在场的人纷纷阻拦："这只是一个小问题，何必紧张。"

他们里面本领高强的人多了去了，又开始争先恐后地要抢救学员。我和大师推开众人，把学员抢出来。可是，人群把学员围得水泄不通，我们很难拉出学员。他们纷纷斥责我和大师是在草菅人命："马上就能救过来的，为什么要送去看西医？"

大师当机立断，对我喊道："你不是会武术吗？给我打！"

我对拦住我们的学员和专家一顿拳打脚踢，好不容易才从混乱中抢出了学员。

我大声喊道："让开，他已经没有呼吸了。"

人群这才安静下来，不敢上前施救。

我和大师把学员送到了医院，可是为时已晚。医院不肯放弃，一直在抢救。我和大师坐在走廊里等候。大师面色凝重，自言自语："完了完了，肯定救不回来了。我们趁现在，赶紧走。"

"那这个人怎么办？"

大师激动地吼叫："他不是我们害的，是我们两个把他抢救出来的。救不过来也是那帮人害的。你明白吗？再说了，他也不一定救不过来。我们快走吧。"

"我不走。"

"为什么不走？"大师对着垃圾桶猛踹了两脚，垃圾洒了一地，"听我说，小子，我这是在救你。你现在是我的得力干将，你的做事能力我非常欣赏。以后你就是《炎黄医典》的主编、社长，你明白吗？我已经老了，这个杂志社以后还得要靠你啊。它不能就这样垮掉，你还年轻，只要你肯跟着我好好干。我们还能干很多大事，真正的大事！"

我摇了摇头。我不能再跟着大师混了，从他接下那么多狗屁膏药的广告开始，迟早有一天是要出事的。只不过，现在事情提前发生了。

"马吉，这就是命。救得过来，救不过来，都是命。命中注定了的事，快走！"

我感到非常疲惫，连动都懒得动了。

大师实在拗不过我，又担心警察找过来，气愤地走掉了。

我坐在走廊里，望着那盏灯。中途我好像睡着了，半梦半醒中，从小到大的那些往事一起涌上眼前。我感到非常害怕，想起我的余生将在监狱里度过，我就怕得发抖。可是，我不能走。

不知道过了多久，走廊上的人越来越少，空空荡荡的。

医生走到我的面前宣布："你们送来的那个人救过来了，就是普通的低血糖，但是错过了很长时间。你可别小看了低血糖，再晚送来一会儿，我们也没有办法了。"

我号啕大哭起来，就像是做了一个噩梦。现在我终于从梦中醒了过来。

尾声

　　我回家的时候，发现父亲已经回来了。他出了车祸，一条腿粉碎性骨折。大家都说，他能活着回来已经是不幸中的万幸了。

　　父亲身上有很多伤疤，额头，胳膊，后背，都是被碎玻璃割破的伤口。他变得矮小了许多，也瘦了，左腿打着石膏，只能躺在床上。一到晚上他就没法睡觉，不住地呻吟。

　　妈见我回来了，很高兴："反正你没事，这段时间就在家里照顾你爸爸吧。"

　　我们父子俩还是头一回这样朝夕相处。我每天要做的，就是扶他上个厕所，给他倒水，把饭菜端到他的床边。父亲的脸上若有若无地浮现出笑意，带着那么点讨好的意思。他眼里的那种愤恨和不安也消失殆尽，仿佛是车祸把那些东西一扫而光。但这个代价实在是太大了一些。

　　白天，我们相对无言。父亲晚上难得睡着，白天吃过药之后，他还能睡一会儿。但即便是白天睡着了，他喉咙里还是会发出呃呃的拼命喊但是喊不出来的那种声音。我在旁边轻轻地拍拍他，有时候他会醒来，看我一眼之后，又慢慢睡过去。

　　父亲这会儿看起来挺像个吃了睡，睡了吃的婴儿。得益于我曾经照顾过康复期的老头子的经验，我还会替他煮点汤，按个摩什么的。父亲对于我这样细心周到而且还很专业地照顾他，感到有些不好意思。

隔了一段时间，父亲开始能够下床了，但是还不太能走动。他开始慢慢学着拄拐，他学得挺快，我每天早晚带他出去稍微溜达一小会儿。

有一天，他忽然拍我的肩膀说："你要是真的想做什么，就去做。想写诗你就去写，想出去闯就去闯，实在没钱肚子饿了，就回来。"

过一会儿，他又说："嗯，别像我一样。"

我忽然意识到，父亲其实很爱我，从小到大，我想干什么荒唐的事，他从来没有反对过。一直以来我都有点恨他，恨他非要出去开货车，恨他把我们母子俩当作累赘，千方百计想要摆脱我们。这会儿，我明白过来了。生活是件挺复杂的事。

等到父亲可以开始自己慢慢走路的时候，他就闲不住了。他提议和妈一起做点小买卖："我在外面吃过一种特别好吃的卷饼，我们可以干这个。"

妈早就厌烦了在酒店里洗床单，她腰都快要直不起来了。她很高兴父亲能有这样的想法，夫妻同心，确实也是最经济实惠的合作方式。不过她说："还是等你好了再说。"

我父亲失去了一条腿才终于回到了正常的生活中。

在慢慢适应了一瘸一拐地走路之后，他一个人走到街头一家焊接门店去，他想设计一辆推车。父亲花费了很大的心血，每天跑去看别人焊推车。不仅如此，他还在车上贴满了各种各样的广告语，看上去非常夸张。对此他解释说："别人好像就是这样贴的广告。"

他的腿还没有好利索，就迫不及待地营业了。

那天正好是我的生日，亲戚们已经托人找好了关系，把我送去部队当兵。

"我出去买点东西。"我说。

晚上回家的时候，我发现那条黑黢黢的巷子好像装上了大号的探照灯。抬头一看，原来是月亮。今天的月亮又大又圆。

我走到门口，看着他们的推车正停在门外。屋里的灯光透出来，铺在门口的黑暗中。我听见屋里锅碗瓢盆碰撞的声音，还有菜在锅里滋滋作响，从声音上判断，正在做饭的人，应该是我的小姨。我们家的亲戚差不多全都来了。他们讲话的声调很高，听上去都很愉快，不时爆发出笑声，大概是因为父母今天开业第一天，生意还不错。妈正在绘声绘色地讲今天卖了多少个卷饼，挣了多少钱。她很乐于向别人分享这份快乐。我父亲偶尔说上几句话，声音低沉，平静，还略有点得意。

他们还给我买了生日蛋糕，这会儿在说插蜡烛的事，互相询问："寿星怎么还没回来？"

有那么一刻，我很想进去快点许愿，吹完蜡烛，吃一块蛋糕，美美地睡上一觉。也许一觉醒来，一切都会变得不一样。

我抬头望着那轮月亮，想起有一次搬家时，父亲指着月亮说，搬到那里去。我们好像真的搬到月亮上去了。在那之后，我们的生活似乎蒙上了一层荒诞、梦幻的纱幕。恰恰是这似有若无的薄纱让我对生活充满想象。让我想要去更广阔的生活里探险。

我看见妈走出来，走到门口的那片灯光里。她看上去老了很多，脸上的皱纹清晰可见。

不过她脸上满是笑意，边用腰上的围裙擦手，边四处张望着。她的目光在我站立的暗处停留了一会儿，转身走回屋里。

我想起小时候要离开乡下去江城念书时的情景，盛大的月光下站着我的爷爷，奶奶和姥姥。现在，我仍然站在这片月色中，默默地告别。

再见，妈妈。再见，爸爸。再见了，大家。